환단고기를 찾아서 **3**

중국이
날조한
동북공정을
깨라

환단고기를 찾아서 3
중국이 날조한 동북공정을 깨라 (큰글자책)

© 신용우, 2021

1판 1쇄 인쇄 _ 2021년 12월 01일
1판 1쇄 발행 _ 2021년 12월 10일

지은이 _ 신용우
펴낸이 _ 홍정표

펴낸곳 _ 작가와비평
　　　　 등록 _ 제2018-000059호

공급처 _ (주)글로벌콘텐츠출판그룹
　　　　 대표 _ 홍정표　**이사** _ 김미미　**편집** _ 하선연 최한나 권군오 문방희　**기획·마케팅** _ 이종훈 김수경 홍민지
　　　　 주소 _ 서울특별시 강동구 풍성로 87-6　**전화** _ 02-488-3280　**팩스** _ 02-488-3281
　　　　 홈페이지 _ www.gcbook.co.kr　**메일** _ edit@gcbook.co.kr

값 42,000원
ISBN 979-11-5592-292-7 03810

큰ㅣ글ㅣ자ㅣ책

환단고기를 찾아서 **3**

중국이 날조한 동북공정을 깨라

신용우 장편소설

작가와비평

동북공정과 요하문명론의 엄청난 음모를
똑바로 알고 대처해야 한다

"껍데기를 벗자.

역사라는 진실에

나라는 이름으로 입힌 껍데기를 벗자.

껍데기를 벗어 던져라.

역사를 등에 업고 존재하는 문화에

이익과 욕심을 위해 덧칠했던 껍데기를 벗어 던져 진실 그

대로 드러나게 하라."

'환단고기를 찾아서'라는 제하에 작품을 쓰니까 '환단고

기'라는 책을 찾아 추적하는 모습이 먼저 떠오른다는 지인

의 말을 듣고 문득 소리 높여 부르짖던 어귀다.

'환단고기를 찾아서'라는 상징은 잃어버린 우리 역사를 찾아나서는 비장한 모습이라고 나 스스로는 생각했었는데, 독자들은 얼핏 제목에서 오해가 일곤 했나보다.

비록 소설이라는 장르를 택하기는 했지만 역사적인 진실은 왜곡하지 않고 담았다.

이 작품이 잃어버린 우리 역사를 찾아 우리 문화를 바로 세우고, 잃어버린 영토를 수복하는 데 조금이라도 보탬이 될 수 있다면 그런 오해는 얼마든지 감수할 수 있다.

그러나 이건 아니다.

'환단고기'라는 말이 나오면 잃어버린 역사가 떠오르지 않고 단순히 책을 생각하게 하는 지금이 안타깝다. 어쩌다가 그런 지금이 되었다는 말인가?

안타까움에 지른 소리에 함께 이야기를 하던 지인은 어리둥절해 했지만 그에게 지른 소리가 아니다. 지금 이 나라에서 역사를 연구하고 있는 사람들 중 많은 이들과 일본과 중국에서 역사를 연구한다는, 껍데기만 학자지 진정한 학자적 양심을 송두리째 잃어버린 모두의 귀에 대고 지르고 싶은 외침이다.

잃어버린 역사와 잃어버린 문화를 쳐다보면 항상 고령신가(高靈申家), 내 선조이신, 단재 신채호 선생께서 역설하시던 지론이 생각난다.

"역사가 없는 민족은 희망이 없다. 고조선 역사가 없으면 우리 역사는 없다."

무슨 말씀인가? 고조선 역사를 잃어버리면 우리 민족은 희망이 없는 민족이라는 그 말씀이 과연 무슨 말씀일까?

그동안 우리는 과연 무엇을 어떻게 대처했기에 단재 선생께서 하신 말씀이 지금 이리도 뼈저리게 생각나는 것일까?

대한제국을 침략하기 위해서 우리의 광활하고 장엄한 역사와 문화를 찢고 기워 누더기를 만들어버린 일본.

일본은 역사 앞에 지은 그 죄를 속죄하기는커녕 날이 갈수록 악만 더해 도를 지나치는데, 우리는 그들을 바로 잡아주기 위해 무슨 노력을 했는가?

그 바람에 어부지리로 덕을 본 중국.

동북공정이라는 이름으로 개망나니 같은 역사 날조를 시작한 지 벌써 30년.

이제는 동북공정을 완성하기 위한 도구로 요하문명론까지 내놓고 탐원공정을 마무리하고 있다. 고조선 이래 고구려와 대진국으로 맥을 이어 온 우리 영토를 영원히 집어 삼키겠다는 천인공노할 만행을 저지르는 것이다. 뿐만 아니라 북한이 붕괴할 만일의 경우를 대비해서 국경을 청천강, 대동강 운운하는 음모를 꾸미고 있다. 최근 미국의 랜드연구소가 내놓은 북한 붕괴 대비 가상 휴전선을 보라. 기도 안막히게 중국이 한반도 안으로 들어와서 국경이 그어지는 안(案)을 내놓았다. 그것도 이 소설에서 밝혀내고 있는, 중국이 꾸미고 있는 음모와 어찌도 그리 맞아 떨어지는지. 지금은 만주라고 불리는 구려벌 안으로 들어가서 국경이 그어지면서 그 위치가 어디냐를 따져야 할 판인데 이 무슨 해괴망측한 소리란 말인가?

이건 소설이라 하는 이야기가 아니라 실제 상황이다.

작품을 쓰는 내내 중국이 꾸미고 있는 음모의 실체를 밝히면서 안타까움과 분한 마음을 억누를 수 없었다. 나같이 소설을 쓰는 사람도 아는데 정말 몰라서 못하는 것인지, 알면서도 모르는 척하는 것인지 그동안 우리 역사 연구에 간판을 세우셨던 분들과 역대 정권에게 묻지 않을 수 없다.

우리는 동북공정과 요하문명론의 실체나 제대로 파악하고 있는 것인지 그 자체도 궁금하다.

이제 정말 시간이 없다. 날조된 동북공정과 요하문명론을 산산 조각내어 그 진실을 밝히고 잃어버린 우리 역사를 찾는데 더 이상 주저한다면, 우리 후손들은 설 곳을 잃게 된다는 사실을 명심해야 한다.

항상 작품의 시작과 끝에 함께 해 주시는 하느님께 진심으로 감사드리며 한가위처럼 풍성한 내 조국이 되기를 간절히 기도드린다.

환기 9210년 한가위

보름달빛 비추는 아차산 자락에서

신용우

우리 역사가 살아 숨 쉬는 구려벌

우리 역사가 살아 숨 쉬고 있는 구려벌 어딘가에 그 역사서들이 살아 있을지도 모른다는 작가의 한마디가 여운을 거두기 전에 태영광의 눈이 반짝이면서 작가를 향했다.

"눈을 돌린다니요?"

"한 번쯤 생각해 볼 문제라는 거죠.

일본이 우리 역사서를 강탈해 일본왕실 지하비밀서고에 숨겨놓고 있지만 그건 단지 강탈해 간 것뿐입니다. 엄밀히 말하자면 그 역사가 일어났던 곳은 일본이 아니라 구려벌입니다. 실제 고조선을 비롯한 우리의 유구한 역사가 일어나고 진행되었던 그곳에 흔적이 남아 있을 수도 있을 겁니다. 겉으로 드러난 유물이나 유적이 아니라 우리 모두가 절실하게 원하는 그 흔적이요.

지금은 비록 중국의 침략점거로 인해 중국 영토처럼 보이지만, 그곳에 살고 있는 우리 백성들 중 그 영토가 우리 땅이라는 것을 알고, 언젠가는 그 땅을 수복해야 한다고 생각하는 사람이 반드시 있을 겁니다. 지금 우리가 모여서 하고 있는 생각이 우리들만의 생각은 아닐 거라는 거죠.

전해져 내려오는 생생한 역사의 현장 기록을 간직하고 있는 백성이 있을 수 있다는 겁니다. 책으로 전해져 내려오는 것은 갖지 못하고 있을 지라도 그런 기록을 찾기 원하는 사람이 있을 수도 있고요."

"민간에 전해져 내려오는 역사서가 있다 한들 그걸 어떻게 찾겠습니까? 또 누가 그런 생각을 하고 있는지 알 수가 있나요? 공식적으로 광고를 할 수도 없는 일이고.

또 설령 그런 책이 전해져 내려오는 것이 있었다 한들 중국이 그런 책들을 소유하게 놓아두었겠습니까? 왜놈들이 우리 역사서 거둬들이듯이 거둬들이고도 남았지."

태영광이 시큰둥하지만 아쉬워 못 견디겠다는 투로 말을 받았다.

"그거야 저도 알지요.

중국이 방관하고 있지는 않았을 겁니다.

다만 일본왕실 지하비밀서고에 눈을 고정시킬 것이 아니라, 좀 더 다각도로 방법을 연구해 보면 좋지 않을까 하는 겁니다.

이런 일은 감정을 앞세우다보면 그르치기 십상이죠. 어떻게 보면 마지막 희망일 수도 있는 핫도리 씨가 무참히 살해당한 것이 억울해서라도 이 일을 일본에서 마무리 짓고 싶겠지만, 감정에 얽매여 일을 처리할 수는 없는 것 아니겠습니까? 그럴수록 가능성을 따지면서 신중하자는 겁니다.

이렇게 큰 희생을 치를 바에는 차라리 우리 역사의 원조인 구려벌로 눈을 돌리는 것도 괜찮지 않을까 하는 생각입니다."

작가는 무모하리만치 그저 앞으로만 가려는 태영광에게 자신의 심정을 또박또박 설명했다.

"그래? 그것도 일리는 있는 말이야.

그렇지만 지금까지 중국에 그런 역사서나 뭐, 비슷한 것이 있었거나 그런 것을 어떻게 했다는 말이 들리지는 않았잖아? 자네 말대로 아직도 민가 어딘가에 존재한다면 모를까?

태 박사 말대로 공식적으로 광고를 할 수도 없는 일에 민가에 있는 것을 기대할 수도 없는 일이고."

이번에는 청장이 말을 받으며 답답해하자 작가가 반색을 하며 답했다.

"공식적으로는 그렇다지만 중국 놈들 속내를 어찌 알겠습니까?

중국에서 일어나는 일들이 실시간으로 보도되는 것도 아니고 보도 통제가 얼마나 심한데? 더더욱 우리나라는 그동안 그런 일이 일어났다고 해도 관심도 없었으니까 알 턱이 없었겠지요.

중국이 오래전에 그 역사서들을 손에 넣었다고 하더라도 그 역사서들이 세상에 알려지는 순간 자신들에게 득 될 것이 없는데 꺼내 놓았겠어요? 오히려 그런 책들이 추가로 더 나올까봐 전전긍긍하겠지요.

중국 놈들 충분히 그러고도 남을 인간들이잖아요.

광개토경호태황 제2비문이 나왔다고 해 놓고도 6개월이

나 지나서 발표한 놈들입니다. 그게 정말 6개월인지 아니면 몇 년이 지났는지도 모르지만요. 보나마나 제 놈들에게 불리한 것은 비문이 마모되었다는 핑계로 지우고, 비문을 바꿀 수 있는 것은 바꿔서 조작한 뒤에 겨우 발표한 것 아니겠어요?

중국 정부에게 공식적인 무엇을 기대하는 것은 아닙니다. 다만 중국 정부기관에서 그런 일을 취급하는 사람과 선이 닿을 수 있다면 그 쪽을 알아보자는 겁니다.

보안이라면 철통같다는 일본왕실에도 허점을 찾아낸 경험이 있잖아요. 하물며 중국이야!

더더욱 그런 쪽에 관계하는 조선족이라도 만날 수만 있다면 훨씬 수월할 수 있다는 거죠. 이미 중국 정부가 그 책들을 다 거둬들였다면, 그쪽에 관계되는 일을 하는 사람들은 알고 있겠죠. 오히려 일이 쉬워질 수도 있다는 실낱같은 희망이라도 잡아 볼 수 있다는 거죠.

그리고 이건 정말 바람이라고 할 수도 있는 말이지만 혹 민가에서 대대로 전해지는 것이 있을 수도 있다는 겁니다.

우리나라에서도 조선시대에 명나라 눈치 보느라고, 세조

가 어명으로 〈조대기(朝代記)〉와 〈단군세기〉를 비롯한 단군 관련 사서들과 〈삼성기〉 등의 건국에 관한 역사서들을 거둬들이려고 했지만 그게 다 수거가 되지를 않았잖습니까? 당장 우리가 아는 이암 선생과 이맥 선생의 가문에서도 대를 이어 보관한 것을 잘 알잖아요.

조선시대에 간도 관리사로 있던 이범윤 선생께서 간도 토지대장과 호적대장을 만드셨지만 남한에 살고 있는 우리는 그런 사실조차 모르고 있었지 않습니까? 그런데 그게 존재한다는 것이 실증되었고 북한에서 그 원본을 입수한 상태라는 소문이 파다합니다.

다만 이 시점에서 그것들을 공개하지 못할 뿐이죠.

북한이 중국에 기대지 않고는 살 수 없는데 그 대장들이 공개되는 순간 중국과 칼날을 세워야 합니다. 간도 토지대장과 호적대장을 우리 관리가 만들었다는 것은 그게 우리 영토라는 명백한 증거니까요. 그런 민감한 자료를 중국 눈치 보느라고 공개할 수 있겠어요?

이런저런 정황을 볼 때 중국에 우리 역사서가 없다고 단정 지어 말할 수도 없는 겁니다.

최근 들어서 발간되는 중국의 각종 역사에 관한 책들을 보면 우리 역사서들을 참고해서 적었을 부분들이 상당히 눈에 띄죠?

그게 바르게 적힌 것인지 아니면 역으로 왜곡되어 적혔는지는 차치하고라도 분명히 우리 역사서만이 가질 수 있는 특징을 이용해서 적은 게 눈에 보이는 경우가 종종 있잖아요. 그들이 소지하고 참고하는 우리 역사서가 있다는 이야기 아니겠습니까?”

작가가 기도하듯이 간절한 목소리로 말하자 모두 조용히 듣고만 있었다.

“제가 너무 앞서가는 건지는 모르겠지만 중국이 동북공정을 그냥 시작하지는 않았을 겁니다. 하지 않고는 배길 수 없는 무슨 이유가 있었겠지요.

어차피 지금 만주라 불리는 그 땅을 중국이 지배하고 있는데 왜 돈 들이고 국력 낭비해 가면서 사람을 투자했겠습니까?

동북공정을 하지 않을 경우 당할 수 있는 불이익이나 뭐 그런 이유가 있으니까 시작한 거 아니겠습니까? 그들이 동북공정을 하지 않을 경우 언젠가는 그 역사의 주인들에게 그 땅을 돌려주어야 한다는 것을 알고 있어서 시작한 거겠지요.

그들도 고구려가 자신들의 역사도 아니고 고구려가 지배했던 구려벌 역시 자신들의 땅이 아니라는 것을 알기에 부랴부랴 역사를 조작하기 시작한 거 아닐까요?

이걸 역으로 잘 생각해 보십시오.

중국이 그 역사와 땅이 자신들의 것이 아니라는 것을 반박할 수 없는 무언가를 이미 입수했다는 겁니다. 그걸 사전에 차단하기 위해서 동북공정을 시작한 거겠지요.

그게 무언지는 모르지만, 이렇게 감쪽같이 감추고 자신들만 참고하는 것이라면 커다란 유물이나 유적은 아니고 책이나 문서겠죠. 그런 내용을 담은 문서가 전해질 가능성은 희박하다고 본다면 우리도 모르게 전해지는 역사서일 가능성을 배제할 수 없다는 겁니다."

작가의 말에 서로의 다른 생각으로 반짝이며 흩어져 있던 좌중의 눈이 일제히 모여들었다.

"말씀을 들어 보니 충분히 그럴 수도 있다는 생각이 들기는 합니다만, 이미 이야기했듯이 중국이 우리 역사서를 가지고 있다손 치더라도 그것을 어떻게 찾겠습니까? 또 민가에 전해 내려오는 것이 있다 할지라도 그걸 찾는다는 것은 마치 서울 한복판에서 아무런 근거도 없이 김 서방을 찾는 꼴이 될 것 같아서…."

"그런 걸 생각하면 당연히 중국을 들여다봐야 하겠지만, 꼭 있다는 보장도 없는데, 공연히 시간만 낭비하는 꼴이 되지 않을까 하는 생각도 드네.

정말 중국 어딘가에, 그리고 우리 손이 닿을 수 있는 곳에 그 책들이 있다면 좋겠는데…."

태영광과 청장이 혼잣말을 하는 건지 아니면 질문을 하는 것인지 불분명한 목소리로 말을 했지만 작가는 두 사람에게 한꺼번에 대답하듯이 말을 이었다.

"어찌 보면 제가 황당한 말씀을 드린 건지도 모르지요. 저역시 황당하다는 것을 알면서도, 자꾸 일본왕실의 문만 두드리다가 애꿎은 목숨들만 희생당하는 꼴을 보자니 너무 안타까워서 드린 말씀입니다.

다만 이 일이 앞으로 어떻게 진행되든 간에 그것과 상관없이 한 가지는 확신합니다.

우리들의 손이 닿을 수 있는 곳이 될지 아니면 영원히 찾지 못할 곳이 될지는 모르지만 중국에는 그 책들이 있습니다. 특히 고조선과 대진국의 역사를 적은 책들은 반드시 있습니다.

중국이 대진국 역사를 자신들의 것으로 만든 후 고구려 역사를 자신들의 것으로 하려는 동북공정을 진행하다가, 부랴부랴 단대공정이나 탐원공정을 시작해서 스스로 혼란을 야기한 것을 보면 압니다."

"무슨 말씀이신지…?"

한지수가 얼른 이해가 안 간다는 표정을 지으며 물었다.

"제가 조금 헷갈리게 말을 했나봅니다.

동북공정 이야기가 나오다가 갑자기 단대공정과 탐원공정 얘기를 꺼내니까 부장님께서 조금 이해하기 힘드셨나 봅니다.

물론 제 심증이기는 하지만 간단한 이야기입니다.

동북공정이 처음에는 고구려 역사를 자기네 것으로 하려는 것처럼 보였는데, 중간에 고구려 이전의 시기로 중국 역사를 끌어올리기 위해서 단대공정을 만들었습니다. 자신들 스스로 선사시대라고 하던 하·상·주 삼대의 흥망성쇠에 연대를 확정하는 방법으로 역사를 날조한 거죠.

그러더니 한 발자국 더 나아가서 이제까지 전설의 태평성대라고 자신들이 이상향의 시대로 찬양하던 요순시대까지 역사로 자리 매김하려는 탐원공정으로 방향을 선회했거든요. 자신들의 역사를 일만 년으로 만들겠다는 겁니다.

중국이 자신들의 역사를 일만 년으로 만들겠다는 이유가 무엇이겠습니까? 고구려 이전의 역사, 즉 고조선 역사까지도 자신들의 역사로 만들겠다는 거겠지요.

동북공정의 궁극적인 목적이 고구려 영토를 자신들의 영토로 만들겠다는 것인데, 굳이 중간에 동북공정을 멈춰가면서까지 단대공정이나 탐원공정을 해서 고조선 역사를 자신들의 역사로 만들려는 이유가 무엇이겠습니까? 고조선 역사를 자신들의 역사로 만들지 못하면 고구려 역사가 자신들의 역사가 아니라는 것이 밝혀질 것이라는 무언가를 알게 된 겁니다. 고조선의 국통을 계승한 것이 고구려라는 사실이 밝혀질 것임을 알게 된 거지요.

모름지기 그게 단순히 중국인들의 머리에서 나온 것은 아닐 겁니다.

고구려가 고조선의 뒤를 이은 나라이며, 고조선 역사가 우리 역사라는 확신을 줄 수 있는 역사서가 나왔을 겁니다. 자신들이 날조하는 동북공정이 그 근원을 잘못 잡았다는 것을 알려주는 근거를 어떤 경위로든 간에 손에 넣은 겁니다.

그 바람에 자신들이 잘못 가고 있다는 것을 알게 되어 동북공정 중간에 단대공정과 탐원공정으로 방향을 틀었던 거죠.

중국이 동북공정을 잠시 멈추고 단대공정과 탐원공정을 할 수 밖에 없도록 만든 그 역사서를 찾으면 일은 간단합니다.”

“그래? 자네 말을 들으니 의심할 여지없이 맞는 말 같네만, 설령 중국에 있다고 하세.

그걸 무슨 수로 찾아오나?”

“일본왕실 지하비밀서고의 문도 열려고 하는데 그거에 비하면 오히려 쉽지 않을까요?”

작가의 말을 듣던 청장이 답답하다는 듯이 묻자 작가는

쉽게 답했다.

"일본왕실 지하비밀서고보다는 쉽다?

글쎄 있다는 보장만 있으면 그렇겠지만 만약에 없다면 헛수고 아닌가?"

청장이 조금 전 혼잣말처럼 했던 질문을 다시 한 번 꺼내자 이번에는 박종일이 나섰다.

"만일 우리가 찾는 그 역사서가 없더라도 헛수고에서 끝나지는 않을 겁니다. 작가님 말씀대로 그 역사가 이루어진 곳은 중국입니다. 물론 대마도는 예외지만요.

그곳에 간다면 무언가 건질 것 같다는 생각입니다. 아니, 설령 헛수고에서 끝이 난다고 하더라도 해 보지도 않을 수는 없습니다.

일본에서는 보이지도 않는 불빛을 찾느라고 목숨을 잃어 가면서까지 헛수고를 했는데, 한 가닥이나마 희망이 보이는 일인데 시작도 안 해 보고 주저앉을 수는 없습니다.

우리 역사가 실제로 펼쳐졌던 곳이니 무엇을 건져도 건질 수는 있을 겁니다. 다만 그 고리를 엮을 방법을 찾기가 쉽지 않겠지요.

일본에서 고리는커녕 끄나풀도 없이 시작했다가 공연히 희생만 치렀기에 이번에는 무슨 고리가 있으면 좋을 것 같은데…."

"글쎄요? 그런 역할을 해 줄 수 있을지 모르겠지만 제가 말한 조병현이라는 친구가 도움이 될 수도 있을 겁니다. 제가 얼핏 듣기로는 그 친구가 그 쪽에 줄을 댈만한 사람을 알고 있다는 것 같았습니다.

줄을 댈 수 있는 중국 학자가 동북공정에 직접 연관이 되었는지는 모르지만 그렇게 이어가다 보면 방법이 생길 수도 있지 않을까 하는 생각이 드네요.

조병현이라는 친구가 실제로 구려벌을 지적학적으로 측량을 하기 위해서 북한의 학자들과 공동 팀을 만들어서 몇 번 다녀왔었습니다. 그때도 도움을 받았다는 것 같았거든요.

지금은 확실한 열쇠가 안 되더라도 희미한 불빛만 비치는 구석이라도 있으면 비비고 들어가야 하는 입장이잖아요."

"그래?

지적학적인 측면에 연구를 하는데 도움을 줬다면 가능성이 전혀 없는 것은 아니겠네. 지적학이야말로 땅, 영토와 직결된 학문이니 무언가 실마리라도 제공해 줄 수는 있겠네.

이렇게 추상적인 이야기만 할 것이 아니라 당장 내일이라도 조병현이라는 그 박사와 함께 만나서 구체적인 이야기를 해보지?

이런 방법을 쓴다는 것이 무모하다는 생각을 떨칠 수는 없지만 하기는 해야 할 일 아닌가? 어떤 방법이든 동원해서 가야 할 길이잖아.

이번에는 이런 방법을 써 보자는 의견이 나왔으니 가 보자고? 확신 가지고 시작한 적이 없었잖아? 자꾸 시간만 보낼 것이 아니라 부딪혀 보자고.

우리가 이렇게 서로 마주보고 앉아서 갑론을박하고 있을 때가 아냐.

핫도리라는 분의 죽음을 접하니까 마치 전쟁이라도 일어난 기분이고, 아니 내가 전장의 한복판에 선 기분이야. 반드시 이겨야 살아남을 것 같다는 생각이 자꾸 들어."

청장도 핫도리의 죽음을 접하면서, 설마설마 하던 일본왕실의 광기어린 만행과 음모가 반복되고 있다는 것을 실감했다.

"그럽시다. 청장님 말씀대로 이렇게 우리끼리 앉아서 이야기하는 것보다는 그래도 실질적으로 접근할 끈을 가진 사람과 같이 이야기하는 것이 낫겠지요.

그 사람이 끈을 잡을 수 없다고 하더라도 실제로 구려벌을 측량한 사람이라면 그 사람 자체가 도움이 될 것 아닙니까? 또 구려벌을 측량할 마음을 가진 사람이라면 우리보다는 그쪽을 연구하는 분들을 더 많이 알고 있겠지요.

다른 분들은 몰라도 저는 요즈음 들어서 처음 이런 일에 관심을 갖다 보니 아는 사람도 없고…."

한지수가 말꼬리를 흐리는데 작가가 말을 받았다.

"저 역시 그쪽 역사와 문화를 연구하는 분들을 알기는 많이 알지만, 태 박사님이나 여기 모인 분들처럼 직접 어떤 행동으로 뛰어드는 데 필요한 자원을 가진 분들을 모르니까 답답하네요. 지금으로서는 조 박사가 가장 먼저 떠오르는 인물이니 내일이라도 시간이 되시면 함께 만나 보지요."

등장인물

태영광: 일본왕실 지하비밀서고에 숨도 못 쉬고 있는, 일제가 강탈해간 우리 역사서를 반드시 찾으려는 사나이. 그 역사서를 찾는 것이 바로 잃어버린 우리 역사를 찾아 우리 문화의 영역을 바로 세우고 잃어버린 영토를 수복하는 지름길이라고 생각한다. 1권에서 하나꼬라는 여인의 도움으로 일본왕실 지하서고에 있는 역사서의 사진을 촬영하는 데 성공하지만 역사서의 노출을 저지하려는 일본의 극우 조직이 호텔 12층에서 떨어뜨려 죽이려 한다. 그러나 해야 할 일에 대한 의지로 죽을 고비를 극복하고 살아난다. 2권에서는 죽을 뻔 했으면서도 누군가 해야할 일이라면 자신이 해야 한다며 다시 일본으로 향한다. 다시 찾은 일본에서, 일본에 맺힌 자신의 한을 풀기 위해 일본왕실 파파라치가 된 박성규 노인을 만나게 되고, 그의 도움으로 한민족의 피가 흐르는 핫도리를 만나 일본왕실 지하서고에 있는 책을 촬영하기로 계획한다. 하지만 사사건건 감시하는 일본의 감시망을 피하지 못하고 핫도리 역시 일본에 의해 비명횡사한다. 빈손으로 돌아온 태영광은 일행과 함께 다른 방법을 찾아보기로 한다.

조병현: 지적학을 전공한 박사. 그는 잃어버린 우리 땅을 찾기 위한 근거를 마련하기 위해서 지적학이 발달하지 못한 중국을 도와 그들이 만주라고 부르는 구려벌을 측량하고 지적도를 만드는 데 진두지휘해 준 실제 인물이다. 작가의 추천으로 태영광과 일행이 그를 찾아가서 사정을 이야기 하자 그는 흔쾌히 동참할 것을 허락한다. 아울러 중국에서 도움을 줄만한 인물을 추천하고 중국으로 동행한다.

박종일: 유병권 박사의 살인사건을 계기로 태영광을 만나 우리 역사와 문화에 깊이 빠져든 대한민국 경찰의 경정. 1권에서 태영광이 죽을 고비를 맞을 때 그 광경을 지켜본 사람 중 하나. 2권에서는 태영광이 죽을 고비를 맞자 친구이자 동료인 최기봉과 합작해서 그의 목숨을 살려낸다. 〈환단고기〉에 엮여 있는 〈태백일사〉 등을 실제 역사서로 믿고, 태영광의 역사바로세우기에 적극 동참하기 위해서 자신이 해직 당할 것을 각오하고 그를 돕는다. 3권에서도 역시 태영광, 조병현과 함께 중국을 향한다.

손영천: 중국의 역사학자로 동북공정을 처음부터 기획한 사람. 한민족의 피가 흐르는 조선족이지만, 중국 국적을 가진 자신의 민족성에 대해 혼란스러워 한다. 우리의 역사와 문화, 영토를 찾기 위해 도움을 요청하는

태영광과 조병현의 설득에 점차 귀를 기울인다.

성시령: 손영천의 아내로 중국 공안으로 근무 중이다. 조선족으로서 더 이상 진급이 어려운 자신의 처지에 대해 불만을 가지고 있다.

장계황: 손영천의 스승으로 자신이 조선족의 후손인 사실을 숨기고 출세를 하고 손영천을 끌어 주지만 종국에는 자신의 뿌리를 잃어버린 것을 후회하는 학자.

한지수: 서울경찰청 경무관으로 박종일을 몹시 아끼는 상관. 처음에는 별 관심이 없던 우리나라 고대사에 새롭게 눈을 뜨면서 박종일과 태영광의 든든한 후원자가 된다.

청장: 서울경찰청장으로 원래 우리나라 고대사의 장엄함을 항상 가슴속에 간직하고 살던 사람. 태영광이 자신과 우리 백성들의 뜻을 대신 이뤄준다고 생각하고 적극 협조하는 인물.

그 외 다수.

목차

1. 동북공정은 중국 2대 주석 화궈펑의 작품

이튿날.

작가가 지인과 함께 쓰고 있는 작은 연구실에 청장과 태영광을 비롯해서 어제 모였던 사람들이 모두 모였다. 어제 보지 못했던 얼굴이 바로 조병현 박사다.

작가의 소개로 수인사를 나누고 조병현이 먼저 입을 열었다.

"저는 오늘, 시간이 자유로운 편이라 조금 전에 도착해서 작가 친구에게서 개략적인 이야기를 들었습니다.

한마디로 참 대단한 일들을 하고 계신다는 생각에 존경심이 먼저 우러납니다. 어떻게 그런 일을 할 생각을 다 하셨는지 감탄스러울 뿐입니다.

그런 일을 몸으로 행동한다는 것이 얼마나 힘든 일입니까?

더더욱 성공한다는 확신도 없거니와 벌써 몇 명이 희생당한, 그야말로 목숨을 담보로 한 일인데 정말 대단하십니다.

이야기는 들으셨겠지만 저는 전공이 지적학이고, 지금도 그걸 학생들에게 가르치며 북방영토에 관심이 많아서 연구를 해왔습니다. 물론 그걸로 박사학위도 받았기에 더 많은 관심과 애착을 갖고 있는 것도 사실입니다.

그런 중에도 항상 무언가 부족하다는 생각이었는데, 최근에 이 친구와 뜻이 맞아 자주 함께하게 되면서 항상 새롭게 배우고 있습니다. 우리 영토를 가지고 이렇게 돌이키기 힘든 곳까지 오게 된 것이 일본의 농간이라는 것은 알았지만, 그걸 되돌릴 수 있는 역사서들이 일본왕실 지하서고에 있다는 사실은 저 역시 최근에 알았습니다.

〈환단고기〉를 읽으면서도 그 안에 수록되어 있는 책들을 찾을 수만 있으면 좋겠다고 생각했지만 여러분들처럼 찾아야겠다는 생각은 못했거든요.

우리 역사와 우리 영토가 오늘날 이 모양이 된 것은, 무엇보다 일본이 지들 욕심대로 첫 단추를 끼운 탓이라는 것을 알면서도 되돌릴 구체적 방법을 찾을 수 없어서 안타까웠습니다. 그런데 강탈당한 우리 역사서를 찾아서 잘못된 역사를 바로 잡겠다니 정말 좋은 방법입니다.”

“조 박사님도 아주 어려운 일을 하신다고 들었습니다.

그리고 칭찬은 고맙지만 지금 그 칭찬을 들을 사람은 여기 딱 한 사람, 아니지 두 사람 밖에 없습니다. 태영광 박사님과 박 경정은 칭찬의 말씀을 들어도 되지만 저나 한 부장은 들을 자격이 안 되는 것 같네요.”

“무슨 말씀을요? 실제 관직에 앉아있으면서 자신을 버리고 이런 일에 뛰어든다는 것이 쉬운 일인가요?

뭐한 말이기는 하지만 만일 이런 일에 이렇게 직접 개입하시는 것이 알려지는 날에는 공직에 도움이 될 것이 없을 것 같은데요?”

“공직자로서 도움이 될 것은 없겠지요. 그렇지만 당장 눈에 보이는 피해가 오는 것도 아닌데 나 몰라라 할 수는 없는 일 아닙니까? 아니, 설령 눈에 보이는 피해를 당한다고 할지라도 태 박사님처럼 목숨을 담보로 뛰어든 사내도 있는데, 그 뒤에서 어슬렁거리며 힘이나 보태는 일마저 피해서야 이 나라 백성이라고 할 수 있겠습니까?”

조병현의 인사를 받고 답례를 하는 청장을 보면서 태영광은 조바심이 나기 시작했다.

당장 이 일을 풀어나갈 열쇠를 손에 쥔 사람이 있는가를 알아야 하는데 본론에 들어갈 생각은 하지 않고 공연한 인사만 하고 있다는 생각만 들었다. 그러다가 갑자기 지난번에 일본으로 출국하는 출국장에서 경애가 했던 말이 기억났다.

'오빠는 생각보다 몸이 먼저 움직이는 게 탈일 때가 많으니까 움직이기 전에 영광송 기도 한 번 해. 5초만 여유를 가지고 일을 하라고.'

'그래, 지금까지 기다려 온 시간이 얼만데 공연히 조바심을 낸다고 될 일도 아니다.'

경애의 말을 떠올리며 태영광이 마음을 편하게 갖는 순간 청장이 입을 열었다.

"이미 모든 말씀을 들으셨겠지만, 저희들이 지금 하고자 하는 일이 백사장에서 잃어버린 바늘 찾기처럼 어려운 일이다 보니 답답하기만 합니다.

아니죠! 솔직히 말씀드리자면 그것보다 더 어렵고 힘든 일이라 시작의 끈을 풀지 못하고 있습니다.

백사장에서 바늘을 찾는 것은 그것을 잃어버린 주변 어딘가에는 있지만 그걸 찾는 것이 어려울 뿐이지 못 찾게 방해하는 사람은 없지 않습니까? 본인이 시간과 노력만 기울인다면 언젠가는 찾을 수 있다는 희망은 있는 거지요.

그런데 저희들은 반드시 찾아야 할 물건이 어디에 어떻게 있는지를 확실히 알면서도 그걸 손에 넣지 못하고 있습니다. 방해하는 자들이 도처에 깔려 있어서 자꾸 희생만 불러오고, 벽에 부딪혀 넘지를 못하네요.

궁리 끝에 모로 가도 서울만 가면 되는 것 아니냐는 궁여지책을 내놓았습니다.

일제가 강탈해서 자기들 왕실 지하비밀서고에 가둬 놓고 있다는 것을 알기에 그 책들을 찾아오는 것이 원칙이지만, 꼭 그게 아니더라도 그런 책들이 실존한다는 증거가 될 만한 실물만 손에 넣을 수 있다면 되는 것 아니냐? 뭐 그런 겁니다.

방향을 중국, 구려벌 쪽으로 바꾸자는 거지요.

그곳은 우리 선조들이 실제로 살아 숨 쉬던 곳이니 무엇이 있어도 있을 것이라는 게 저희들의 좁은 소견입니다."

청장이 어렵게 말을 끝냈다.

여기 모인 사람들이 하고자 하는 일이 어떤 일인지는 알지만 뜻대로 되지 않고 힘들어하는 모습이 말하는 마디마디에 배어나왔다.

"무슨 말씀이신지 저도 충분히 공감을 합니다. 제가 같이 움직여 보지는 않았지만 피부에 와 닿습니다.

그렇지 않아도 작가한테 말씀 들었습니다. 중국 쪽으로 눈을 돌리는데 혹 고리를 연결할 사람이 없나 찾으신다고요.

글쎄요? 그럴 만한 사람을 알고는 있지만 제 생각으로 쉽지 않을 겁니다.

조선족이지만 중국사학계에서는 나름대로 입지를 굳힌 학자입니다. 손영천(孫永千) 박사라고 동북공정을 주도했던 중국 사회과학원 연구원 출신입니다.

1983년 사회과학원 산하에 변강역사지리연구중심을 설립할 때 핵심역할을 담당했던 사람입니다. 당시에는 젊은 나이라 서열은 좀 뒤처졌지만, 준비 작업부터 한 사람으로 알고 있습니다.

훗날 길림성 통화사범대학 고구려연구소가 '고구려 학술 토론회'를 개최해서 동북공정을 수면으로 띄워 올린 주역입니다. 동북공정을 준비하기 위해 그 학교 교수로 자리를 옮긴 사람이니까요. 직접 말하지는 않았지만 동북공정을 수면으로 띄우고 실질적인 업무를 현장에서 진두지휘하기 위해 자리를 옮긴 것 같은 뉘앙스를 풍기는 이야기는 했던 것 같습니다.

지난번 저희들이 지적학을 이용해서 우리의 북방 영토에 해당하는 땅들을 측량하고자 할 때 그 사람이 부인을 통해서 도와줬습니다. 부인은 성시령(成始玲)이라는 여인인데 조선족으로는 중국 공안에서, 그것도 길림성에서는 높은 자리에 있는 여인입니다. 제가 중국 공안 조직을 잘 모르다 보니 어느 정도인지는 잘 모르지만 좌우간에 요직 같았어요. 저희들이 측량을 하고자 한다면서 도움을 청하니까 손영천 박사가 대뜸 부인에게 전화를 하더군요. 그 바람에 도움을 톡톡히 받았지요.

그러나 그때는 중국도 자기들에게 도움이 되니까 협조를 했지만 이런 일이라면 아마도 힘들 것 같습니다.

지금 찾고자 하는 책의 일부라도 손에 넣는 날이면 일본도 일본이지만 더 큰 타격을 받는 것은 중국이 될 텐데요.

중국 2대 권력승계자인 화궈펑(華國鋒: 화국봉)이 평생 심혈을 기울여 바친 작업이라고 해도 과언이 아닌 일이 물거품이 될지도 모를 텐데 협조할까요?"

"화궈펑이 평생 심혈을 기울인 작업이라니요?"

"동북공정 말입니다.

그 작업이야말로 화궈펑이 자신의 모든 역량을 쏟아 넣은 작업이라고 해도 과언이 아닐 겁니다.

화궈펑이 덩샤오핑에게 권력을 이양할 때 겉으로는 평화롭게 이양한 것 같지만, 실제로는 외압에 의해 그에게 모든 권력을 다 빼앗기고도 몸 하나 다치지 않고 무사할 수 있었던 것은 화궈펑이 동북공정을 진두지휘했기 때문입니다.

아니죠, 그보다 먼저 화궈펑이 덩샤오핑과의 경쟁에서 그를 숙청하고 권력을 잡을 수 있었던 유일한 무기가 되어 준 것이 훗날 동북공정으로 나타난 것이라는 표현이 맞는 말이겠지요.

마오쩌둥(毛澤東: 모택동)이 구려벌을 인정하고 북한과의 국경회담이 있던 1964년에 그 땅의 일부인 길림성과 흑룡강성에 해당하는 땅들을 북한에 돌려주려 했을 때 강력하게 반대한 덕분에 권력의 중심부에 접근할 수 있었으니까요.

그 바람에 마오의 친필 한 장을 얻어 그걸 가지고 주변을 설득해서 주석이 된 인물이지요."

"조 박사님도 마오쩌둥이 돌려주려는 땅에 대한 이야기를 알고 계셨군요.

그런데 그 땅을 돌려주려는 것을 김일성이 중국에 대한 충성심을 보이기 위해 거절했다는 이야기도 듣고, 제 눈으로 그 기사를 찾아서 보기도 했지만 화궈펑이 반대했다는 이야기는 처음 들었습니다."

청장은 조심스레 말을 꺼냈다.

자신은 이런 일에 직접적으로 관여한 것이 처음이라 그런지, 지난번에 마오쩌둥과 김일성의 대화 내용에 대해 알기만 해도 소름이 끼칠 지경이었는데 이게 무슨 말인지 감을 잡을 수가 없었다.

"마오쩌둥이 우리 영토를 돌려주겠다는 것을 김일성이 거절한 이유가, 6.25당시 소련의 배신으로 인해서 압록강을 건너서 빨치산 투쟁에 들어가든지 아니면 죽든지, 기로에 선 자신을 구해준 중국에 보은하는 의미도 있었겠지요.

하지만 그것보다는 공연히 중소 국경분쟁에 끼어들어 그나마 가진 땅마저 잃고 싶지 않았던 것도 클 겁니다.

김일성으로서는 구려벌을 손에 넣었다가 모두 잃느니 압록강 이남에 조금이나마 가지고 있는 것을 택한 겁니다. 자신이 다시 한 번 적화통일을 하기 위한 발판으로 삼겠다고 생각했겠지요. 허울뿐인 조국해방이라는 기치를 걸고 자신의 영역을 넓히기 위해 전쟁을 일으켰다가 공연히 망신만 당하고 죽을 고비를 넘겼으니까요. 자기 딴에는 피로 물들여 가면서 지킨 땅이라고 생각하고 있었을 겁니다. 자신의 욕심을 버리고 조국과 민족을 위해 통일과 구려벌을 선택한다는 것이 가능키나 한 일이었겠습니까? 권력의 욕심이 눈을 멀게 한 지 오랜 일인데.

우리로서는 안타깝기 그지없고 김일성이 역사 앞에서 절대로 씻을 수 없는 죄를 범한 것은 사실이지만, 어쨌든 그 사건이 화궈펑을 주석에까지 끌어 올려주는 사건이 된 것만은 확실하다고 봐야합니다."

조병현 박사가 동북공정 이야기를 꺼내자 자칫 길어질 것을 우려했는지 작가가 말을 끊었다.

"그 이야기는 차츰 해도 늦지 않을 거야. 만일 조 박사가 할 기회가 없으면 내가 할 수도 있는 이야기니까.

지금 중요한 것은 이미 지나간 이야기가 아냐. 그러니까 그 이야기는 그만두고 어떻게 조치할 것인가를 먼저 생각하자고.

조 박사 말대로, 지난번과 경우가 다르다고 이대로 주저앉아 쉽지 않을 것이라는 말만 하고 있을 수는 없잖아. 부딪혀 보지도 않을 수는 없지."

"그거야 당연한 말이지만 나는 공연히 너무 기대를 했다가 오히려 실망이 크지 않을까 염려가 되어서 하는 말이지."

"이미 실망할 대로 실망하고, 수도 없는 한을 가슴에 담은 분들이야. 어떻게 보면 더 이상 실망할 것도 없다는 표현이 어울릴지도 모르는 일이고. 그러니 그런 걱정은 말고 시작해 보자고.

지난번에 우리 둘이서 이야기한 적 있지.

지금 중국 조선족 자치구에 사는 우리 민족들은 남방민족들이 그들을 같은 동족이 아니라 그저 세수로 여기거나 아니면 소련과의 갈등이 불거졌을 때 완충지역 역할을 하기 위한 수단으로 여긴다는 것. 또 마오쩌뚱이 청나라를 엄청나게 싫어했고, 우리 민족을 청나라의 여진족과 동류로 취급하는 관계로, 길림성과 흑룡강성을 떼어 북한에 넘겨 주려 했다는 것을 알면 과연 지금처럼 조용히 중국에 붙어 살까를 얘기했었잖아?

이번에 그 이야기를 표면으로 끌어 올리면 어떨까?

조 박사가 이야기했던 손영천 박사.

그 분에게 중국의 그런 속내를 털어놓고 단도직입적으로 도움을 청하는 거지. 그 부인인 성시령이라는 분도 중국 공안이지만 조선족이라 진급에 한계가 있다는 이야기를 한 적이 있다면서? 이번에 그런 것들을 부각시켜서 우리 뿌리를 찾자고 조 박사가 설득한다면 전혀 가능성이 없는 것도 아니잖아.

모르면 몰라도 지금 조선족들의 가슴 속에는 중국에 대한 불만은 물론, 뿌리를 찾고 싶은 그 무엇인가가 꿈틀거릴 시간이 아닌가?

그동안 배가 고파 무엇이 무언지도 모르는 채 허겁지겁 달려오느라 이 생각 저 생각 할 시간이 없었겠지만 이제 여유가 생기지 않았나?

원래 사람이라는 것이 다 그런 거잖아. 조금이라도 기회가 주어지면 뿌리를 찾고 싶어 하는 것. 특히 우리 동양인들은 더 심하고."

"시기적으로 그렇다는 말에는 동감하지만, 그 부부는 자기들 나름대로는 이미 중국인으로 성공한 부부라고 생각하고 있을 텐데…"

"그럴 수도 있겠지. 자신들은 중국인으로 성공했다고 자부하고 있을 수도 있지. 그러나 조 박사와 만났을 때 항상 조선족 자치구가 더 확대되어야 한다는 말을 몇 번인가 했다며? 그 자체가 뿌리를 그리워한다는 말 아니겠어?

그런 그들에게, 이번 기회에 우리 문화를 바탕으로 한, 우리 뿌리를 정리해야 할 필요성을 강조해 보자는 거야.

그네들이 조선족 자치구가 지금의 연변을 넘어서 길림성은 물론 흑룡강, 요녕성까지 뻗어야 한다는 것이 무슨 의미겠어. 자신들 나름대로는 조선족이 가질 수 있는 고유영역을 확보하고 싶은 욕구 아닐까?"

"그럴 수도 있겠지.

그들이 지난번에 나와 같이 일할 때 북측 사람들 들어보라는 듯이 흘리는 투로 몇 번인가 한 적은 있어. 조선족 자치구가 있다고는 하지만 그건 너무 형식적인 거라고. 실제 조선족 자치구라면 길림, 흑룡강은 물론 요녕성까지 들어가야 제대로 되는 거라면서 내몽골 자치구와 티베트 이야기를 슬쩍 꺼냈었지."

"바로 그거야.

내가 작가라는 직업상 너무 앞서가는 건지는 모르지만 그들은 지금 우리가 바라는 것과 같은 것을 바라고 있는지도 몰라. 우리의 문화와 역사를 정리해 놓고 싶은 강한 욕구를 갖고 있는 거랄까?

그들이 지금은 남북으로 갈라진 조국에 기댈 것은 없고, 중국이라는 체제 아래서 어쩔 수 없는 편안함에 안착하고 있지만, 자신들의 후손을 걱정하는 거겠지.

실제 성시령이라는 그 여인이 공안에 있으니까 더 잘 알 것 아냐. 신장 위구르 지역이나 티베트 주민들이 자신들의 뿌리를 찾기 위해서 연일 독립투쟁을 하면서 수도 없이 많은 이들이 목숨을 잃어 간다는 것을. 결국 언젠가는 우리도 그런 꼴이 될 것이라는 것을 피부로 느끼는 거지.

더더욱 우리 같은 경우에는 남과 북, 그리고 지금은 만주라고 불리면서 중국 국적을 가지고 있는 자신들이 살고 있는 곳으로 삼분된 나라라는 현실을 보면 얼마나 기도 안 막히겠어.

마치 그 옛날의 삼국시대를 보는 것 같으면서도 후손들을 생각하면 암담하겠지.

남방민족이라는 이들은 권력을 독점하고 살면서, 입으로는 북방민족도 같은 나라라고 하면서 한 수 아래의 민족으로 보고. 미래는 보이지 않고.

이런 식으로 간다면 언젠가는 조선족이라는 단어조차 없어지고, 우리 후손들은 뿔뿔이 흩어져 지구상을 떠도는 영원한 이방인으로 살 수 밖에 없을 것이라는 생각을 했을 것 같은데?

그런 마음을 조 박사와 북측 사람들 앞에서 흘리듯이 했던 거고.

물론 그들이 바라는 것은 하루빨리 남북통일이 된 강한 모국이겠지만.”

“듣고 보니 충분히 그럴 수도 있겠다. 지난번에는 내가 미처 눈치 채지 못했는데 작가 말을 듣고 보니 충분히 그럴 수 있어.

자신들의 바람을 신분이나 기타 여러 가지 제약 때문에 말할 수 없으니까 돌려 말한 것일 수도 있어. 한편으로는 나와 북측 두 사람이 같은 자리에 있는 김에 통일도 못하는 남북을 질책한 것이겠지만.

좋아. 이제껏 목숨을 잃은 분들도 계신데 까짓 시도도 못 해본다면 그건 말이 안 되겠지.”

“아무리 친구 사이라지만 조 박사가 선뜻 결정을 해 주니 고맙군.

만일 성시령이나 손영천이 도저히 납득할 수 없는 일이라고 판단해서, 이번 일이 잘못되기라도 하는 날에는 조 박사 앞날에 타격이 클 텐데! 자칫 잘못하다가는 조 박사가 다시는 중국에 들어가지 못하는 경우도 생길 텐데, 그런 걸 계산에 넣지 않고 쉽게 대답해주니 친구로서 고마워."

"별 쓸데없는 소리를 다하고 있구먼.

지금 여기계신 분들의 희생에 비하면 내가 하고자 하는 것은 아무것도 아니지.

의사라는 미래가 보장되는 직업도 마다않고, 아무리 장난기로 시작한 일이라지만 모든 것을 집어 던지고 목숨을 담보로 뛰어든 태 박사님.

아무도 알아주지 않는데도 불구하고, 자신의 목숨을 잃을 것을 각오하고 문화와 역사의 뿌리를 찾아 나섰다는 유병권 박사님.

자신을 버린 조국을 위해서 나섰던 박 노인.

단순히 우리와 핏줄의 반이 섞였다는 이유로 이 일에 뛰어들었다가 죽어간 핫도리 씨.

게다가 우리 민족과는 피 한 방울 섞이지 않았지만 정말 무엇이 옳은 것인지를 알기에 목숨을 초개처럼 희생한 하나꼬양.

그런 분들의 숭고한 희생 앞에서 조그만 내 이익을 포기하지 못해 망설인다면 이 나라의 백성 된 권리를 포기하는 거 아니겠어?"

"권리를 포기하는 거라니?

의무를 완수하기 위한 거라면 이해를 할 수 있겠는데, 권리를 포기하는 거라는 말을 들으니 무슨 소린지 쉽게 이해가 안 되는데?"

"이런 일을 할 수 있는 기회가 주어진 것만 해도 영광이라는 거야.

내 나라 문화와 역사를 바로 세움으로써 영토를 수복할 수 있는 기틀을 마련하는 것이 이 나라 백성 된 자 모두에게 주어지는 기회가 아니잖아. 그렇게 하고 싶은 뜻이 있어도 기회가 주어지지 않아서 못하는 이들도 많고. 그러니까 이런 기회가 주어진 것이 영광이라는 표현을 넘어서야지.

나에게 이런 일을 할 수 있는 여건이 마련된 조국이 없었다면 하고 싶어도 못하는 일이잖아.

조국이라는 것이, 기껏 천연자원이나 많이 가지고 있어서 문화와 역사도 없이 갑자기 신흥 부국이 되어 백성들이 모일 구심점도 없는 조국이라고 생각해 봐. 이런 일을 할 수 있는 기회가 주어질 수 있나?

그러니까 이런 일을 할 수 있다는 것은 백성 된 의무가 아니라 유구한 역사와 자랑스러운 문화에 빛나는 우리 대한민국과 같은 조국을 가진 자만이 누릴 수 있는 권리야.”

“정말 대단한 사고를 갖고 계십니다.”

　작가와 조 박사의 대화를 지켜보는 사람들 모두가 감탄을 하는 중에, 청장이 일어서서 작은 손 박수를 치며 두세 걸음 옮기면서 한마디 했다.

“저런 작가를 친구로 두고 있다 보니 어느새 저도 이렇게 변해가는 가 봅니다. 이렇게 변해가는 내가 자랑스럽게 여겨지는 것도 그렇구요.

　그러나저러나 중국은 누구누구 갑니까?”

　조병현은 어차피 내친 일이라면 빨리 시도하는 것이 낫다고 생각했다. 뜸을 들이는 일이 좋을 때도 있지만 이런 일은 뜸을 들이지 말아야 한다. 단순히 쇠뿔도 단김에 빼라는 식의 이야기가 아니다. 보안을 요구하는 일을 이것저것 재다보면 오히려 보안이 노출되어 일을 그르치기 십상이다.

“조 박사님 일정이 어떠신데요?”

　오랜만에 태영광이 입을 열었다. 조 박사 일정만 괜찮다면 내일이라도 달려가고 싶은 태영광이다.

"머지않아 2학기가 시작되지만 학기 초니까 오히려 시간을 낼 수 있을 겁니다.

중국에서 얼마나 걸릴지 모르지만 개강은 아직 일주일정도 남았고, 또 수강신청 정정 등을 감안한다면 적어도 2주 정도의 시간 여유가 있으니까요.

학생들에게는 미안한 일이지만 큰일을 하기 위해서 한번쯤은 눈을 감아야지요. 또 중국에서 의외로 일이 빠르게 결론이 날 수도 있고요.

내가 아는 손영천 박사나 성시령이라는 여인이 그렇게 우유부단한 사람들이 아니거든요.

하고 안 하고에 대한 결론은 쉽게 날 겁니다.

그들이 이 일을 하겠다고 할 때 시간이 얼마나 걸릴지는 모르죠. 또 그들이 아예 이런 일에는 관심도 없고 하지 않겠다고 거절할지도 모르지만 좌우간에 결론은 금방 날겁니다.

만일 그들이 거절한다면 다른 대상자를 물색해 봐야 하지만 그건 당장은 힘든 일이에요. 그야말로 마음 다잡고 다시 시작해야 되니까 일단은 철수를 해야겠지요. 또 그들이 하고자 하는 데 시간이 걸린다고 한다면 저는 일단 귀국을 했다가 다시 가야겠지요.

지금은 중국이 조선시대 때처럼 먼 거리가 아니잖습니까?"

"그럼 빠를수록 좋다는 말씀 아닙니까?

좋습니다. 저는 항상 준비가 되어 있으니 당장이라도 가면 됩니다."

태영광의 마음은 벌써 중국에 내리고 있었다.

그로부터 3일 후.

너무 많은 사람보다는 일에 꼭 필요한 사람만 가기로 계획을 세우고 조병현과 박종일, 태영광 셋이서 중국행 비행기에 올랐다.

2. 감각보다 진한 피

　태영광은 처음 와보는 곳이지만, 동북공정이라는 허황된 단어로 귀에 익은 통화시(通化市: 통화시)가 전혀 이국이라고 느껴지지를 않았다.

　우리나라 어디서나 볼 수 있는 평범한 지방도시다. 시 외곽에는 산도 있고 과수원도 있는 그런 평범한 도시다.

　외국에 나가면 느껴지는 감이 있다.

　일본에 가면 일본에서 느끼는 감이 있고 미국에 가면 미국에서 느껴지는 감이 있다. 아무 말도 하지 않고 그저 쳐다만 보는데도 이국이라는 느낌이 든다. 상가의 간판이나 아니면 주변 사람들이 대화를 하는 그런 언어적인 것을 배제해도 외국이라는 감이 한꺼번에 밀려온다.

유병권 박사의 뒤를 이어 숨겨진 역사의 진실을 밝히겠다고 일본 땅에 발을 디딘 것이 태영광의 일본 첫 방문은 아니었다. 이미 일본에서 유학을 한 경험도 있어서 아주 친숙하다면 친숙한 환경이었다. 그런데도 일본 공항에 내리면 이국이라는 느낌이 온 몸을 덮어왔었다. 자신이 이번 일과는 상관없이 한참 전에 처음 일본에 갔을 때는 물론이고, 얼마 전에 일본에 다시 갔을 때도 그 느낌은 변함이 없었다. 미국은 더 말할 나위가 없었다.

중국 역시 처음 오는 길이 아니다. 이미 남방의 상해나 그 외 몇몇 도시들에 학회 등의 이유로 방문한 적이 있다. 그러나 일본을 방문했을 때처럼 항상 이국에서 느끼는 강한 인상을 지울 수 없었다.

그런데 이곳 통화시는 전혀 그런 느낌이 없다. 비행기를 타고 이곳에 왔다는 것이 오히려 믿기지를 않는다. 차라리 경부고속도로를 몇 시간 달려 도착한 우리나라 남쪽의 어느 지방도시 같다는 생각만 자꾸 들었다.

"이상하게도 외국이라는 생각이 들지 않고 우리나라 지방도시에 온 것 같은 기분만 드네요?

희한하죠?

별 다른 생각 없이 이곳에 도착했는데도 전혀 남의 나라에 왔다는 생각이 들지를 않아요."

"글쎄요. 아마도 태 박사님의 몸이 태 박사님 의식의 지배를 받지 않고 내 땅이라는 것을 확인하고 있나봅니다."

조병현 박사는 아무렇지도 않게 대답했다.

태 박사와 박종일은 대답 대신 아무 말 없이 고개만 끄덕였다.

현실적으로는 이곳이 중국 영토로 치부되고 있다는 것을 의식하지만 그 땅의 정기를 느끼는 몸뚱이는 중국 땅이 아니라는 것을 알고 있다. 이 땅에 살던 이들의 피를 이어받아 흐르는 몸뚱이가 먼저, 이곳이 내 땅이라는 것을 감지하고 있는 것이다. 이곳은 남들이 아는 것처럼 중국 땅이 아니라, 내 핏줄들이 숨 쉬며 살던 바로 우리 영토라는 것이다.

"이래서 피는 못 속인다고 하는 건가?

흔히 연속극에서 보듯이 부모자식 간에 몇 십 년 얼굴도 모르는 채 떨어져 살다가도 마주치면 뭔가 묘한 파장을 느끼는 그런 건가?"

박종일이 혼자 중얼거리듯이 말했다. 그러나 그 중얼거림은 그 자리에 있는 세 사람 모두의 가슴에 커다란 파도로 다가오고 있었다.

"마침 내일이 토요일이라 부부가 모두 쉬는 날이니 오늘 저녁에 만나자네요. 공연히 휴일 전날의 휴식을 방해하고 싶지 않다고 했지만 막무가내에요. 일행이 있다고 해도 같은 동포들이라면서 무슨 상관이냐고 함께 오라는데요?

마침 자기 부인이 오늘 일찍 끝난다고 셋 모두 자기 집에 저녁 초대를 하고 싶답니다."

숙소에 도착하자 조병현이 손영천과 통화를 마치고 말했다.

"조 박사님은 아는 사이지만 저희들은 처음 보는 사람인데 집으로 초대를 한다고요?"

"저도 우리 일행들이 불편해 할지도 모른다고 하자 그런 것은 다 접어 두랍니다.

처음에는 지난번에 같이 왔던 북측 사람들과 같이 온 것으로 오해하는 줄 알았어요. 그래서 다시 한 번 남에서 같이 온 또 다른 일행 두 사람이라고 이야기했지만 상관없답니다. 자기에게는, 남이든 북이든, 어차피 같은 동포라는 것 이상의 의미는 없다는 겁니다. 다만 지난번처럼 지적에 관한 일을 하는 거냐기에 땅은 땅인데 경우가 좀 다르다고 했지요. 그랬더니 자세한 것은 만나서 이야기하재요.

아마 손 박사는 지난번에 우리한테서 지적에 관한 많은 것들을 배웠다고 생각하는 가 봅니다. 그 바람에 나를 믿는 거구요. 하기야 지난번에 이곳에 머무는 동안 하루건너 저녁이면 만나는 바람에 근 100여 번을 만나면서 정도 많이 들기는 했습니다만.

그러기까지는 북한 김책공대의 장 박사가 수고를 많이 하기는 했죠.”

“초대를 받았으니 가기는 가야 하는데 만나서 무슨 이야기를 해야 하는 것인지…?

오늘 가면 틀림없이 무슨 일을 하느냐고 물을 텐데, 대답을 안 할 수도 없고.

만일 오늘 다른 대답을 하고 내일이라도 일 때문에 만나서 다른 말을 하면 신뢰를 떨어뜨려 도움을 받는다는 것이 힘들어질 것이고…”

손영천의 초대를 알리는 조병현의 말에 태영광이 난감해하는 것을 보던 박종일이 입을 열었다.

"태 박사. 우리 방식대로 하자.

우리가 언제 숨기고 감춘 적 있어? 있는 그대로 솔직하게 이야기하자고. 어쩌면 이게 주어진 기회가 될 수도 있어.

나나 태 박사가 이야기하기는 힘들겠지만 조 박사님은 그렇게 하실 수 있잖습니까?"

"그래요. 그게 좋겠습니다.

모든 것은 솔직하게 나를 열 때 기회가 다가오는 겁니다.

나는 잔뜩 감추고 상대방에게 자신을 드러내라고 한다면 누가 드러내겠습니까?

박 경정님 말씀대로 있는 그대로 이야기하지요. 다만 그 이야기를 하는 시점이나 정도는 내가 알아서 조절해 보지요.

우리가 떠나기 전에 서울에서 작가 친구가 하던 말들이 생각납니다.

'지금 저네들이 원하는 것을 우리가 해 주고 있는지도 모르는 일입니다. 자신들은 그나마 안착한 중국에서의 생활을 버릴 수 없어서 망설이고 있는데 우리가 불을 지펴주고

있을 수도 있어요. 그러니까 모든 것은 조심하고 경계하면서 하되, 방식만큼은 직선으로 가자는 겁니다.'

가장 힘들 때 가장 빠른 길은 정면으로 가는 길이라면서요. 그 길로 갑시다."

조병현도 박종일의 말에 공감했다.

그리고 자신이 나설 뜻도 분명하게 했다.

세 사람은 무슨 이야기를 하던지 솔직하게 있는 그대로 이야기하자고 다시 한 번 다짐하면서 약속시간을 기다렸다.

손영천의 집은 통화사범대학에서 멀지 않은 곳에 자리하고 있었다.

손영천은 세 사람이 들어서자 아주 반갑게 맞으면서 손을 내밀어 악수도 청했다.

"조 박사께서 이렇게 다시 찾아 주시니 영광입니다. 아마 우리 집에 뭔가 또 좋은 일이 일어날 징조라도 보이는 걸 겁니다."

"어서 오세요. 그렇지 않아도 우리 박사님과 가끔 조 박사님 이야기를 하고는 했는데 이렇게 다시 뵙게 되니 정말 기뽑니다."

손영천 박사뿐만 아니라 성시령이라는 손 박사의 부인도 조 박사를 아주 반갑게 맞았다.

"갑자기 들이 닥쳐서 죄송합니다.

일단은 왔다는 사실만 알리고 내일 낮에 차라도 한잔할 셈으로 전화를 했는데 의외로 이렇게 폐를 끼치게 될 줄이야!"

"폐라니요? 그렇게 생각할 것 같았으면 초대하지도 않았습니다."

조 박사를 반기는 그 말은 절대 허식이 아니었다. 진정으로 보고 싶고 만나고 싶어 하던 그들 부부의 마음이 얼굴에 배어 나왔다.

"두 분도 마음 편하게 생각하십시오. 조 박사님과 같은 일로 오신 분들이라는데 저희들이 뭔가 도움이 될 수 있을지 모르지만, 어쨌든 같은 동포로서 그저 형제의 집에 온 셈 치시고 편히 하세요."

손영천은 진심으로 두 사람마저 염두에 두고 배려하는 마음을 드러내 보였다. 그것도 같은 민족이라는 이름을 가진 동포로 형제의 집에 온 것처럼 마음을 편하게 하라고 했다. 조병현과 두 사람을 대하는 태도가 전혀 허식이 아니라는 것을 다시 한 번 강조했지만 굳이 그럴 필요가 없었다. 이미 그의 얼굴에 진심으로 세 사람을 반기는 것이 드러나 있었다.

손영천과 조병현이 이런저런 지난날 이야기를 하는 동안 저녁이 준비되고 다섯 사람이 식탁에 둘러앉았다. 그들이 둘러앉은 식탁은 중국 음식점에서 요리를 먹을 때 사용하는 회전식 식탁이었고 그 위에는 음식이 잔뜩 준비되어 있었다.

"자식이라야 겨우 하나지만 제 갈 길을 가느라고 나가서 살고 우리 두 부부만 덩그러니 이 집에서 산답니다. 오랜만에 손님들이 와서 이렇게 음식을 차려 놓고 저녁을 먹으니 그 기분이 새롭습니다. 이런 기회를 갖게 해 주신 분들께 고마운 마음으로 식사를 하겠습니다."

손영천 박사는 자신이 이렇게 식사를 하는 것을 조 박사와 나머지 두 사람 덕분이라고 하면서 즐겁게 식사를 시작했다.

다섯이 둘러앉은 식탁은 세 사람 중 두 사람과는 초면이라 그런지 새로운 이야기 보다는 지난번에 조병현 박사와 작업할 때 일어났던 재미있는 이야기들 위주로 대화했다.

술이 몇 잔 돌고 나자 분위기가 서서히 달아오르기 시작했다.

식사가 끝나가자 성시령이 자리에서 일어나 빈 그릇은 대충치우고 술안주가 될 만한 새로운 음식을 가져다 놓고 자리에 앉아 직접 술을 한 잔씩 따랐다.

"조 박사님 오셨다는 말씀 듣고 반가운 마음이 앞섰습니다. 지난번에는 추운 겨울이라 고생도 많이 하셨는데….."

"그렇게 생각해 주시니 정말 고맙습니다. 지난번에도 폐만 끼친 것 같은데 반갑게 맞아 주시니 고맙기 그지없습니다."

"폐라니요? 아까도 말씀드렸지만 조 박사님이 다시 오셨다는 소리를 들으니까 우리 집안에 또 좋은 일이 생기겠다는 생각이 들었다니까요."

성시령과 조병현의 대화에 손영천이 끼어들며 아까와 똑같은 소리를 했다. 순간 조병현은 좋은 일이 생길 것이라는 말을 두 번이나 거푸 하는 것이 무슨 소리인지 궁금해졌다.

"좋은 일이 생길 거라고 하시니 고맙기는 합니다만 제가 해드릴게 없는 거 같은데요?"

"이미 해 주셨습니다."

손영천이 이미 해 주었다는 말에 성시령의 얼굴에는 환한 웃음꽃마저 펴오르기 시작했다.

"지난번에 조 박사님께서 우리 집사람 통해서 정부 허락을 받아 측량을 해 주시는 바람에 여러 가지 좋은 일이 많았지요. 무엇보다 집사람이 표창장을 받았다는 겁니다.

그것도 주석 동지의 표창장을 받은 겁니다."

"주석의 표창장을 받았다구요? 그거야 말로 정말 좋은 일이네요!

축하드립니다.

그렇다면 우리가 대접받을 게 아니라 축하 턱을 내야 될 입장인 거 같은데요?"

"아닙니다. 저희가 조 박사님 덕분에 거저 받았으니 대접해 드리는 게 당연한 거죠.

정말 고맙습니다."

조병현은 손영천의 인사를 받으면서 정말 축하할 일이라고 생각하면서도 한편으로는 씁쓸했다.

자신은 우리의 잃어버린 영토를 정리해서 비록 지금은 아닐지라도 언젠가는 수복할 수 있는 근거를 만들자는 의미로 애써 측량을 한 거다. 그런데 동포인 성시령은 그것으로 중국공산당 주석의 표창장을 받은 것 때문에 기뻐한다.

이런 민족이 도대체 지구상의 어느 하늘 밑에 또 있다는 말인가?

그러나 지금 그런 감상에 젖어 있을 때가 아니라는 생각이 머리 한 구석을 헤집고 들어섰다.

"그럼 곧 진급도 하시겠네요?"

조병현은 잠시 들었던 감상을 접어두면서 정말 기대가 된다는 표정으로 물었다.

"진급은 무슨…."

조병현의 기대에 찬 모습과는 다르게 성시령의 얼굴은 조금 전 웃음꽃마저 피었던 밝은 표정이 사라지면서 이내 어두운 그림자가 드리워졌다.

때는 이때다.

이미 자신이 알던 그대로 조선족으로 진급하는 것에 한계가 있다는 서운함과 아쉬움을 잔뜩 머금은 바로 그 표정이다.

조병현은 이 기회에 자신들이 말하던 대로 직선으로 가는 길을 열자고 결심했다.

"왜요? 제 자랑 같지만 지난번 일은 성 경독님 덕분에 해냈는데요. 중국은 아직 지적학이 제대로 발달하지 못해서 할 수 없던 어려운 일을 거저로 한 건데….

표창장 가지고 대충 얼버무리려고 그러는 건가?"

조병현은 자신의 자랑을 빗대 말하면서 슬그머니 성시령의 얼굴을 쳐다봤다.

"저 같이 부족한 사람이 그나마 2급 경독까지 승진한 것으로 만족해야지 무슨 욕심을 내겠습니까?"

성시령의 입은 자신의 부족함이라고 하면서 2급 경독에 만족한다고 했지만 그 표정은 불만에 잔뜩 쌓여 굳어져 있었다.

"당신이 부족하다니 무슨…?

우리가 처한 위치가 그렇다 보니 그런 거지."

성시령의 굳은 표정을 위로해 주려는 듯이 뱉은 손영천의 한마디를 조병현이 놓치지 않고 꼬리를 물었다.

"그러니까 내 것 내가 가져야 되는 거라니까? 내 것을 내 것이라 못하고 있으니 이런 꼴이 난다고 하면 어떻게 생각하실지 모르지만, 사람들이 다 자기 뿌리 찾으려고 하는 이유가 있다니까요."

"그거야 그렇지만 오늘은 처음 오신 분들도 있고 하니 그냥 다른 이야기하시지요."

성시령은 조병현이 두 사람의 속내를 떠보려고 슬그머니 한 단계 높인 말 수위를 막으려고 했다. 당신의 말이 백번 옳다 해도 이 자리에서 할 이야기는 아니라는 듯이 말을 돌리려고 했다. 알지도 못하는 두 사람이 있는 자리에서 할 이야기가 아니라는 거다.

"참, 내가 동행한 분들이 있다는 걸 깜박하고 내 속 타는 이야기만 했습니다.

하지만 그런 건 상관하실 필요 없어요. 여기 이 두 사람이야 말로 지금 우리가 하는 이야기를 다 이해하고도 남을 사람들이니까요. 우리들에 비하면 훨씬 젊은 나이지만 하는 일은 우리보다 저 만큼 앞서 가 있어요.

우리나라의 잃어버린 역사와 문화를 찾아 목숨을 담보로 걸고 일하러 다니는 사람들이니까요."

조병현은 수위를 한 수 더 높였다.

슬그머니 성시령과 손영천의 표정을 살폈다.

두 사람 모두 즉각적인 반응이 오리라고 생각했는데 의외로 조용하다. 단순히 조용한 것이 아니라 무언가 생각하는 눈치다.

"목숨을 담보로 다닌다니까 무슨 국가 기관이나 비밀 첩보원 이야기를 하는 게 아닌가 생각하시나 본데, 그게 아니라 자신들의 생업을 포기하고 뛴다는 이야깁니다. 이렇다하게 지원해 주는 사람도 없고 국가에서는 더더욱 나 몰라라 하는 입장이고요. 그 덕분에 죽을 고비도 넘기면서 숱하게 고생을 하고 있지요.

다만 우리 역사와 문화를 바로 세워 언젠가는 통일조국이 올 때 잃어버린 우리 영토를 다시 수복하는 초석이 되겠다는 일념 하나로 일하는 거죠."

조병현은 두 사람의 생각이 부정적으로 굳지 않기를 바라면서 한마디 더 첨언했다.

"그럼 고대사를 연구하시나요?"

시차를 두고 나서 손영천이 아주 진지한 목소리로 말했다.

"아닙니다. 저나 이 친구는 사학자가 아닙니다.

다만 우리 고대사에서 근세사까지 그 뿌리를 제대로 찾자는 겁니다. 어렵게 들리실지 모르지만 그 근원을 찾자는 거죠.

우리 역사의 근원을 찾음으로써 잃어버린 역사를 바로 세우고 그걸 바탕으로 우리 문화를 찾고, 그 문화를 바탕으로 잃어버린 우리 영토를 수복하자는 겁니다.

그렇다고 지금 당장 영토를 수복하자는 것도 아닙니다.

우리 근본을 찾아 우리 문화와 역사를 통한 영토의 개념을 바르게 정립해서 우리 후손들이 올바로 알 수 있는 길을 열어 놓자는 거죠. 만일 우리가 안 한다면 우리 후손들은 진정한 우리 문화와 영토에 대해 영원히 모르고 살 것 아닙니까?

갖고 안 갖고의 문제가 아니라 그 뿌리마저 잃어버리면 영원한 방랑자가 될 거라는 이야깁니다. 우리 후손들이 방랑자가 되어 떠도는 난민으로 살게 할 수는 없잖습니까?”

태영광은 손영천이 자신을 바라보며 질문하는 바람에 자신도 모르게 엉겁결에 작가와 조병현이 하던 이야기를 섞어 가면서 대답했다.

“참 어려운 일을 하시는 군요. 저는 말로만 들어도 어려울 것 같습니다.

그런데 중국에는 웬일로….”

“혹시 하는 기대죠. 역시 하면서 발길을 돌리는 한이 있더라도 항상 혹시 하는 기대가 사람을 끌어당기는 거니까요.”

태영광의 말을 듣자 두 사람의 표정은 더 굳었다.

자신들의 속마음을 들킨 것 같아서인지 아니면 상대해서는 안 될 사람을 상대했다는 것인지는 모르지만 얼굴이 확연하게 굳었다.

조병현은 물론 태영광과 박종일의 표정도 덩달아서 굳었다.

지금 저들의 표정이 굳은 이유는 모른다.

그동안 자신들이 그 누구에게도 말하지 못하고 앓던 가슴을 상대가 열어 주었지만 자신들은 있는 그대로를 드러낼 수 없어서 얼굴이 굳었는지도 모른다. 아니면 자신들의 속마음을 낯모르는 사람들에게 들켜서 불안한 것인지도 모른다. 이제까지 그들이 쌓아 온 결과로 얻은 자리를 허물어트릴 수도 있다는 불안일 수도 있다.

둘 중 어느 것일지라도 그들을 바라보는 세 사람 역시 심각하기는 마찬가지다.

다행히 그들의 가슴을 열어주어서 표정이 굳은 쪽이라면 목적에 한 발짝 다가서는 일이다. 반대로 낯모르는 사람들이라고 생각했다면 그건 절망이다.

아무 말 없이 몇 분의 긴 시간이 지났다. 그 시간은 아주 길게 느껴졌지만 손영천은 그저 대화의 연속이라는 듯이 평안하게 입을 열었다.

"그렇다면 구체적으로 무슨 일을 하시는 건가요?"

태영광은 자신을 바로 쳐다보면서 이야기하는 손영천의 눈에서 진실이 무엇인지를 알고 싶어 하는 욕구를 읽었다. 그의 가슴에 있는 응어리에 대한 대답을 듣고 싶어 하는 간절함을 읽었다.

역시 이런 일은 바로 가는 것이 옳은 것이다.

"이야기하자면 깁니다."

이번에는 태영광 대신 박종일이 말을 받았다.

"괜찮습니다. 내일 쉬는 날이고 하니 들어나 보죠.

우리가 들어야 무슨 도움이 되겠습니까만 그래도 같은 동포니까, 그것도 근본을 밝힌다니까 들어는 보고 싶네요."

손영천은 일단 자신이 직접 관여는 안 할 것이라는 선을 그었다. 하지만 그건 먼저 선을 긋고 출발하자는 의례적인 행위라는 것은 여기 있는 사람들은 다 아는 일이다.

"이이 말씀대로 저희가 들어야 도움이 될 거야 없겠지만 정말 같은 동포로서 어떤 일을 하시는지 듣고는 싶네요. 손님들께서만 괜찮으시다면 저희 시간은 걱정 마세요. 내일 휴일에다가 크게 할 일도 없는 걸요. 다만 손님들께서 괜찮으실지…"

성시령까지 같은 동포라는 점을 강조하며 듣고 싶다고 거들고 나섰다. 더 이상 망설일 이유가 없었다.

태영광과 박종일은 지금까지의 이야기를 시작했다.

태영광이 자신이 만든 기계를 시험해 보고 싶어서 벌였던 장난기 어린 일.

그 일이 계기가 되어 유병권 박사와 태영광이 〈대변설〉을 찾아 나섰던 일.

태영광은 유병권과 함께 〈대변설〉을 찾으면서 입으로는 온갖 불평을 다 했지만 마음 깊숙한 곳에서는 자신도 모르게 일어나는 동조감. 이 일은 누군가는 반드시 해야만 할 일이라는 막연한 생각. 그러면서도 그 일을 할 사람이 자신은 아니라고 무시해 버리는 자신.

태영광과 함께 찾은 〈대변설〉이 원인이 되어 싸늘한 늦가을 교정에서 맞은 유병권 박사의 죽음과 박종일의 만남.

유병권 박사의 죽음 후 누구의 충고와 만류도 듣지 않고 스스로 일본을 향하기로 결정한 태영광과 그를 사랑하는 장경애의 동반 일본행.

일본에서 만난 하나꼬와 일본왕실 지하서고에 있는 잃어버린 역사서를 찾기 위한 모험.

하나꼬의 죽음과 태영광이 죽음 직전에서 최기봉과 박종일이 옷 벗을 각오를 하고 도와준 덕분에 살아남은 이야기.

죽음 직전에서 귀환하여 서울 경찰청장의 말없는 도움하에 다시 일본행을 결정한 태영광과 박종일.

일본에서 만난 파파라치 노인 박성규와 마음을 터놓고 대화를 하고 알게 되는 어마어마한 사건들.

2차 대전 때 일본에 의해 강제로 끌려가서 성매매도구가 되었던 우리의 젊은 처자들과 징용으로 끌려가서 혹사당하던 우리의 젊은 피들.

731부대에 의해 희생된 우리 민족의 뼈저리게 쓰라린 실화들.

박성규 노인의 주선에 의해 도움을 받기로 한 핫도리의 활약과 그 동선 하나하나를 감시한 일본왕실의 끔찍한 행위.

핫도리의 죽음과 조병현의 친구인 작가에게서 들은 우리 역사의 피멍든 실체.

그리고 작가의 말을 듣고 행여 하는 마음으로 일본이 아니라 중국을 향하기로 했던 결정.

긴 시간에 걸쳐서 한 이야기지만 손영천과 성시령은 조금도 지루해 하지 않았다. 오히려 그런 놀라운 사실이 있었냐는 것처럼 중간 중간 자신들도 모르는 외마디 소리를 작게 내며 듣고 있을 뿐이었다.

태영광과 박종일은 자신들의 이야기를 듣는 모습을 보며 희망이 생겼다. 지금 저들의 몸에는 동족이라는 피가 먼저 흐른다. 자신들의 몸은 중국이라는 국적으로 가려져 있지만 그 안에 흐르고 있는 뜨거운 피는 우리와 매여진 줄기다.

"그렇게 어렵고 힘든 일을 굳이 자청해서 하신다니 정말 놀랍습니다."

손영천은 놀람을 금치 못하는 표정 그대로 한마디 할 뿐이었다.

"박종일 씨는 지금 대한민국 경정이라면서, 그렇다면 중국으로 말하면 1급 경독인데….

출신 성분도 경찰대학이라는 곳이면 머지않아, 이곳으로 말하면 경감급도 넘볼 수 있는 자리인데….

나도 들은 이야기지만, 남조선에서는 이곳처럼 출신 성분을 메기는 것이 아니라, 처음에 순경으로 시작하면 나 같은 2급 경독에 해당하는 경감까지 올라가면 대개가 만족한다면서요? 그러나 경찰대학이나 간부로 경찰에 발을 디디면 이곳의 3급 경감급에 해당하는 총경이나 그 이상의 고위직도 얼마든지 올라 갈 수 있다던데 어쩌다가 그런 어려운 일에 몸을 던졌습니까?"

손영천의 한마디와는 다르게 성시령은 오히려 자신이 안타깝다는 듯이 박종일을 쳐다보고 말했다.

"성 경독님께서 이번에 표창장을 받으면서 진급을 못하신 것이 아주 많이 아쉬우셨나봅니다. 박 경정님이 환한 앞날마저 내려놓을 각오를 하고 이 일에 뛰어든 것을 못내 아쉬워하는 것이 저한테까지 느껴지네요.

그렇다고 아쉬워만 할 일은 아닙니다. 이번 일이 오히려 박 경정님께는 더 크고 넓은 자리로 도약할 수 있는 기회가 될 수도 있으니까요."

조병현이 이쯤에서 자신이 끼어드는 것이 좋다는 판단으로 한마디 했다. 이렇게 말을 던져 놓다보면 성시령이 보다 적극적으로 질문을 할 것이고 그 질문에 답을 해 주다가 보면 일이 쉽게 풀릴 수도 있다.

"그렇다면 이번 일이 남조선 정부에서도 아는 일이라는 건가요? 그래서 경찰 신분으로 이런 일에 뛰어들어도 괜찮다는 허가라도 받았다는 건가요?"

"이미 말씀드렸다시피 정부까지 개입한 일은 아니구요.

박 경정님이 근무하는 서울경찰청장님께서 묵언하에 허락하신 겁니다. 이미 박 경정님이 동경에서 태 박사님의 목숨을 구했으니, 어떤 일이 닥칠지 모르는 상황이라는 판단에서 다시 한 번 동행시켜주신 겁니다.

백성들의 치안을 담당하는 것이 경찰 본연의 임무니까요.

제 말이 앞뒤가 좀 안 맞는 것 같지만 어쨌든 태 박사가 하고자 하는 일을 그만큼 높이 평가하고 또 이루기를 바라는 것이 우리 백성 모두의 소망일 겁니다."

"조 박사님 말씀대로 이번 일이 남조선 백성들 모두가 그렇게도 바라는 일이라면, 왜 남조선 정부는 나서지 않는 건가요?"

조병현의 추측대로 성시령은 보다 적극적인 질문을 했다. 그런데 그의 마지막 질문에 조병현은 말문이 막히고 말았다.

그렇다. 백성들이 그렇게도 원하는 일인데 왜 정부는 나서지 않고 나 몰라라 하고 뒷짐만 지고 있는지 조 박사 자신도 이해가 안 가는데, 멀리 이곳 길림성에 있는 동포가 이해하기는 더더욱 힘들 것이다.

"이렇게 젊고 유능한 남조선의 젊은이들이 나서고, 또 조박사님같이 훌륭한 학자 분들이 나서는 판인데 남조선 정부가 나서지 않는다는 것은 남조선 백성 모두가 원한다는 말과는 어울리지 않는 것 같은데요?

혹 남조선 인민들 중 일부 사람들만이 이런 생각을 갖고 있는 거 아닙니까? 특히 일부 지식인들 중에서 말입니다."

조병현은 난감했다.

태 박사가 시작하고 주축이 되어 진행하는 일들이 저 두 사람에게 대한민국의 일부 지식인들이 추구하는 것으로 보이면 안 된다.

저들이 원하는 것은 일부 지식계층이 부르짖는 운동이 아니다. 온 백성들의 가슴에 염원으로 담고 있어서 방법만 생겨 도화선의 불만 당긴다면 하시라도 활화산처럼 들끓기를 원한다. 그래야 자신들도 동포라는 이름으로 뭔가 얻을 것이 있다. 자신들의 표피에 밀착해 있는 중국이라는 껍데기를 벗어던지고 대한민국이라는 옷으로 갈아입을 희망이라도 생긴다.

그들은 과거 배고팠던 시절에 원했던 것과는 다른 것을 빠르게 추구하고 있는데 우리는 그 속도를 못 따라 가고 있다.

조병현은 친구 작가를 데리고 올 것을 잘못했다는 생각이 들었다.

그가 함께 했었더라면 이런 시점에서 적절한 대답을 해 줬을 것이다. 단순한 입막음이 아니라 정말로 저들의 가슴을 시원하게 해 줄 수 있는 무슨 말인가를 해 줬을 것이다.

그러나 이대로 가만히 있을 수도 없는 일이다.

조병현은 평소에 자신과 이야기하던 작가 친구를 떠올렸다. 그라면 지금 무슨 이야기를 했을까? 있는 그대로 솔직히 이야기했겠지?

"부끄러운 일이지만 지금 우리나라가 힘이 없어서입니다. 만일 힘이 있었다면 벌써 무슨 사단이라도 냈겠지요. 조용한 외교는 부끄러운 외교라는 것을 알면서도 어쩔 수 없는 겁니다.

일본은 이미 강대국 반열에 섰고 중국 역시 우리를 추월한 지 오래 되었고. 결국 지금 우리나라가 겪는 일들이 그

두 나라와 함께 엮인 일이다 보니 정부가 주도적으로 나서지 못하는 것은 사실입니다.

그렇다고 정부가 다른 생각을 하고 있는 것은 아닙니다. 이렇다 할 확증을 잡아야 하는데 그게 부족하니 입 다물고 있을 뿐입니다. 백성들 차원에서 무언가 일이 이뤄지고 나면 그때는 정부도 나서지 않을 수가 없을 겁니다.

그 일례를 들자면, 안타깝고 부끄러운 일이지만 일본이 독도 문제를 가지고 저렇게 설쳐대도 우리 정부는 조용한 외교를 내세우고 있습니다. 우리들도 속이 타죠. 그렇다고 정부가 잊고 있는 것은 아녜요. 비록 소극적이나마 꼭 필요한 시기에는 대응하는 것을 보면 정부도 나서고 싶은 의지가 있는 것은 확실하지만 주춤거리는 꼴이 안타까워서 백성들이 주도적으로 나서는 겁니다.

힘 있는 나라가 되면 그때는 반드시 정부가 앞장서서 나설 겁니다. 그게 언제가 될 지는 미지수지만 때가 오겠지요.

특히 이곳 북방영토에 관한한은 더 신중할 필요가 있습니다.

조국은 지금 당장 통일이라는 과제가 눈앞에 펼쳐져 있습니다. 통일만 된다면 무엇이 걱정이겠습니까? 통일이 되지 못하니까 문제지요. 만일 통일이 되지 못하고 북한이 갑작스럽게 붕괴될 어떤 일이 닥치는 날에는 더 큰 문제죠.

중국은 동북공정에서 그들이 주장한 대로 고구려 역사가 자기네 역사요, 고구려 영토가 자기네 영토니 북한을 조선족 자치구에 속하게 해야 한다고 들고 나설 겁니다. 물론 타협점을 찾아 대동강까지가 될지 청천강까지가 될지 모르지만요.

그런 비극은 막아야 할 것 아닙니까?

지금 남북으로 갈라진 민족이 통일의 기회를 맞고도 합칠 수 없다면 그런 불행이 또 어디 있겠습니까? 진정으로 통일이 되려면 고조선과 고구려 이래로 우리 선조들이 기상을 드높인 얼이 서려 있는 이곳까지 합쳐져서 통일이 되어야겠지요. 그런데 그건 고사하고 남북마저 합칠 기회가 와도 합칠 수 없다면 그런 아픔이 인류 역사에 또 있겠습니까?

그런 비극을 반드시 막는 게 우리 임무이자 권리가 아니겠습니까?

지금 우리들은 그런 일을 하는 겁니다. 정부에서는 확실하지도 않은 일을 가지고 나설 수 없으니까 주춤하는 거구요."

조병현은 평소 친구 작가가 하던 이야기에 자신의 생각을 보태서 말했다. 그 말을 하면서도 말하는 자신이 부끄럽기도 했다.

정말 우리 정부가 주춤하고 있는 것일까? 아니면 의지가 없는 것일까?

그러나 그것은 중요하지 않다. 정말 중요한 것은 백성들의 의지다.

영토의 주인이 지배자의 것이 아니라 그 영토에서 문화와 역사를 이루고 살아온 백성들의 것이라는 생각에는 변함이 없다. 다만 두 사람을 안심시키려고 공연히 정부를 두둔한 것 같아서 그게 부끄러웠다.

"나도 중국에 살고 있지만 북조선이 붕괴된다는 가정이 또 다른 동족 분단의 씨가 된다는 조 박사님의 말씀을 들으니 가슴이 다 섬뜩합니다. 설마 그런 일이야 있겠습니까?"

가슴이 섬뜩하다는 성시령의 말에 조병현은 힘이 났다.

동족의 분단에 가슴이 섬뜩하다는 것 그 자체가 자신들

이 우리 동포임을 다시 한 번 인정하는 것이다. 이미 동포라는 말을 여러 번 했지만 저렇게 순간적으로 섬뜩하다는 말이 나온다는 것은 그들의 피 안에 흐르는 감정은 이미 뿌리를 향하고 있다는 확신을 주었다. 그리고 그 말은 자신이 주장한 진정한 통일에, 그들이 서 있는 이 구려벌이 포함된다는 것에 동의한다는 의미다.

그건 설명할 수 없는 느낌으로 다가왔다.

"이건 설마가 아닙니다.

손 박사님께서는 아시겠지만 중국이 동북공정을 시작한 목적은 이미 다 아는 이야기입니다. 물론 그 중심에 서서 진두지휘한 것은 화궈펑 2대 주석이구요."

"동북공정이 고구려 역사를 중국의 변방 역사로 한다는 것은 알고 있었지만 설마 그런 끔찍한 일이야 하겠습니까? 게다가 조선족 자치구라면 지금은 별반 크지도 않은데 설마 그렇게 큰 규모로 만들까요?

또 화 주석 동지께서 동북공정을 진두지휘하셨다는 것도 그렇구요.

조 박사님께서 너무 앞서서 염려하시는 거 아녜요?"

성시령은 반문을 했지만 손영천은 아무 말도 없이 듣고만 있었다.

자신이 입을 열면 결론을 내려야 한다는 것을 그도 잘 알고 있을 것이다. 그는 동북공정에 깊이 개입을 했으니 모른다는 대답을 할 수는 없다.

조병현은 이 기회에 끝을 보는 것이 좋다는 생각이 들었다. 어차피 안 될 일이면 빨리 결론을 내고 다행히 협조를 구할 수 있다면 그 역시 빨리 결론을 내는 것이 좋다.

"제 이야기를 들으시면 이해가 가실 겁니다. 늦은 시간이지만 원한다면 하구요. 아니면 다음에 하던지."

"지금 듣는 게 낫잖아요? 저는 궁금해서 견딜 수가 없네요. 그렇다고 조 박사님께서 허튼 말씀하실 분도 아닌데요. 다른 분들은 어떠실지 모르지만…."

성시령이 궁금해서 견딜 수 없다는 듯이 당장 듣자고 했다. 다른 사람들도 기꺼이 듣고 싶다고 하자 조병현은 친구 작가와 항상 나누던 이야기를 시작했다.

3. 만주라는 보물을
조선에 돌려주어서는 안 된다

1964년 10월 9일.

중난하이(中南海: 중남해) 마오쩌뚱이 앉아 있는 식탁에는 저우언라이(周恩來: 주은래), 덩샤오핑(鄧小平: 등소평)과 린뱌오(林彪: 임표)가 함께 앉아서 저녁식사가 차려지기를 기다리면서 웃음꽃 피는 미담을 이야기하고 있었다.

그때 비서가 들어오더니 손님이 오셨다고 했다.

"그래? 그렇지 않아도 오늘 내가 저녁식사에 초대한 사람인데 왜 안 오나 하고 기다리던 참인데?

이름이 화궈펑 맞지?"

"예. 그렇습니다만…"

"안으로 모시게."

마오쩌뚱의 망설임 없는 흔쾌한 대답을 들으며 일행은 식탁을 다시 한 번 들여다보았다. 어쩐지 한 사람이 사용할 식기와 식도구가 더 차려져 있다.

"아, 내가 미처 이야기를 안했소이다.

실은 어제 내 고향에서 당 서기를 맡고 있는 동지가 북경에 볼일이 있어서 왔다기에 오늘 저녁이나 같이 하자고 했소이다.

젊고 패기 있는 동지요. 지난번 내가 고향에 볼 일이 있어서 간 길에 업무보고를 들었는데 240Km에 달하는 농수로 공사를 한다는 거요. 참 기특합디다.

식량증대를 위해서 그런 일을 기획하고 시행한다는 창조적인 정신이 맘에 들더라구요. 그래서 내가 북경에 오는 길이 있으면 꼭 연락을 하라고 했더니 어제 연락이 왔어요. 그래서 오늘 저녁을 함께 하자고 했지요.

사실 내가 후난성 출신이라서 그런 이유도 있었겠지만, 후난성(湖南省: 호남성)이야 말로 우리 중국이 혁명공화국으로 태어날 수 있는 기틀을 마련해 준 곳이라고 해도 과언이 아니지 않소?

1921년 상하이에서 중국공산당 창립대회를 했을 때의 일을 나는 지금도 잊지 못하오.

그때 그 자리에 참석한 사람들 중에서 혁명공화국이 설때까지 남은 사람은 나와 둥비우(董必武: 동필무) 동지뿐이오. 물론 혁명 중에 죽은 동지들도 있기는 하지만 대부분이 그 후에 국민당으로 변절을 하거나 아니면 왜놈들의 수하로 들어가 그 개노릇을 했소. 그때 서기를 맡아 본 나로서는 설 곳을 잃은 것이오.

그러나 실망하지 않았소이다. 고향인 후난성이 있다는 생각에 나는 그곳으로 가서 중국공산당 후난성 지부를 창립하고 서기를 맡았소. 그리고 그곳 동지들은 나를 많이 도와줬어요. 물론 내 판단의 잘못으로 과오를 저지르기는 했지만. 나는 농민봉기가 일어나면 폭풍우처럼 봉기할 것이라고 자신을 했는데 그게 생각과 현실은 확실히 다르더란 말이요.

결국 과오로 참패를 경험하고 1927년 후난성 추수봉기에서 살아남은 몇 백의 동지들과 징강산(井崗山: 정강산)으로 피신해 은신하면서 농민 부대를 재정비한 거지요.

그렇게 후난성의 도움을 받을 수 있었기에 지금까지 내가 살아남았고 우리 중화인민공화국의 창립도 볼 수 있었던 거니 내가 후난성을 잊을 수 없지 않겠습니까!

그렇다고 지금 들어올 동지가 후난성 출신이라는 것은 아니오.

화궈펑 동지는 산시성(山西省: 산서성) 출신이지만 내 고향인 후난성 샹인현(湘陰縣: 상인현)에서 당 서기 겸 무장 부대 정치위원으로 토지개혁을 지도, 농업합작화운동에 큰 성과를 올린 동지요. 그 바람에 고향의 동지들께서 내게 강력하게 추천을 해 주었고, 조국을 위해서 일을 하는 동지에게는 그에 걸맞은 대우를 해 줘야 하기에 후난성 위원회 서기직을 맡기고 있소이다.

내가 고향이라 너무 애착을 갖는다고 생각할 수도 있지만 그보다는 젊고 훌륭한 인재들을 이제 서서히 키워나가야 한다는 생각에서 비롯된 일들이요.”

마오쩌둥은 자기가 후난성 공산당 지부를 설립하고, 비록 실패한 농민봉기지만 후난성 농민봉기가 있었기에 오늘의 혁명공화국이 있다고 철저하게 믿고 있었다. 그리고 그 가운데 자신이 서 있었으니 당연히 자신은 칭송받아야 한다고 생각했다.

그런 말은 은연중에 자주 비친 말이기에 지금 자리에 앉아 있는 사람들에게는 어색할 것이 없다. 다만 화궈펑이라는 사람이 갑자기 등장하게 되고 하필 그가 후난성 서기를 맡고 있다. 그런 그를 두고 마오 자신과의 어떤 연관성을 이야기하려는 의도처럼 보이기는 했지만, 그게 이 자리를 어색하게 할 수도 있는 것에 대한 변명인지 아니면 그 젊은이를 칭찬하려는 건지 잘 구분이 되지 않았다.

저우언라이와 덩샤오핑은 묘한 기분을 느꼈다.

저우언라이를 비롯해서 지금 이 자리에 앉아있는 사람들이 모인 것이 일부러 만들어진 자리는 아니다. 행여 누가 알세라 비밀리에 방중을 마치고 오늘 자신의 나라로 돌아간 북조선의 김일성과 그 일행을 보내고 남아있던 핵심 세력들이 저녁을 같이 하려고 우연히 만들어진 자리다.

하지만 늘 그렇듯이 우연히 만들어진 자리가 중요한 자리다. 더더욱 오늘은 북조선의 김일성 수상이 떠나고 난 날이니 후담이 오갈 것이 빤한데 그런 자리에 화궈펑이라는 새로운 인물을 들인다? 그렇다면 오늘은 그 후담을 하지 않겠다는 말인가?

우연인지 아닌지는 모르겠지만 우연이라고 하기에는 너무 우연인 일들이 벌어지고 있었다.

두 사람이 느끼는 기분과는 조금 다르지만 린뱌오 역시 묘한 기분이 들었다.

당과 군이라는 곳에는 엄연한 서열이 있다. 사회주의가 계급 없는 사회를 만든다는 것은 자본주의처럼 부와 권력으로 사람을 평가하지 않겠다는 이야기지 당과 군 안에서 자신이 일하는 직분과 상관없이 서열도 없다는 말은 아니다. 사회주의도 지휘계통이 있어야 하는 사회인만큼 조직 안에서의 지휘체계를 위한 서열은 중요한 것이다.

마오 주석은 누구보다 그것을 중요시하는 사람이다. 그런데 당이나 군으로 따져도 손가락 안에 드는 서열의 사람들만 모인 곳에 일개 성의 서기와 자리를 같이 하려고 불렀다고 한다.

　굳이 서열을 따지지 않는다고 해도 같이 자리를 할 사람과 그렇지 않은 사람이 있다. 물론 그 자리가 사사로운 이야기를 나누는 자리라면 가릴 것이 없겠지만 지금 이 자리에서는 분명히 마오 주석과 김일성 사이에서 오간 이야기가 주제가 될 것이다. 그런데 화궈펑이라는 한낱 성의 서기에 불과한 사람과 한자리를 하자는 마오 주석의 속내가 무엇일까?

　누구보다 의심이 많고 자리를 가리는 마오 주석답지 않은 일이다.

　언제부터 마오 주석이 이런 모습으로 사람을 대했었다는 말인가? 이건 분명히 무언가 속내가 있는 행동이다.

　단순히 농수로 공사로 인해서 농업 생산성을 높이겠다는 그 일 자체가 가상해서는 아닐 것이다. 분명히 무언가 내재한 뜻이 있을 터인데 그걸 알 도리가 없다.

　세 사람이 각기 자기 나름대로 지금의 상황을 분석하고 있는데 화궈펑이 들어섰다.

마흔 셋의 젊은 얼굴에 건장한 체구다.

언뜻 보기에도 분명히 호감이 가는 인상이다. 막상 그 실물을 눈으로 보자 세 사람은 또 다른 묘한 감정이 솟아올랐다.

"그쪽으로 앉게나."

화궈펑이 들어서자 마오쩌둥은 반가운 몸짓을 해 보이며 미리 준비된 빈자리를 가리켰다.

마오쩌둥은 아무렇지 않게 말했지만 정작 당황한 쪽은 화궈펑이다.

지금 저 자리에 앉아 있는 네 사람 모두의 얼굴을 자신은 안다. 물론 저들 중 마오쩌둥을 제외하고는 자신을 알 까닭이 없지만 저 사람들이 앉아 있는 자리에 자신이 합석하는 것이 과연 옳은 일인가?

어쩌다가 중앙당에서 여는 행사에 참석하면 자신은 뒷자리에 앉아야 하는 입장이고 마오 주석을 비롯한 저 세 사람은 단상에 앉는 사람들이다. 행사장 뒤편에 앉아 단상에 앉아 있는 저들의 얼굴만 보던 자신이 과연 저 자리에 합석을 해도 되는 것인지 선뜻 용기가 나지를 않았다.

"뭘 망설이시나? 그쪽으로 앉으라니까?

자리에 앉고 나면 내가 소개를 할 터이니 마음 편히 앉게나. 이미 화 동지에 관해서는 내가 이야기를 했으니까."

"아! 예."

화궈펑은 당황한 나머지 대답도 제대로 할 수 없어서 얼른 한마디 하고는 마오쩌둥이 자신에게 손으로 안내한 자리에 앉았다.

"이미 동지들에게 이야기한 후난성위원회 서기 화궈펑 동지요.

후난성 부성장 시절에도 그렇고 이번에도 독창적인 방안으로 곡물 생산증대에 박차를 가하고 있소. 우리 중국이 절실하게 필요로 하는 일이 무엇인지를 알아서 하는 독창적인 젊은 일꾼이요."

화궈펑은 마오쩌둥이 자신을 소개하는 소리에 자기도 모르게 고무되어 얼굴마저 상기되었다.

하늘처럼 높은 분들 앞에서 자신을 한없이 치켜세워주는 마오쩌둥의 말마디가 숨조차 쉴 수 없는 기쁨으로 가득 차게 만들었다.

"화궈펑입니다. 조국과 인민과 주석 동지의 뜻이라면 목숨을 바쳐서라도 충성을 다할 것을 맹세합니다.

항상 제가 존경하는 동지들을 이렇게 마주 대한다는 그것만으로도 무한한 영광입니다. 이 순간 이후 제 한 목숨 조국과 당과 인민들을 위해 그리고 주석 동지와 여기 계신 동지들을 위해 충성을 다할 것을 다시 한 번 맹세합니다."

화궈펑은 고무되어 자신이 무슨 말을 어떻게 했는지도 모르게 그저 충성을 다할 것이라는 말만 되풀이했다.

세 사람은 당황했다.

도대체 처음 만나서 무엇을 어떻게 알고 존경을 하기에 무조건 충성을 다한다는 것인가? 물론 마오 주석과의 관계가 어떤지 모르니까 주석에 대해 충성을 다하겠다는 것은 그렇다고 하지만 자신들에 대해서는 아무것도 모르지 않는가?

"알고 있소.

당과 조국과 인민에 대한 동지의 충성심을 익히 알기에 이자리에 부른 것이요. 나한테 충성할 것 없이 그저 당과 조국과 인민을 위해 충성을 해 주면 되는 것이오. 우리가 수

많은 고통을 당하고 동지들의 목숨까지 잃어가면서 사회주의 혁명을 한 이유가 무엇이오?

결국 인민들을 위한 것 아니겠소?

인민들을 위하면 그것이 조국을 위하는 것이고 조국이 바로 서자면 당이 힘을 가져야 하니까, 그 역순으로 당과 조국과 인민들을 위해 충성을 하면 만사형통이 되는 거 아니겠소!"

무언가 아닌듯한 세 사람의 표정과 아직도 어리벙벙한 화궈펑의 표정을 읽은 마오쩌뚱이 대신 상황을 정리하는 말을 했다.

"자! 그런 이야기는 이제 그만하고 오늘은 식사를 하러 모인 자리니 식사나 하면서 요 며칠 동안 있었던 일의 후일담이나 나눠봅시다.

혹시 누가 압니까? 아직 이런 자리에 동석해보지 못한 우리 화 동지가 좋은 의견을 내줄지. 그러니 식사를 하면서 천천히 이야기를 나눕시다."

마오쩌뚱이 후일담을 나눈다고 하자 세 사람은 의아한 마음이 더 크게 자리 잡았다. 지금까지의 마오쩌뚱의 행동과는 전혀 맞지 않는 행동이다. 그러나 일단 그가 의도하는 바가 무엇인지 모르는 상황이라 뭐라 말을 할 수도 없었다.

화궈펑은 그 나름대로 답답했다. 후일담을 나눈다는데 그게 무슨 말인지도 모르겠고 더더욱 자신이 좋은 의견을 내줄지도 모른다는 소리는 더 깜깜하게 느껴졌다. 무엇을 이야기하려는 것인지도 모르려니와 설령 안다고 해도 저 기라성 같은 이들 앞에서 자신은 입도 뻥끗하지 못할 것 같았다.

"김일성 수상이 잘 하면 우리 중국의 손발 역할을 할 것 같소이다. 요 몇 해 동안 소련에 대하는 태도를 보아도 그렇고 이번에 나와 이야기를 나눈 것도 그렇고.

소련이 자기네가 유럽입네 하고 동유럽에 터를 닦고 큰 소리를 치는 판에, 우리는 아시아에서 사회주의의 맹주가 되기 위해서라도 김 수상을 잡아야 하는데 말이요.

하기야 이제 우리도 머지않아 원자탄을 보유하게 되면 김 수상을 손아귀에 넣어 조선을 우리 편으로 끌어들이는 것이 더 손쉬운 일이 되겠지만."

식사가 준비되고, 식사를 하면서 마오쩌둥이 입을 열었다.

"원자탄 폭파실험 준비는 잘 돼가고 있다는 보고입니다. 오는 16일에 실험을 하는 것은 물론 이번에 반드시 성공해서 우리 중화인민공화국도 원자탄을 보유한 국가라는 것을 전 세계에 알리게 될 것입니다."

마오쩌둥의 말을 받아 린뱌오가 각오에 찬 한마디로 화답했다.

"당연히 그래야지. 우리 중화인민공화국을 우습게 보는 소련은 물론 미국과 전 세계에 우리 중화인민공화국의 위대한 모습을 보여주는 것이 아주 중요하지.

우리가 힘이 있다는 것을 보여줘야 북조선과 베트남은 물론 아시아의 사회주의 국가들이 우리 곁으로 모여들 것 아니겠소?

그렇지 않아도 조선 해방전쟁에서 우리가 그놈의 무기 때문에 김 수상에게 흡족하게 해 주지 못한 게 영 마음에 걸리는데 말이요.

어쨌든 이번 원자탄 실험도 그렇고 국방에 관한 것은 아무래도 린뱌오 동지가 막중한 책임을 떠맡고 있기에 나나

인민들은 그래도 안심은 되오. 동지가 힘들더라도 끝까지
차질 없도록 해 달라는 당부밖에는 더 할 말이 없소."

"여부가 있겠습니까? 주석 동지와 인민들이 맡겨 주신 일
인데 한 치의 소홀함도 없게 진행할 것입니다."

화궈펑은 어리둥절했다.

김일성 일행이 중국을 방문한 것은 무엇이고 또 원자탄
실험은 무슨 이야기인가? 소련과 미국에 원자탄이 있어서
중국이 기를 못 핀다는 이야기는 익히 들었다. 그래서 원자
탄을 개발해야 한다는 것도 이미 알고 있는 일이다. 그런데
원자탄을 실험한다면 이미 개발이 되었다는 이야기인가?

이렇게 중요한 이야기를 하는 자리에 자신을 부른 것을
실감하자 화궈펑은 절로 어깨가 으쓱해졌다. 그러나 그 기
분도 잠시일 뿐, 이어지는 마오쩌뚱의 목소리에 화궈펑의
귀가 쫑긋 섰다.

"그래서 말인데⋯.

이번에 김일성 수상을 만났을 때 요하 동쪽의 땅이 원래
그네들 북조선의 땅이었다는 것을 인정했소."

"김 수상이 그러던가요?"

저우언라이가 심각한 표정으로 물었다.

"아니요. 김 수상이 감히 내 앞에서 그런 말을 하겠소? 자기네가 해방전쟁을 일으키고 소련은 쳐다보지도 않자, 미국이 쳐들어오는 바람에 압록강에 빠져 죽을 위기에서 구해준 것이 누군데?"

"그래서 여쭤본 겁니다. 만일 김 수상이 먼저 그런 이야기를 꺼냈다면 지금 그들이 소련에 대해 반감을 가지고 우리 중국에 우호적으로 나오는 것이 그런 요구를 하기 위해서가 아니었나 하는 생각이 들어서 말이죠."

"김일성이 먼저 이야기를 꺼낸 것이라면 당연히 그런 의도였겠지.

저우언라이 동지는 정말 모든 면에서 생각이 깊으신 분이라는 걸 다시 한 번 느낍니다.

이번 일은 내가 먼저 이야기를 꺼냈소이다.

요하 동쪽까지가 그네들의 땅이라는 것은 인정하지만 요하 동쪽의 땅이 아니라 그 뒤편의 땅으로, 그러니까 흑룡강성과 길림성의 땅으로 대신 보상해 주겠다고 했소이다. 물론 이렇게 구체적으로 어느 성이라고까지는 이야기하지 않앗지만 그 정도를 생각하고 이야기한 것이오.

그랬더니 김 수상은 지금으로 만족한다고 합디다. 그래서 내가 다시 한 번 재차 물었는데도 지금으로 족하다고 하면서 사양을 하더라구요. 속은 어떤지 모르지만 적어도 겉으로는 정중히 사양을 합디다.

내 개인적인 생각이지만 지금 우리 입장에서는 차라리 그 땅을 떼어주는 편이 훨씬 편할 거라는 생각이오. 물론 그 땅을 던져주면 김 수상이 우리 곁에 찰싹 달라붙을 것이라는 생각도 없는 것은 아니요. 그렇다고 그 땅을 미끼로 쓰자는 건 절대 아니요.

실은 지금 소련과 불거지고 있는 갈등이 머지않아 점점 더 심화될 것이오. 나아가서 급기야는 소련과의 국경문제로까지 번질 조짐을 보이고 있는데 이 기회에 머리 아픈 것을 정리하자는 생각이오. 소련과의 사이에 김일성 수상을 놓아두고 그를 우리 편으로만 만들 수 있다면 여러 가지 득을 볼 수 있다는 욕심이라고나 할까?"

"그럼 주석께서는 북조선을 완충지대로 놓고 싶다는 말씀입니까?"

"저우언라이 동지의 말이 맞소. 완충지대로 북조선을 끼워 넣자는 말이요.

조금 전에도 이야기했지만 우리도 머지않아 원자탄을 갖게 되면 군사력에서야 소련 부럽지 않겠지요. 그렇다고 사회주의 국가인 우리와 소련이 총구를 맞대고 선다고 가정합시다. 자본주의 국가 놈들이 뭐라고 하겠소? 단순히 자본주의 놈들이 비웃는 것이 싫다는 말이 아니라 그걸 기회 삼아 자본주의 신봉자들이 고개를 쳐든다면 어찌 되겠소?

아직 우리가 대만도 하나로 만들지 못한 입장인데 내부가 시끄러워지고 그 놈들을 자본주의 놈들이 지원이라도 해 준다면 그때는 정말 골치 아파지는 것 아니겠소?

북조선을 완충지대에 넣어 놓고, 당해도 북조선이 당하고 막아도 북조선이 막게 하면 좋겠다는 내 구상을 이야기해 본 것이오. 소련이 북조선을 데리고는 국경분쟁을 하지는 않을 것 같아서 말이요. 또 설령 분쟁이 나고 급기야 무력분쟁이 일어나더라도 그건 북조선 땅에서 치르는 북조선과 소련의 문제가 되니까 그 역시 안심해도 좋을 일이고.

최근 몇 년 동안 북조선이 소련에 적대감을 갖고 우리에게 우호적으로 나오는 것을 볼 때는 그게 최선의 방법 같다는 말이오."

마오쩌둥은 60년대에 들어서면서 중국과 소련의 갈등에서 중국 쪽으로 기울고 있는 북한을 어떻게든 껴안겠다는 의지를 보였다. 소련과 대등하게 사회주의 맹주의 자리를 견주고 싶은 욕심을 내비쳤다. 그 말을 하고 싶으면서도, 단순하게 조선을 껴안고 사회주의 맹주를 겨누는 것이 아니라 북조선을 완충지대로 놓으려는 것이라고 우회해서 말했다.

얼핏 듣기에는 맞는 말이다.

지난 몇 년에 걸친 북조선의 자세는 정말 중국에 착 달라붙은 모습이었다.

1959년 중국이 인도와 무력충돌을 했을 때 소련은 중립을 표방하면서도 인도 편을 들었다. 그 전부터 가지고 있던 소련과 중국의 갈등은 그때부터 표면에 나타나기 시작했다.

시작은 중국이 먼저 했다.

1960년 4월 중국공산당 기관지는 자본주의가 존재하는 한 전쟁은 항상 존재하는 것인데 소련은 그 중요한 부분을 놓치고 있다는 논문을 실어서 소련을 변질된 사회주의로 비판했다. 당시 중국으로서는 동구권의 여러 사회주의 국가들과 긴밀한 협조 관계를 맺고 있는 소련을 견제하려는 목적도 있었다. 그러나 무엇보다 사회주의 국가가 자본주의 국가를 닮는다면 그것은 자신들이 피 흘려 이룬 혁명의 의의가 희석되고 나아가서는 사라질 수 있다는 마오쩌뚱의 기본적인 생각을 강력하게 표현한 것이다.

이런 공격을 당하고 가만히 있을 소련이 아니다.

소련 공산당은 중국이 교조주의에 젖어 인류를 전쟁의 구렁텅이에 몰아넣을 어리석은 자들이라고 반박하고 나섰다. 이렇게 시작된 논쟁은 결국 소련은 수정주의자들이요 중국은 교조주의자들이라는 양국의 첨예한 비판으로 이어졌다.

북한은 처음에는 중립적인 입장인지 아무런 반응이 없었다. 그러다가 1962년에 들어서면서 중국의 입장을 지지하는 글을 자신들의 당 기관지인 노동신문에 싣기 시작했다. 그뿐만이 아니다. 1962년 중국과 인도 국경분쟁이 생기자 소련은 어물쩡거리며 입장 표명을 하지 않은 데 반해 북한은 즉각 중국을 지지하며 인도를 비난하고 나섰다.

그러한 북한의 태도는 단지 언론이나 말로만 하는 것이 아니었다. 1962년 이후 1964년인 지금까지 북한과 소련은 단 한 차례도 공식적인 정부 차원의 교류가 없었다. 반면에 중국에는 비록 비공식적이나마 김일성 수상은 물론 각료들이 방문을 했다. 또 중국에서도 상호 교류를 위해 저우언라이 수상이 1962년 북한을 방문하기도 했다.

그리고 1963년 이후 최근까지 북한은 소련을 맹비난했다. 소련이 사회주의의 기본 정신을 망각하고 사회주의 국가들의 내정까지 간섭하려 든다고 하면서 비난의 고삐를 늦추지 않았다.

그런 상황을 감안할 때, 그를 잘 모르는 사람이라면 마오쩌둥이 우회해서 한 말을 얼마든지 수긍하고 넘어갈 일이다. 그러나 그 자리에 앉은 사람이라면 마오쩌둥의 진짜 속내를 안다. 마오쩌둥이 지난번에 후난성을 방문해서 화궈펑이 벌인 240km에 달하는 대규모 수리관개용 수로 공사를 칭찬하는 자리에서 마오쩌둥 자신이 혁명에 투신하게 된 경위를 이야기하는 바람에 화궈펑 역시 익히 알고 있는 일이다.

그의 진짜 속내는 북조선이 좋아서가 아니다. 북조선을 이용하는 한편 자신이 안고 가기 싫은 것을 털어버리자는 속셈이다.

마오쩌뚱은 원래 청나라를 싫어했다. 그가 처음 혁명에 발을 디디게 된 것도 반청나라 활동가들의 소식을 접하고 1911년 신해혁명이 터지자 혁명군에 가담하면서부터다.

그가 청나라를 싫어하는 이유는 청나라가 그의 사회주의 사상에 반하는 제국주의라서가 아니다. 청나라가 일본이나 기타 외세에 맞서서 중국을 보호할 수 있는 힘이 없는 나라라는 이유도 아니다. 그는 청나라를 이민족의 침략집단이라고 생각했을 뿐만 아니라 북방민족이라고 공공연히 말하곤 했다.

마오쩌뚱은 부유한 집안 출신이다. 명문 호족의 후손인 그는 유모와 하인을 둔 풍족한 환경에서 자랐다. 8살에 이미 서당에 다니기 시작하여 유교 경전의 기초지식을 익혔다. 그 덕분에 한족(漢族) 특유의 민족주의적인 사상을 접하게 되었다.

한족은 옛날부터 자신들 이외의 민족은 오랑캐라고 했다. 동이(東夷), 서융(西戎), 남만(南蠻), 북적(北狄)이라 하여 동서남북 사방에 오랑캐들이 득실거린다고 했다. 한족만이 선택받은 민족이고 나머지 민족은 한낱 오랑캐일 뿐이라고 가르쳐 왔다.

한족만이 진짜 중국민족이고 나머지 민족은 그저 들러리를 서거나 아니면 이민족이라는 사상에 밸 수밖에 없었다.

이후 집안이 넉넉한 관계로 당시에는 다니기 힘든 학교 교육을 받으면서 그의 사상은 점점 확고해졌다. 특히 역사에 관심이 많아 틈만 나면 역사에 관한 서적을 읽고 공부하던 그에게는 한족만이 중국민족이라는 사상이 더 깊게 뿌리내렸다.

요나라나 원나라, 청나라처럼 북방에서 일어난 나라들은 중국의 역사가 아니라 침략자라는 사상이 굳어졌다. 다만 그들을 중국 역사에서 제외하는 날에는 중국 역사가 단절

되기에 그러지 못할 뿐이었다. 따지고 들면 요나라는 경우가 다르다고 할 지 모르지만 원나라와 청나라를 없애면 중국 역사에 공백이 생긴다. 그래서 없애지 못할 뿐이지 이민족이 세운 침략국들이라는 생각은 변함이 없었다.

그 중에서 청나라는 특히 싫어했다.

청나라의 경우는 그 발상이 여진족이 세운 금나라다. 여진족은 동이족으로 그들은 조선족과 그 뿌리가 같다고 한다.

금나라야 말로 중원의 정통 왕조요, 중원문화의 꽃을 피우던 송나라를 직접적으로 침략하여 남으로 퇴진하여 남송을 만들게 했다. 중원의 정통왕조인 송나라를 침략한 나라일 뿐만 아니라 원나라에게 송나라가 멸망할 수 있는 직접적인 원인을 제공한 나라다. 역사적인 평가에 의하면 송나라가 원나라와의 조약을 위반하였기 때문이지만 중간에서 원인을 제공한 원흉은 금나라는 것이 마오쩌뚱의 생각이었다.

그들이 다시 세운 나라가 청나라다. 후금이라는 나라로 다시 출발해서 결국은 중원을 정복한 나라다.

처음에는 금나라라는 이름으로 중원 깊숙이 들어와 송나

라를 멸망하게 했다. 그로부터 500여 년 후에는 청나라라는 이름으로 중원을 송두리째 집어삼키고는 나라를 제대로 이끌어 나가지도 못해서 종국에는 일본에게 중원이 만신창이가 되게 만든 나라다. 한족이 이끌어갈 중국에 결코 도움이 될 민족이 아니다.

역사로 기록된 것들이 부끄럽고, 충치 뽑듯이 뽑아버리고 싶지만, 중국이라는 나라의 역사가 단절되니 없앨 수도 없는 미운털일 뿐이다.

앞의 세 나라 모두 훗날 한족에 동화되어 중화가 되었다지만 그들은 엄연히 중국민족과는 다른 이민족 침략자들이다. 그들은 중국 역사를 오염시킨 자들이다.

마오쩌뚱의 이 사상에는 변함이 없었다.

아울러 그는 한족이 가장 우수한 민족이라는 자부심을 절대로 내려놓지 않았다. 비록 몇 번인가 이민족에게 침략을 당하고 지배당하기는 했지만 번번이 침략자요, 지배자인 이민족들을 동화시켜 중화사상에 젖게 만들었다. 한족이 우수한 민족이라 그렇게 할 수 있었다는 것이 그의 자부심이었다.

지금 마오쩌뚱은 그런 계산을 더불어서 하고 있을 것이다.

청나라의 발상지가 있다는 그 땅이다. 자신이 별로 좋아하지도 않는 땅이다. 게다가 그 땅에는 언제일지 모르지만 소련과의 국경분쟁으로 한 번은 겪어야 할 충돌이 기다리는 땅이다. 그게 무력 충돌일 수도 있다. 얼마나 많은 희생이 날지도 모르는 일이다. 그런데 그 땅을 조선에 돌려준다는 핑계로 주고 조선을 자신들의 편으로 만들 수 있다면 밑지는 장사가 아니다.

"주석 동지의 제안을 김일성 수상이 정중하게 사양했다면 그게 본심일 수도 있지 않겠습니까? 자신도 이미 주석 동지의 생각처럼 화근이 될 수도 있는 땅에는 끼어들기 싫다는 뜻도 될 수 있고요.

말하자면 김 수상은 지금 소련을 비난하고는 있지만 언젠가는 다시 소련과 가까워져야만 한다는 것을 알고 있겠지요. 사회주의 국가로, 그것도 남북이 대치하고 있는 북조선의 상황으로는 소련과 계속 등질 수는 없는 일이니까요.

그런데 굳이 자신이 불화의 씨를 떠맡겠습니까?

더더욱 주석 동지 말씀대로 자신들이 전쟁에 패해 죽기 일보직전에 구해준 영원한 은인에게서 옛 역사 속의 땅을 돌려받는다는 것이 내키지 않겠지요. 차라리 영토는 지금 그대로를 유지하면서 다른 것을 더 얻을 수 있기를 바랄 겁니다."

"지금 그대로의 영토를 유지하면서 다른 무엇인가를 원한다? 저우언라이 동지는 그게 무어라고 생각하시오."

"글쎄요. 지금 그게 이거라고 말하기는 그렇지만 예를 들자면 무기나 아니면 무기 제조기술 같은 것 아닐까요? 원자탄 제조기술도 포함될 수 있겠지요.

주석 동지께서도 수없이 말씀하시지 않았습니까? 혁명을 성공하려면 밥은 굶어도 무기는 있어야 한다고.

지금 김 수상의 심정이 그럴 겁니다.

막상 소련이 자본주의와의 화해와 공존 운운하니까 절대로 무기나 그 제조기술은 자기들에게 전달이 되지 않을 것 같다고 생각했겠지요. 우리 중국이 원자탄을 개발 중이라는 소식은 이미 들었을 것이고.

제 짧은 생각으로는 그렇습니다만…"

"동지의 말이 맞을 수도 있어요. 하지만 내 말대로 영토를 넘겨준다는 제안을 받고 당황스럽기도 하고 예의상 거절한 것일 수도 있으니 다음 기회에 한 번 더 이야기해 보지요. 그러면 그 속내를 확실하게 알 수 있지 않겠습니까?"

그때 화궈펑이 갑자기 자리에서 일어나면서 큰 소리로 외쳤다.

"안 됩니다. 주석 동지."

일행은 화궈펑의 목소리가 컸던 까닭도 있지만 그보다는 화궈펑의 태도에 놀라 화등잔만하게 눈을 뜨고 그를 쳐다봤다.

누가 주석이 하는 말에 저렇게 직언으로 안 된다고 큰 소리를 친다는 말인가? 설령 안 되는 일이라 하더라도 조용하게 돌려서 반대 의사를 표하는 것이 예의다. 그것도 확실한 근거를 들면서 차근차근 설명을 해서 납득을 시키는 거다.

저렇게 안 된다고 먼저 선을 긋고 말하는 것은 주석에게 덤비는 것이나 다름이 없다. 그것은 곧 숙청으로 이어질 수도 있는 일이다.

일행은 화등잔만하게 뜬 눈에, 화궈펑의 존재가 어느 정도인지 모르지만, 걱정이 된다는 표정을 더하며 그를 쳐다 봤다. 화궈펑은 일행을 의식하지도 못하고 자신의 이야기를 계속했다.

"주석 동지 안 됩니다. 만주를 조선에 주는 것은 우리가 가진 가장 큰 보물을 잃는 것과 다를 바가 없습니다.

방금 주석 동지께서 말씀하신 바와 같이 만주라는 땅에는 조선족이 대거 살고 있습니다. 설령 소련과의 분쟁이 무력 충돌로 이어진다고 해도 우리 한족이 입을 상처를 최소화할 수 있습니다. 그곳에 조선족 병사들을 배치하면 됩니다. 그 땅을 조선에 주느니 그 땅에 사는 조선족을 이용하면 됩니다.

1950년 조선전쟁 지원군을 보낼 때도 먼저 조선족 병사들을 보내지 않았습니까? 그런 식으로 조선족을 이용하면 됩니다.

다음으로 그 땅의 자원을 생각해 보십시오.

아직은 우리 중국이 그 자원을 개발할 기술도 부족하고 자본 면에서도 부족하지만 머지않아 기술과 자본을 확보한다면 그곳의 자원은 엄청날 것입니다. 지금은 눈에 보이지 않는 자원이지만 반드시 우리 중국을 살찌게 하는 최고의 양식이 될 것입니다.

만주가 무한자원인 이유는 또 있습니다.

바로 만주에 사는 조선족들입니다.

그들에게서 거둬들일 세금을 생각해 보십시오. 그들은 세수원입니다. 그들에게서 거둬들이는 세금을 보태서 먼저 중원을 개발하고 북방은 나중에 정리해 줘도 늦지 않습니다. 북방에서 사는 이민족들이 한족이 많이 사는 우리 남방과 같은 대우를 받으려고 하면 당연히 안 되는 일이지 않습니까?

그리고 이건 제가 말씀을 드려도 될 일인지 모르겠지만 하겠습니다. 제가 듣고 스스로 판단한 이야기를 하겠습니다.

지금 이 자리에 계신 린뱌오 동지께서 공화국 건설을 위해 국민당 자본주의자들과 전쟁을 하실 때 만주를 점령하셨잖습니까? 대단한 전략가요 탁월한 지휘능력을 가지신 우리 린뱌오 동지께서, 국민당은 도시를 깔고 앉아 폼 잡을 때, 만주의 농촌과 시골을 전전하시면서 그들과 하나가 되셨습니다. 일시에 도시를 점령할 자원을 확보한 겁니다. 그게 바로 조선족들이었습니다. 그 결과 만주는 쉽게 우리 공화국에 접수되었고 그 후로 중원의 곳곳이 손쉽게 정복되었다고 들었습니다.

저 북방민족들은 다루기가 쉽습니다. 그들이 중화를 동경하기 때문에 우리 한족이 적당하게 어울러만 준다면 그들은 절대 우리를 배신하지 않는다고 저는 확신합니다. 저들이 우리를 동경하며 닮고 싶어 하기 때문에 우리가 그들을 잘 보살펴 주면 언젠가는 반드시 보은을 할 겁니다.

그런 복덩이들을 왜 조선에 넘겨줍니까?

게다가 만에 하나 조선이 남쪽에 있는 대한민국에게 넘어가는 날을 생각해 보십시오. 그건 바로 미국과 대치하는 거나 진배없는 겁니다. 우리는 물론 소련도 미국과 정면으로 총부리를 겨누는 겁니다. 그렇게 되면 지금과는 비교도 안되는 국방비와 그에 준하는 대가를 치러야 할 것입니다.

머리가 아프더라도 우리가 안고 있는 것이 훨씬 낫다는 생각입니다."

화궈펑은 평소에도 이런 생각을 많이 했던 사람처럼 막힘도 없이 말을 마쳤다.

말을 마치고 난 화궈펑은 자리에 앉지 못하고 고개를 푹 숙였다. 그제야 자신이 지금 무슨 짓을 저질렀는지 상황파악이 된 것 같았다.

"그래?

역시 젊은 동지라 생각하는 것이 나와는 좀 차이가 있네. 하지만 충분히 가능하고 다분히 맞는 말이야.

아주 진취적인 생각을 하는 동지구먼.

자리에 앉게. 공연히 그런 자세로 서 있지 말고."

마오쩌뚱은 전혀 노하는 기색이 없었다. 화궈펑이 무안해 하는 것이 오히려 안쓰럽다는 듯이 아주 부드럽게 자리에 앉을 것을 권했다.

화궈펑은 그날 그 말을 한 덕분에 마오쩌뚱의 눈에 쏙 들었다.

마오쩌뚱의 속내를 읽고 있기에 북방민족들, 특히 조선족을 비하하는 말로 그의 기분을 맞춰주기는 했지만, 그건 화궈펑 자신의 솔직한 심정이자 판단이기도 하다. 그 역시 북방민족은 한족의 들러리나 아니면 한족이 편안한 삶을 사는 데 보탬을 주기 위한 민족이라고 믿는 사람이었다.

그가 평소에 그런 사상을 갖고 사는 덕분에 즉석에서 들은 이야기에 대한 답을 막힘없이 할 수 있었다. 그것이 방법 면에서는 건방지게 보일 수 있었음에도 불구하고, 오히려 마오쩌뚱을 기분 좋게 설득하고 그의 마음속에 자신을 각인시킬 수 있었다.

그 각인은 그로부터 4년 후 중국공산당 후난성 혁명위원회 부주임이라는 직책으로 돌아왔다.

4. 첸쉐썬 박사

"대단한 젊은이야."

중난하이를 나서자 저우언라이가 혼잣말처럼 뇌었다.

"그러게 말입니다. 제가 다 놀랄 정도였습니다. 하지만 그 젊은 동지의 말이 맞기는 맞는 말입니다. 안 그렇습니까?"

린뱌오가 자신을 최대의 군인이라고 평가해 준 화궈펑의 한마디에 고무된 기분이 아직도 가시지 않았는지 기분 좋은 얼굴로 저우언라이의 말을 받으며 되물었다.

"글쎄요? 나는 아직 판단이 정확하게 서지를 않아서 말입니다. 주석 동지의 말씀이 맞는 건지 그 젊은 화 동지의 말이 맞는 건지.

이게 늙어가는 증상인지 요즈음에는 무언가 판단을 하려

면 시간이 걸린다니까?"

저우언라이는 자신은 아직 정확한 판단이 서질 않았다는 말로 긍정도 부정도 하지 않았다. 이게 바로 저우언라이의 본모습이다. 즉석에서 답을 회피하고 자신을 많이 드러내지 않는다. 말 한마디가 인생을 좌우하는, 지금 자기가 서 있는 세상에서의 생존방법이라고 스스로 정한 원칙이다.

"덩샤오핑 동지의 생각은 어떠십니까?"

"글쎄요. 저 역시 저우언라이 동지처럼 이렇다 하는 판단이 서질 않아서요. 그 말도 맞는 것 같기도 하고 주석 동지의 말씀이 맞는 것 같기도 하고, 그렇습니다."

덩샤오핑 역시 말을 아꼈다.

아직 마오쩌뚱의 속내를 정확하게 모른다. 오늘 그 자리에서 자신이 초대한 젊은이가 한 말에 긍정을 한 것이라고 볼 수도 부정을 한 것이라고 볼 수도 없는 묘한 여운을 남겼다.

진취적인 생각이라고 했지만 그 말이 꼭 칭찬이라는 보장은 없다. 그렇다고 부정한 것도 아닌데 공연히 이 자리에서 왈가불가할 이야기가 아니다. 저우언라이와 단 둘이 있는 자리라면 솔직하게 말할 수도 있지만 린뱌오가 함께 있으니 말을 아끼는 것이 최고다.

세 사람이 각자의 차에 올라타고 자신들의 목적지로 향할 때 저우언라이가 덩샤오핑을 향해 손짓을 했다. 덩샤오핑도 손짓으로 답례를 한다. 린뱌오는 헤어지는 인사려니 하고 자신의 목적지로 향했다. 그러나 그 손짓은 헤어지는 인사가 아니라 그들만이 아는 장소를 가르치는 손짓이었다.

저우언라이와 덩샤오핑이 만난 곳은 작지만 깔끔한 주점이다. 술을 마시기 위해서 이곳에서 만나는 건 아니다. 조용하고 이야기하기가 좋은 분위기라 이곳에서 가끔 둘이 만나곤 한다.

이곳에는 자신들의 얼굴을 아는 사람도 없다. 많은 사람이 대자보에 의해 소식을 접하는 시절이니 자신들의 얼굴이 일반 인민들에게는 알려 지지도 않았다. 중앙 부처나 아니면 당에서 일을 하는 사람들이 먼발치로나마 자신들을 보아서 알지는 모르지만 이렇게 한적하고 작은 주점에서 자신들을 알아볼 리가 없다. 이곳에서의 자신들의 존재는 그저 남들보다 조금 부유하게 옷을 입은 사람 정도다.

집무실이나 여타 다른 곳에서 하기 버거운 이야기도 이곳이라면 쉽게 할 수 있다.

"모름지기 주석께서 대약진운동을 실패한 것이 항상 마음에 걸리는 것 같소이다.

오늘 화궈펑이라는 젊은이를 동석시킨 것을 보니 그런 생각이 들어요. 그 젊은이가 수리관개용 수로 공사를 해서 곡물 생산에 총력전을 펼친다는 이유 하나만으로 중난하이까지 불러들인 것 아닙니까!"

"아무래도 마음이 편할 수야 없겠지요. 무려 3천만여 명이라는 많은 인민들이 굶어 죽은 일인데요. 그렇다고 그게 주석 동지만의 책임이라고 할 수도 없는 일인데…!"

"굳이 책임의 근원을 따지자면 주석 동지의 책임이라고 할 수만은 없겠지요. 그러나 지도자라는 자리가 아랫사람이 저지른 잘못이라도 그 책임을 떠안는 경우도 허다하지 않습니까? 반대로 아랫사람 덕분에 공을 세우게 되는 경우도 있지만, 그보다는 책임을 안아야 하는 경우가 더 많지 않겠어요?

중국의 앞날을 이끌어 가실 덩 동지께서도 그런 점을 염두에 잘 두셔야 할 겁니다."

저우언라이가 자기 나름대로 화궈펑이 중난하이에 초대된 이유를 정의하다가 덩샤오핑의 지도자론으로 말꼬리를 틀었다.

"무슨 말씀을 하시는지 모르겠습니다. 감히 제가 언감생심 그런 꿈을 꿀 수 있겠습니까? 저우 동지도 계시고 또 여러 훌륭한 분들도 많이 계시는데요.

우리 세대의 훌륭하신 분들이 지도자를 역임하시고 나면 그때는 다음 세대가 오겠지요. 오늘 중난하이에서 본 화 동지 같은 인물들이 나서겠지요."

"글쎄요. 나는 나를 잘 아니까 적합한 인물이 아니라는 것을 알지요.

무릇 지도자라면 결단력이 있어야 하는데 나는 그게 부족합니다. 내가 어느 지도자의 참모 역할을 하는 것은 잘할 수 있는데 지도자로 결단을 내리는 자리라면 힘들어요. 그러니까 나는 아닌 것이 확실하고.

나도 내다보기 힘든 일이지만 중국의 앞날에는 실용주의

적 성격을 가진 사람이 필요하다는 생각입니다. 말하자면 덩 동지 같은 사람이 마오 주석 후임을 맡아야 한다는 거지요.

지금은 덩 동지가 자신이 맡은 자리에서 실용주의 노선을 택해서 일하고 있지만, 차기 지도자는 그런 실용주의적인 노선을 지향하는 사람이 전권을 가져야 한다는 생각이오. 마오 주석이 사회주의를 정립하는데 총력을 기울이며 여기까지 왔으니, 앞으로는 정말 인민들이 잘 먹고 잘 사는 나라를 만들어야 할 것 아니겠소!

그동안 소련과 이런저런 문제로 많은 갈등을 겪었고 아직도 그 갈등이 봉합되지 않고 있지만 결국 힘 있고 잘 사는 나라가 되어야 사회주의 국가의 맹주 역할도 할 수 있는 거지요. 지금처럼 소련이 동유럽의 국가들과 한 통속이 되어 있는 마당에, 아시아에서나마 사회주의 국가의 영역을 넓히고 그 맹주가 되려면 당연히 힘 있는 나라가 되어야겠지요. 우리가 곧 결실을 보게 될 원자폭탄 같은 것이 얼마나 좋은 예입니까?

원자폭탄을 만들기 위해서는 돈이 있어야 된다는 것은 누구든지 알고 있는 일이고요. 그런데 인민들이 굶어 죽어가는 판이라면 과연 그게 타당이나 한 일입니까? 그나마 류 사오치(劉少奇: 유소기) 동지나 덩 동지 같은 분들이 경제를 운용하고 있으니 가능한 일이지요.

아마 마오 주석도 대약진운동이 실패한 것을 그런 점에서 가슴아파하고 있을 것입니다. 당장 인민 3천만 명이 굶어 죽은 것도 문제지만 그보다 힘 있는 나라가 되는 것에 대한 실패를 더 아파하고 있을 겁니다.

사회주의의 기본 원칙을 지키기 위해서라도 힘 있는 나라가 되어야 하는데….”

“잘 사는 중국을 만들어야 하는 것은 당면한 문제지만 그렇다고 너무 티는 내지 마세요. 공연히 펑더화이(彭德懷: 팽덕회) 동지처럼 엉뚱한 화살을 맞지 마시구요.

펑더화이 동지께서 당연한 말을 했다가 화살을 맞고 추방된 것은 모두가 아는 사실이잖아요? 중국이 아시아 사회주의의 맹주로 군림하는데 보탬을 주려고 조선지원군을 손수 이끄신 분인데…. 목숨 걸고 중국을 위해 일하신 분이죠.

게다가 누가 봐도 마오 주석의 다음을 이어갈 것이라고

생각했잖습니까. 그런 분도 하루아침에 당적을 잃고 추방을 당하셨습니다.

공연히 그런 생각 하시다가 엉뚱한 화라도 당하실 수 있다는 이야깁니다.”

“알죠. 하지만 동지와 둘이 있는 자리에서도 이런 이야기를 못하면 누구랑 이야기를 합니까? 지금 인민들의 삶이 어떤지는 동지도 잘 아시지 않습니까?

이제는 중국이 사회주의 국가의 면모도 갖추고, 일주일 후면 원자폭탄도 보유하는 군사 대국도 되고, 남은 것은 인민들이 잘 사는 일만 남았는데…”

저우언라이는 말끝을 맺지 못했다. 대약진운동이라는 기치를 걸고 앞으로 나가자던 구호가 인민들을 도탄에 빠트리게 한 걸 생각하면 총리라는 직책을 유지하고 앉아서 인민들의 얼굴을 마주 대할 자신이 없었다.

1958년 초 허난성(河南省: 하남성)에 농촌인민공사(農村人民公社)가 세워졌다.

수많은 군중을 대규모로 조직화하여 아직도 부족하기만

한 경제적인 문제점들을 말끔히 해결한다는 야심찬 계획을 위해서였다.

1953년부터 소련의 차관과 기술 원조를 받아 1차 5개년 경제계획을 실시해서 성공했다. 농업생산에서 생산량 증가와 기술적인 방법도 어느 정도 터득했다. 또 공업발전을 위한 기초산업도 여러 곳에 건설했다. 마오쩌둥은 결과가 만족하지는 못하지만, 내심 몹시 기뻐하며 고무되었다. 이대로 밀고만 나간다면 잘 사는 중국이 눈에 보이는 것 같았다. 스스로 성공했다고 자평하면서 그 경험을 살리겠다고 다짐했다.

게다가 이제는 혼자가 아니다.

1953년 1차 계획을 세울 때만 해도 과학적인 뒷받침을 해줄 사람이 마땅하게 없었다.

그러나 이제는 아니다.

그 유명한 미국의 캘리포니아공과대학(Caltech)에서 항공학박사학위를 받고 매사추세츠공과대학(MIT)과 Caltech을 오가며 강의를 했던 첸쉐썬(錢學森: 전학삼)박사가 곁에 있다.

미국에 있는 그를 중국으로 데리고 오기위해서 얼마나 많은 공을 들였던가?

첸쉐썬 자신이 고국인 중국을 좋아하고 그리워했기에 가능한 일이기도 했지만 오늘 같은 날, 아니 앞으로 더 많은 미래의 일들을 위해서 공을 들였다는 말이 맞는다.

1949년 10월 1일 중화인민공화국이 건국되었다.

그러나 건국의 기쁨도 잠시였다. 일본과의 전쟁과 그 전쟁이 끝나고 난 후 국민당과의 전쟁으로 인해서 백성들은 초죽음이 되어 있었다. 민생은 도탄에 빠졌다는 말이 바로 이런 경우를 말하는 것이리라. 이 난국을 헤쳐 나갈 방법을 연구해도 뾰족한 수가 나서지를 않았다.

일단 당장은 어렵게 사는 수밖에 없을 것 같았다. 그렇다고 앞으로 계속 어려우면 피 흘려 이룬 사회주의 국가가 붕괴될 것이다. 앞으로라도 잘 살아야 한다.

방법은 하나다. 당장은 어려운 것을 감수하더라도 무엇보다 인재를 확보해서 기술력을 증강해야 한다.

기술이 있어야 기계를 만든다. 기계를 만들어야 농사도

쉽게 질 수 있다. 소련에서 본 바로는 그들은 기계를 이용해서 농사를 짓다 보니 중국보다 훨씬 열악한 기후와 토양에서도 농사를 잘 짓고 있었다. 농사를 잘 지어 곡물이 풍족해야 백성들이 배부르고 백성들의 배가 불러야 노동력이 몇 배로 증가되어 일을 많이 할 수 있다. 백성들이 일을 많이 해야 나라가 잘 살 수 있다. 기계만 만들면 중국도 소련처럼 공업화를 이루는 일도 어렵지 않다. 식량 생산을 늘리고 공업화를 이루면 나라 경제는 다 해결되는 거다.

그 다음에는 힘 있는 나라다. 힘 있는 나라가 되려면 무기를 만들어야 하는데 기술이 있어야 무기도 만든다. 무기가 있어야 남들이 보더라도 강한 나라가 된다. 그것도 비행기나 아니면 남들이 부러워하는 그런 무기여야 한다.

마오쩌뚱은 최우선시 해야 할 것이 인재를 찾아서 인재를 양성하는 일이라고 기치를 걸었다. 그리고 당장 조국 경제 발전에 도움을 주는 것은 물론 미래의 인재들을 가르칠 적당한 인물들을 찾아 나섰다. 그러나 중국 내에 그럴만한 사람이 없었다. 중국 내에 있는 사람들은 일본과의 전쟁과 국민당과의 내전에서 상당수 인재들이 목숨을 잃었다. 전쟁에 직접 나서서 죽은 자들도 있었지만 국민당과 공산당의 틈바구니에서 살아남지 못하고 어느 쪽이 되었든 자신들의 반대파라고 처형을 당한 이가 부지기수였다. 내전이 인재를 말렸다.

마오쩌뚱은 해외로 눈을 돌리게 하고 전 세계에 퍼져있는 중국 화교들의 정보망을 동원했다. 특히 미국과 유럽 등 이미 공업선진화가 이루어진 나라들에게서 광범위하게 인재들을 찾아보게 했다.

그때 눈에 들어온 사람이 바로 첸쉐썬 박사다.

그 사람의 소식을 접하는 순간 마오쩌뚱은 바로 이 사람이라는 강한 느낌을 받았다. 이미 몇몇 재외 과학자에 대한 정보를 받았지만 이번처럼 강하게 다가온 적이 없었다.

처음에는 첸쉐썬이 MIT에서 박사학위를 받고 Caltech과 MIT를 오가며 강의를 한 그의 경력이 마음에 들었다. 그러나 그런 그의 경력보다 몇 배 더 마오쩌뚱의 마음을 사로잡은 것은 바로 그의 가문과 족벌이었다.

첸쉐썬은 항저우(杭州: 항주)의 왕손 가문의 외아들이다.

그의 가계는 천년 이상 거슬러 올라가면 중국 5대10국 시기의 오월(吳越)의 건국시조인 무숙왕(武肅王) 첸류(錢鏐: 전유)의 후손이다.

마오쩌뚱 자신이 후난성 명문호족의 후손이기 때문에 더 더욱 그에게 마음이 끌렸다.

그 정도 뿌리가 있는 집안이라면, 더더욱 남방 왕족의 뿌리가 있는 집안이라면 틀림없이 중국을 사랑할 것이다. 중국이라는 나라를 사랑하는 것도 있겠지만 그보다는 중국이 차지하고 있는 바로 이 땅을 사랑할 것이다. 자신의 조상과 가문이 살아 숨 쉬는 중원을 사랑할 것이다. 그 중원이 부흥하여 전 세계에 중화를 전파하는데 결코 머뭇거리지 않을 것이다.

게다가 그는 어려서 중국을 떠나거나 미국에서 태어난 사람이 아니다. 이미 중국에서 자오통대학을 졸업하고 상하이에서 설쳐대는 왜놈들 등쌀에 공부를 할 분위기가 되지 않자 더 많은 공부를 하기 위해 미국으로 유학을 간 사람이다. 그렇다면 그는 중국을 제대로 알고 있다. 어려서 미국으로 가거나 아니면 그곳에서 태어나 막연하게 중국을 알

려고 하는 자들과는 다르게 중국에 대한 애국심이 있을 것
이다.

  마오쩌뚱은 첸쉐썬에 대한 보고서를 보자 긴 시간 들이지
않고 스스로 결론을 내렸다. 그리고 저우언라이를 불러서
특별히 지시했다.

  "총리 동지가 직접 믿을 만하고 유능한 관리들을 뽑아서
당장 미국으로 보내 그와 접촉하도록 하세요."

  "주석 동지. 마음이 급하신 것은 이해를 하겠지만 지금 시
점에서 미국에 관리를 파견하는 것은 신중히 고려해야 할
일입니다. 차라리 그곳에서 우리에게 첸 박사를 추천한 사
람이 접촉하도록 하는 것이 어떨지요."

  "그건 말도 안 되는 소리요. 첸 박사처럼 귀한 가문의 사
람을, 그것도 우리가 필요해서 오라고 하는 입장인데, 그곳
에 있는 화교를 통해서 접촉한다니 예의가 아니지요."

  저우언라이는 마오쩌뚱이 자신도 모르는 사이에 귀족의
식이 발동한다는 것을 알았다. 지금 그는 첸 박사가 무숙왕
의 후손이라는 것에 가장 마음이 쏠리고 있는 것이다. 그에

대한 예우를 들고 나오는 것을 보면 안다.

"그거야 저도 압니다만, 만일 우리 관리가 미국으로 가서 접촉을 하려 했다가 잘못되기라도 하는 날에는 죽도 밥도 안 됩니다. 첸 박사가 귀국을 하고 싶어도 영영 기회를 놓칠 수도 있습니다."

"나라고 지금 우리 관리들이 미국에 가서 첸 박사를 접하는 것 자체가 어렵다는 것을 모르겠소? 간다는 것 자체가 안 된다는 것도 아오.

자칫 사람을 잘못 보냈다가는 그들이 자수하고 그곳에 주저앉는 대가로 우리의 계획을 미국에 제공할 수 있다는 것도 다 생각해 본 바요. 그러니까 방법을 강구해서 어떻게든 믿을 만한 자들로 보내라는 것 아니겠소."

저우언라이는 머릿속이 복잡해지기 시작했다. 이건 단순한 문제가 아니다.

보통 때, 웬만한 일 같으면 '예'라고 한마디 하고 나가서 다시 생각하거나 시간을 가진 뒤에 재고를 요청할 일이지만 이번에는 아닌 것 같았다.

"주석 동지. 관리를 파견한다는 것 자체가 미국과는 어떤 외교 관계도 없는 상황이니 몰래 숨어들어가야 합니다. 미국 입장에서 보면 우리가 간첩을 파견하는 겁니다. 만일 발각이 되는 날에는 문제가 심각해집니다.

그리고 설령 그들이 무사히 미국에 갔다고 해도 보통일이 아닙니다. 첸쉐썬 박사와 비밀리에 접선해서 그를 설득하고 귀국을 종용해야 하는데 그가 귀국을 원할지도 미지수입니다. 그가 귀국을 원하지 않아서 미 당국에 신고라도 하는 날에는 당연히 몰래 숨어들어간 관리들은 신분이 탄로 나고 간첩으로 몰리게 됩니다.

심한 경우에는 미국이, 단순한 간첩사건이 아니라, 첸 박사를 납치하기 위해서 중국이 조직적으로 벌인 인질 납치 미수사건으로 몰아갈 수도 있습니다.

그렇게 되면 미국과의 관계는 엉킬 대로 엉켜서 영영 풀 기회가 없어질 수도 있습니다."

"그깟 자본주의 놈들과 사이가 엉키는 거야 상관없는 일이지만 첸 박사는 절대 그럴 사람이 아니오. 그 사람의 신분을 보면 모르겠소. 우리 중국의 위대한 역사 한 편을 썼던 가문의 자손이요. 그런 사람은 절대 우리 중국을 배신하지 않소.”

“주석 동지 말씀대로 첸 박사가 귀국에 동의해도 문제가 될 수 있습니다. 미국이 귀국을 허용해 주지 않을 수도 있습니다. 그가 미국을 떠나기를 강력하게 요구한다면 중국 본토로 보내느니 차라리 대만으로 쫓겨 가 있는 장개석 정부로 보낼지도 모르는 일입니다.”

“그거야 미국 자본주의 놈들이 하고도 남을 짓일 수도 있겠지. 그렇다고 우리가 필요한 사람을 손 놓고 올 때만 기다릴 수는 없소. 아무리 산적한 일들이 가로막는다고 해도 그 문제들을 풀어서라도 데리고 와야 하오. 수많은 동지들의 희생과 함께 건국한 사회주의 국가요. 그 나라가 인민들을 행복하게 해 주지 못한다면 동지들의 희생은 한낱 헛된 희생이 될 뿐이오. 그런 일이 있어서야 될 말이오?

첸 박사가 돌아오지 않겠다는 것을 억지로 데려와 봐야 학문적인 성과가 나지 않을 것이니 의미가 없겠지만 절대 그런 일은 없을 것이오. 그는 반드시 오고 싶어 한다는 말이요.

첸 박사가 돌아오기를 원하기만 한다면 대만으로 우회를

하든, 유럽으로 갔다가 티베트를 통해서 들어오든 수단 방법을 가리지 말고 입국하게 하시오."

저우언라이는 더 이상 자신이 무슨 이야기를 해도 소용이 없다는 것을 알았다.

지금 마오쩌뚱은 첸 박사에게 중국의 내일에 대한 기대를 엄청나게 걸고 있다. 첸 박사의 화려한 경력을 등에 업고 왕족인 그가, 그것도 전통 한족의 근원지 출신인 그가 중국으로 자원해서 돌아와만 준다면 마오로서는 두 마리 토끼를 다 잡는 일이다. 그렇게도 갈망하는 과학기술의 선구자도 모셔오고, 왕족인 그가 장개석이 아닌 마오에게 온다. 누가 봐도 자신이 중국 한족의 정통 후계자임을 인정받는 것이라고 생각할 것이다.

저우언라이는 자신의 집무실로 돌아와서 어떤 희생을 치르는 한이 있더라도 이번 일을 잘 마무리해야 한다고 스스로 다짐했다. 이번 일이 잘못되면 오히려 자신이 위험할 것 같았다.

마오쩌뚱의 특별지시로 중국의 엘리트 관료 두 사람이 미국으로 향하고 첸쉐썬과의 접촉이 시작되었다.

마오쩌뚱의 명을 받고 어렵게 입국한 두 명의 관리는 첸 박사를 만날 계획을 세웠다.

자신들이 미국에서 행동한다는 게 어려운 일이라는 것은 익히 아는 일이다. 국적을 대만으로 위장해서 입국하고, 본토와 미리 연락이 닿은 화교가 마련해 준 거처에서 숙식을 하고 있지만 언제 자신들의 정체가 탄로 날 지도 모르는 상황이다. 그런 처지에서 다른 곳으로 장소를 정해서 첸 박사를 만난다는 것은 힘든 일이다. 첸 박사와 만날 약속을 정할 방법도 없다. 자신들을 어떻게 소개할 것이며 어디에서 만나자고 할 것인가? 첸 박사의 집으로 찾아가서 만나는 수밖에 없을 것 같았다.

집에서 만나는 것으로 계획을 세우고 그의 집을 알아내 접근을 시도해 봤다. 그러나 그의 집은 미국 연방수사국에서 철통같은 경비를 서고 있어서 근처에 얼씬도 할 수 없었다.

그들은 고민하다가 학교로 가 보기로 했다. 집에서 만나면 주변에 사람들이 없어서 말하기가 좋기는 하겠지만 접근이 안 된다. 그렇지만 학교는 경우가 다르다. 어차피 첸 박사가 강의를 하는 사람이고 강의를 들으러 오는 학생들도 많다. 그 학생들 틈바구니에 끼면 가능할 것도 같았다. 그러나 그런 두 사람의 생각은 그저 생각일 뿐이었다.

첸 박사가 강의하는 강의실 입구에는 연방수사관 두 사람이 나와 있었다. 그들은 첸 박사의 과목을 수강 신청한 학생들의 명단이 적힌 출석부를 들고 나와서 일일이 학생증과 비교 확인을 한 뒤 출입을 허용했다. 뿐만 아니라 확인 작업이 끝나고 나면 자신들도 강의실로 들어가서 같이 강의를 들었다. 그 강의실 안에는 그들 두 사람 말고도 더 많은 이들이 비밀리에 첸 박사를 경호하고 있는 것이 틀림없었다. 경호원 두 사람이 신분을 대조할 때 신분증을 확인하면서 눈인사를 주고받는 이들이 그들일 것이다. 그런데 그 눈인사를 주고받는 이들이 적어도 셋 이상은 되어 보였다.

도대체 얼마나 중요한 사람이기에 이토록 삼엄한 경호를 받는다는 말인가? 마오쩌둥도 그가 귀국할 의사만 있다면 수단방법을 가리지 말고 귀국을 시켜야 한다고 특별히 지시를 하지 않았던가?

그들은 이 일은 도저히 자신들의 능력을 벗어나는 아주 중요한 일처럼 여겨졌다. 차라리 이런 현실을 본국에 보고하고 다른 방법을 택해야 할 것 같았다. 그러나 한편으로는 욕심도 생겼다.

자신들이 얼마나 많은 애로사항을 겪고 있는지는 본토와 연락이 닿고 있는 그 화교를 통해서 보고가 들어가고 있다. 엄밀히 말하면 그는 미국에 심어둔 고정 간첩이다. 그가 보고한 사항을 본토 정부가 다 알고 있는데 이렇게 어려운 일을 완수만 한다면 자신들의 앞날에는 더 없이 좋은 길이 열릴 수 있다.

두 사람은 인내를 발휘하자고 서로를 격려하면서 방법 찾기에 골똘했다.

며칠 동안을 학교며 집 주위의 먼 곳에서 방법을 연구했다. 첸 박사가 머무는 순간에는 도저히 힘드니 이동하는 순간을 택하기 위해 그의 뒤를 따라가 보기도 했다. 하지만 이동하는 그 어느 순간에도 허점은 없었다. 집 안에서는 모르겠지만 학교에서는 첸 박사가 화장실을 가는 순간까지도 경호원들이 동행을 하고 있었다.

그에게 접근할 공간도 시간도 없어만 보였다.

그러나 지성이면 감천이라는 말을 이때 쓰는 것이라는 생각이 절로 들었다. 며칠 동안을 가까이 가지도 못하고 먼발치에서 관찰한 끝에 드디어 틈새 하나를 발견했다. 경호원들이 첸 박사를 쫓아다닌다는 것이다.

첸 박사가 강의실을 향하면 연구실 앞에 있던 경호원들이 같이 이동한다. 연구실 앞에서는 안으로 들어가는 사람을 통제하는 이가 없다. 물론 강의실에서의 경우와 같이 연구실 안에 상주하는 경호원이 있을 것이다. 하지만 들어가서 메모를 전해주는 정도는 할 수 있겠다는 판단이 들었다. 직접 만나서 말을 한다는 것은 도저히 불가능한 일이고 잠깐 들어가서 메모만 전하고 나오면 그건 가능할 것 같았다.

두 사람은 구체적으로 첸 박사의 동선을 파악해서 작전을 짰다.

첸 박사가 강의를 끝내고 강의실에서 연구실로 돌아오기 위해서는 건물 복도에서 모퉁이를 두 개 돈다. 첫 번째 모퉁이를 돌고 두 번째 모퉁이를 돌기까지는 2분여의 시간이 걸린다. 두 번째 모퉁이를 돌아서 연구실까지는 채 1분이 안 걸린다.

한 사람이 두 번째 모퉁이에 서서 첸 박사가 두 번째 모퉁이에 거의 다 왔을 때 신호를 보내면 나머지 한 사람이 연구실로 들어가서 메모를 전하고 나오면 된다. 운이 좋다면 나오다가 첸 박사와 마주칠 수도 있다.

마주쳐 나오고 첸 박사가 메모를 바로 읽는다면 다시 부를 수도 있다. 그리고 설령 메모를 바로 읽지 않고 나중에 읽더라도 귀국할 의사가 있으면 그 메모를 마음에 새겨 둘 것이다. 2~3일 후 다시 방문을 해서 똑같은 방법을 쓰면 그때는 정확히 부를 것이다.

그러나 이건 첸 박사가 귀국할 의사가 있을 때의 각본이다. 만일 첸 박사가 귀국할 의사가 없다면 연방수사국에 신고할 것이고, 경호원들이 자신들을 체포하도록 할 수도 있다. 체포를 당하면 그 뒤는 뻔하다. 자신들은 간첩죄나 아니면 첸 박사 살해 미수범으로 몰려서 미국에서 처형당할 수도 있다.

메모를 쓰는 문제도 보통 문제는 아니다.

자신들의 계산대로 되지 않고 시차가 생겨 메모가 경호원의 손으로 넘어가면 문제다. 경호원들이야 중국어를 모르겠지만 연방수사국으로 가면 골치가 아파진다. 그럴 경우를 대비해서 은유법을 써서 첸 박사만 알아듣도록 해야 한다는 결론이다. 그게 생각이나 말로는 쉽지만 실제로는 쉬운 일이 아니다. 그러다가 첸 박사마저 이해를 못하는 수가 생길 수도 있다.

이건 보통 힘들고 위험이 수반되는 일이 아니다. 죽음을 각오하고 해야 할 일이지만 지금으로서는 다른 방법이 없다.

고민을 거듭하던 두 사람은 최악의 경우 혁명전사로 죽는 한이 있더라도 그 방법을 쓰기로 결정했다.

머리를 맞대고 메모 문구를 만들기 시작했다.

〈첸탕강(錢塘江: 전당강)에 비친 오월(吳越)의 풍경이여
항저우의 아름다움 절로 탐나는구나
시후호(西湖: 서호) 거닐던 무숙(武肅)이 돌아온다면
기쁨에 겨워 새들은 노래하고 물고기들은 날뛸 텐데〉

쳰 박사의 선조인 무숙왕 쳰류가 항저우를 중심으로 오월을 건국하고 항저우에 쳰탄강과 시후호가 있다는 사실을 최대한 이용한 것이다.

〈항주에 흐르고 있는 쳰탄강에 남아 있는 당신 선조들이 세운 오월의 역사와 당신이 그 오월을 세운 왕족이라는 것을 우리 중국 인민들은 지금도 기억한다.

당신의 선조가 오월을 세울 때 근거지로 삼았고 당신의 고향인 항저우가 탐난다. 즉 우리는 당신을 필요로 한다.

항저우에 있는 시후호를 거닐던 당신의 선조이자 오월의 시조인 무숙왕이 돌아온다면, 즉 그 후손인 당신이 중국으로 돌아와 주기를 고대하고 있다.

당신이 돌아오면 새들이 기뻐 노래하고 물고기들이 날뛸 정도로, 인민들은 당신을 대대적으로 환영하고 당신의 과학기술에 엄청난 기대를 걸고 그 기술들을 배우고 싶어 할 것이다.〉

이런 내용을 전하고 싶어서 쓴 메모지만 영 마음에 걸렸다.

첸 박사가 이 뜻을 제대로 알아줄 것인지 궁금하기 이를 데 없었다.

"이 말이 의미하는 것을 첸 박사가 알 수 있을까?"

"글쎄? 내가 첸 박사가 아니니 뭐라 할 수는 없지만 이 정도라면 알아듣지 않겠어?

자신의 선조인 무숙왕이 나오고 고향인 항저우가 나오는데?

무숙이 오면 기쁨에 겨워 새들은 노래하고 물고기들은 날뛴다는데, 이미 세상을 떠난 지가 천년이 더된 무숙이 돌아올 것이 아니면 당연히 누구를 말한다고 생각하겠어? 항저우로 무숙이 돌아온다는 그 자체가 자신을 뜻하는 거라는 것쯤은 나라도 알 것 같은데? 새들이 기뻐하고 물고기가 날뛴다는 거 역시 인민들이 기뻐한다는 것쯤은 알지 않겠어?

미국 애들이야 자신들의 뿌리가 약하니까 봐도 모르겠지만 적어도 첸 박사라면 알아들을 것 같아. 이게 가장 안전한 거 같은데?

그렇다고 더 좋은 다른 방법이 있는 것도 아니잖아!"

둘이 궁여지책으로 합의하고 택한 방법이었지만 결과가 너무 궁금했다.

이튿날.

사전에 준비한 대로 두 사람은 움직였다.

자신들이 짰던 각본대로 메모를 전하고 문을 나서며 첸 박사와 마주쳤다. 두 사람은 서로 마주보며 씩 웃었다. 조짐이 좋아 보인다. 설령 안 좋은 결과가 나올지라도 이미 엎질러진 물이다.

두 사람은 모퉁이를 향해 걷는 걸음을 천천히 떼었다. 당장이라도 뒤에서 첸 박사가 당신들을 찾는다고 부를 것 같은 기분이 들면서 한 편으로는 경호원들이 쫓아와서 권총을 들이댈 것도 같았다. 천천히 발걸음을 떼려고 마음은 먹었는데 이상하게도 발자국은 빨라지는 것 같았다.

모퉁이에 다다랐다.

아무도 부르지 않는다.

그렇다고 뒤를 돌아볼 수도 없다.

연구실 문 앞에는 이미 두 명의 경호원이 자리 잡고 서서 지금 막 연구실을 나간 자신들을 주시하고 있을 것이다. 뒤통수에 있는 머리털이 쭈뼛 서는 것 같았다.

아무런 탈도 없고 부르는 이도 없이 무사하게 모퉁이를 돌았다.

안도의 한 숨이 나오는 한편 이래서는 안 된다는 조바심도 났다. 어느 쪽이든 결론이 나야 할 일이다. 지금 이 경우를 자신들이 체포당하지 않아서 다행이라고 해야 하는지, 아니면 자신들을 부르지 않으면 안 되는 일이라고 해야 하는지 정말 판단이 서지를 않았다.

다만 분명한 것 하나는 두 사람 모두 후들거리면서 떨리던 다리가 그래도 안정을 찾아가고 있다는 거였다.

두 사람이 모퉁이를 돌아 다음 모퉁이를 향해 중간쯤 다다랐을 때다. 뛰는 것 같은 구두 발자국 소리가 뒤에서 들리더니 두 사람의 어깨를 잡는 손이 있었다.

두 사람은 그 자리에서 그대로 얼어붙을 것 같았다. 자신도 모르게 오줌이 찔끔 나오면서 소리를 지를 뻔했다.

"박사님께서 잠깐 와 주셨으면 합니다."

아까 메모를 건네받았던 사람이다.

메모를 건네러 들어갔을 때 흰 가운을 입은 사람들이 있었다. 그 중 한 사람이 용건을 묻기에 첸 박사에게 메모를 전하러 왔다고 하자, 저쪽에서 가운을 입지 않은 사람이 일부러 다가와 메모를 받던 그다. 몸매며 눈초리가 연구원은 아닌 것 같고 경호원 같더니 예상이 맞은 것 같다.

"아까 전해주신 메모를 받고 박사님께서 잠깐이라도 말씀을 나눌 수 있는 시간이 되면 뵙자고 하십니다."

그 사내가 재차 하는 말을 듣고서야 두 사람은 제정신이 들었다.

"그, 그래요?

조, 좋습니다.

바, 박사님께서 원하신다면 당연히 가서 뵈어야지요."

제정신이 들기는 했지만 너무 놀란 나머지 말도 더듬거렸다.

"죄송하지만 아까 그 메모 내용이 뭐죠?"

두 사람이 오던 길을 되돌아서자 그들을 데리러 왔던 사내가 물었다.

"아, 그거요?

중국 전통 시의 형식을 빌어서 제가 창작한 시입니다. 제가 평소에 박사님을 존경한 나머지 시 한 편 지어 올린 겁니다. 미국에 와서 사는 우리 중국인들에게 자부심을 불어넣어 주는 분 아닙니까?

그렇다고 굳이 불러서 마주 대할 것까지는 없는 일인데…

같은 민족으로서 그렇게 위대하신 분이 있다는 사실을 알고 저도 모르게 한 편 쓰고 싶어서 쓰기는 했습니다만 잘 쓴 것도 아닌데…"

"무슨 내용이죠?"

"그냥 별 내용도 없습니다. 그저 중국의 옛날 일을 추억하며 쓴 거라서…"

이렇게 경호원의 질문을 받을 줄은 몰랐다.

만약의 경우에 잘못되어 체포된다면 그 내용에 대해 대답을 할 것을 준비하기는 했었다.

한 사람은 무조건 모른다고 하기로 했다. 자신이 쓰지 않아서 모르고 다만 같이 전달하러 갔을 뿐이라고 답하기로 했다. 두 사람의 말이 일치되지 않으면 곤란한 까닭이다. 그리고 나머지 한 사람이 알아서 대답을 하기로 했는데 예상치도 않은 사람이 갑자기 물어오니 당황해서 머뭇거렸다.

다행히 이동 거리가 짧은 덕에 그 대답은 거기까지만 해도 됐다.

두 사람이 연구실에 들어서자 첸 박사는 마치 아는 사람을, 그것도 기다린 지 오래라는 듯이 맞아 주었다.

"어서들 오시오. 내 연구실에서 나갈 때 언뜻 보고는 누군가 했는데 메모를 보니 아주 훌륭한 시인이시군요."

첸 박사는 큰 소리로 반갑게 맞더니 아무도 없는 자신의 방으로 데리고 갔다. 자신의 방으로 들어서자 바깥과는 다르게 조용한 목소리로 물었다.

"어디서 오셨습니까?"

조용하게 묻는다는 것은 감을 잡았다는 이야기다. 이제 더 이상 망설일 일이 없다. 실패할 경우에는 자신들의 희생 정도는 각오하고 내디딘 발이다.

"북경에서 왔습니다. 마오쩌뚱 주석 동지께서 직접 보내셨습니다."

"북경에서요? 그것도 마오 주석께서 직접?"

첸 박사의 입가에는 기쁨의 미소까지 번졌다.

"예. 박사님께서는 오월을 건국하신 무숙황제의 후손이시니 깍듯하게 대해야 한다는 특별한 지시와 함께 저희를 보내셨습니다."

"이렇게 귀한 손님을 만나다니….

생각 같아서는 집으로 모시고 싶지만 내가 보기에 두 분은…?"

"맞습니다. 대만으로 위장한 밀입국자라서 행동도 자유롭지 못합니다.

박사님 집으로 방문하거나 연구실로 찾아뵈려고 해도 경비가 원래 삼엄해서요. 미국인 신분증이 없으니 접근할 방법이 없더라고요. 그래서 실례인 줄 알면서도 궁여지책으로 생각해 낸 것이 문에서 통제하는 경호원들이 자리를 비운 사이에 메모를 전하는 일이었습니다.

강의실이나 이 연구실 안에도 경호원이 있다는 것을 알지만 박사님께 접근만 안하면 특별한 제재를 받지 않을 것 같아서 이 방법을 택한 겁니다.

죄송합니다. 결례를 용서해 주십시오."

"무슨 소리요. 결례라니?

그리 잘나지도 못한 나를 위해서 온갖 위험을 무릅쓴 동포들 아닙니까? 대만에 적을 둔 동포가 밀입국자로 발각돼도 즉시 추방령이 떨어지는데, 대륙에 적을 둔 동지들은 모르면 몰라도 체포되어 간첩죄를 뒤집어 쓸 수도 있습니다. 더더욱 관료신분이니 더하겠지요. 노동자나 농민이 먹고 살기 위해서 밀입국을 했다면 정상참작이 될지도 모르지만 관료라면 무겁게 처벌할 겁니다.

지금 미국에서는 대륙이 사회주의 중화인민공화국으로 들어선 것에 촉각을 곤두세우고 있으니까요."

"저희들도 그걸 알기에 조심하고 박사님께 뜻을 전하고 나면 바로 출국하려고 마음먹고 있습니다."

"잘 생각했습니다. 그리고 아쉽지만 여기서도 오랜 시간 이야기는 못합니다.

늘 주변에서 만나는 이들 즉, 가족이나 동료들이나 친구 등 저들이 익히 아는 사람을 제외하고는 내가 비밀리에 누군가를 만나는 것을 알면, 나는 괜찮지만 나를 만난 사람이 조사를 받습니다. 얼마 전에는 학회 일로 갑자기 약속이 되어 저들의 양해를 구하지 않고 만났다가 그 분이 조사를 받았다는 이야기를 들었습니다.

두 분의 신분만 떳떳하다면 상관이 없지만 그렇지 못한 것이 아쉽군요.

본론으로 들어가지요.”

“좋습니다. 저희도 빨리 이 자리를 떠나고 싶은 게 솔직한 심정 입니다.

거두절미하고 말씀드리겠습니다.

주석 동지께서 박사님의 귀국을 기다리십니다.

오월의 태조, 무숙황제폐하의 후손이신 박사님께서 조국 중화인민공화국의 인민들이 잘 사는 나라를 만들게 해 주십사는 부탁입니다. 미국에 계실 때만큼 호의호식은 못 시켜 드릴지라도 연구하고 발표하고 행동하시는 데는 절대 불편 없도록 해 드리겠다는 것이 주석 동지의 약속입니다. 설령 실패하거나 잘못되는 것이 있더라도 절대 책임을 묻거나 결례를 범하지 않는다는 것도 약속드리라고 했습니다.

백성들을 사랑하는 마음이 지극하셨던 선조, 무숙황제의 어지를 이으신다는 생각으로 오로지 인민들의 행복을 위해 일해 주십사는 겁니다.

다른 것은 없습니다."

"부족한 나를 위해서, 조국을 위해 큰일을 하실 두 분이 희생을 감수하고 오셨다는 그 사실만으로도 나를 감동시켰습니다. 그런데 마오 주석께서 친히 그런 약속까지 전하라 하셨다니 감개무량할 따름입니다.

당연히 가야지요.

어떻게든 미국을 설득해서 가야지요.

참, 항저우는 지금도 아름답습니까? 전쟁 통에 부서지지는 않았습니까?"

"아닙니다. 지금도 아름답기만 합니다."

"그래요? 항저우 소식 전해 주셔서 고맙습니다.

제가 꼭 귀국하도록 노력하겠습니다. 최악의 경우 미국을 위해서는 일을 못하겠다고 나대도 나를 죽이지는 못할 겁니다. 보는 눈들이 많거든요.

어떻게든 조국으로 돌아가야지요. 아름다운 항저우와 이웃들과 동족들을 보지 못하는 것이 얼마나 큰 설움인지 겪어보지 않은 사람은 모르는 일입니다.

아무 걱정 말고 무사히 돌아가세요. 제가 어떤 수를 쓰든지 간에 반드시 중원으로 돌아갈 겁니다."

더 이상 시간을 지체할 수가 없어서 두 사람은 서둘러서 자리를 떴다.

무숙왕을 태조, 무숙황제라는 칭호까지 붙여주면서 왕의 후손이 백성을 돌본다는 자부심을 넣어 준 것이 유효했는지 중국으로 돌아가리라는 철썩 같은 약속을 받아낸 두 사람은 기뻐 어쩔 줄을 모르며 다시 화교들의 집단촌으로 돌아왔다.

마오쩌뚱이 스스로 결론을 내리고 무모하게 밀어붙인 일은 의외로 적중했다.

미국에 비밀리에 파견된 관리로부터 연락을 받은 마오쩌뚱은 기쁨을 감추지 못했다. 소식에 의하면 첸쉐썬 박사는 중국 본토로 귀국할 의사를 강하게 비쳤다는 것이다. 귀국시킬 방법만 찾으면 된다는 연락을 받고 마오쩌뚱은 그날 밤 잠을 못 이룰 정도였다.

그러나 마오쩌뚱의 그런 기쁨은 오래가지 못했다.

첸쉐썬이 간첩혐의로 체포되었다는 소식을 접하게 된 것이다.

미국으로 간 중국 관료들의 말을 듣고 첸 박사는 중국 본토로 돌아가겠다는 의사를 밝혔다. 그러자 미국이 대대적으로 그의 주변을 감시하고, 수사하기 시작했고 그를 데리러 갔던 관리들이 간첩혐의로 체포되고 말았다.

중국 관리들이 체포되자 첸 박사는 간첩과 내통한 혐의로 체포 된 것이다.

첸 박사의 체포는 1950년 조선에서 전쟁이 나던 해다.

철저하게 스탈린을 믿고 전쟁을 일으킨 김일성이 스탈린의 매정한 계산에 농락당했던 그해, 마오쩌뚱 역시 소련에게 농락당했다.

소련은 조선을 지원하기 위해 전쟁을 치러야 하는데, 자신들이 직접 나설 수가 없으니 중국에게 대신 참전해 달라고 요청한다. 자신들 대신에 중국이 파병해 준다면 최신예 무기를 지원해 주겠다고 했다. 단순히 지상군만이 아니라 공군에 대한 무기 지원도 약속했다. 중국으로서는 더 이상 망설일 이유가 없는 조건이었다. 그렇지 않아도 무기 자체도 부족하지만 그 기술이 없던 차인데 잘 됐다 싶었다. 조선 전쟁이 끝나고 나면 대만을 정복하는 데에도 도움이 될 것이라는 기대마저 품었다. 그러나 중국은 소련에게 무참히 배신당한다.

중국이 막상 출병을 결정하고 통보하자 소련은 소총 몇 자루를 제외하고는 무기 지원은커녕 나 몰라라 했다.

마오쩌뚱의 가슴 깊이 무기 때문에 못이 하나 더 박혔다.

마오쩌뚱은 어떻게든 첸 박사를 중국으로 데리고 오리라고 다시 한 번 다짐하며 조선이 일으킨 전쟁에 의용군 형식을 빌어서 군대를 파병하기로 결정했다.

5. 스탈린이 가지고 논 김일성과 마오쩌뚱의 6.25 동란

김일성은 처음에 스탈린이 남침을 지원하겠다고 했을 때는, 오로지 공산혁명으로 남한까지 적화시킬 수 있다는 생각 하나로 스탈린만 믿고 남으로 진격했다.

그러나 사흘 만에 서울을 점령했는데도 후속지원하기로 약속한 무기가 지원되지 않았다.

김일성이 남침을 결심하고 스탈린의 허락을 받으려고 소련을 찾아갔을 때다. 스탈린은 김일성이 남침을 하는데 소련이 전면에 나서지 못하는 이유를 그럴듯하게 둘러대었다.

"김 동지가 남조선을 해방시키는 숭고한 업무를 완수하겠다는 것은 적극 환영하오.

다만 우리는 전면에서 도와주지 못하는 것이 섭섭할 뿐이오. 우리가 전면에 나섰다가는 미국과의 전면전이 될 수도 있소. 그러니 무기 지원이나 군사고문단 파견같이 미국이 알게 되더라도 시비를 걸지 못하는 다른 방법으로 최선을 다해 도와주겠소. 우리가 파병을 하지 않는 한 미국도 파병을 못할 것이니 동지의 의지와 힘만으로도 남조선을 해방시킬 수 있지 않겠소?

그러나 만약의 경우를 대비해서 중국에도 한번 도움을 청해 보시오. 중국은 우리처럼 원자탄이 있는 나라가 아니다 보니 미국도 중국을 자신들의 적이라고 생각하지 않을 거요. 우리에 비하면 직접 군대를 파병해서 북조선을 도와주기가 훨씬 편한 조건이지. 중국이 군대만 파병해 준다면 우리가 중국에게 무기를 지원해 줄 수도 있는 문제니까."

스탈린이 중국을 끌고 들어갈 때 알아봤어야 할 일이다. 지원군 파병문제를 중국과 타진해 보라고 했을 때 그는 이미 마음으로는 돕지 않겠다고 결정했을 것이다.

중국에 무기를 지원해주는 일까지 들먹이면서 철석같이

도움을 약속했었지만 하나도 이행되지 않았다.

그뿐만이 아니다.

군사고문단마저 파견해 주지 않았다. 이번 전쟁에 대해 더 이상의 지원은 없다는 분위기만 감지됐다. 기다리는 지원 무기나 물자는 오지 않고 자꾸 앞으로 진격만 하라고 권고한다는 전문을 보냈다. 말이 권고지 그건 명령이다.

김일성은 정말 이대로 가야 좋은 것인지 모르겠다는 생각도 들었지만 이미 벌어진 일이다. 그렇다고 지금 군대를 돌릴 수도 없는 일 아닌가? 거기다가 의외로 남한의 군사들은 허약하고 남한 정부의 대응도 허술하기 그지없어서 남으로 밀고 내려가는 길이 참으로 쉬웠다.

소련이 야속하면서도 한편으로는 아직 중국에는 기대지 않은 것이 잘한 일이라는 생각까지 들었다.

자신이 남침을 결정하기 위해 소련을 방문했을 때, 중국의 도움도 청해보라는 스탈린의 권고를 받아들여서 5월에 마오쩌뚱을 만나러 중국을 방문했을 때다. 마오쩌뚱은 미군이 지원군을 보내면 어떻게 대처할 것인가를 걱정했다. 당시로서는 소련의 지원 약속을 철저하게 믿던 김일성은 큰 소리를 쳤다. '미군이 참전을 하기 전에 자신들이 전쟁을 끝내고 말 것'이라고 호언장담했었다.

그 일이 떠오르자 내심, 잘하면 그대로 될 수도 있을 것 같았다.

하지만 그 생각은 그저 생각일 뿐이었다.

마지막 낙동강 전투에서 지지부진하게 시간을 끌고 있는 사이에 미군은 유엔군이라는 이름으로 9월 15일 한반도의 허리를 끊으며 인천으로 상륙하고 말았다.

분명히 무언가 잘못되어 가고 있다.

스탈린은 미군 역시 소련과의 전면전을 원하지 않기 때문에 파병을 하지 않을 것이라고 장담했다. 그의 말대로 미국도 소련과의 전면전을 원하지 않아서인지는 모르겠지만, 미군이라는 이름을 걸고 독자적으로 파병하지는 않았다. 미군은 유엔군이라는 깃발을 앞세우고 상륙작전을 감행했다.

그 점이 더 이상했다.

소련은 안전보장이사회 상임이사국이다. 그들이 파병을 반대하면 유엔군의 파병은 불가능하다. 유엔이 파병을 한 것은 안전보장이사회의 승인을 거쳤다는 것이다. 소련이 반대하지 않았다는 말이다.

안개 속을 걷는 기분이다.

미군의 개입은 없을 것이라고 하면서 전면에는 나서지 못하지만 무기 지원과 군사적인 지원을 아끼지 않겠다던 스탈린의 말만 믿고 남으로 진격했는데, 무기 지원도 끊어지고 미군마저 상륙했다.

이 전쟁을 일으킨 자신의 끝자락을 보는 것 같았다.

김일성은 뒤통수를 얻어맞은 것처럼 정신이 멍하고, 가슴은 짓눌리듯이 답답했다.

머리는 어지럽고 가슴은 답답한 와중에 황급히 자신의 방으로 들어서는 사내가 있었다.

부수상 박헌영이다.

마침 누군가에게 무슨 말이라도 해야 가슴에 타오르는 불을 끌 수 있을 것 같았는데 아주 때맞춰 잘 와 주었다.

"동지. 이건 분명히 무언가 잘못되어 가는 것 아니요?"

김일성은, 자신의 애타는 심정을그대로 드러내기라도 하는 것처럼, 타들어가는 목소리로 물었다. 그러자 박헌영 역시 가슴에서 치밀어 오르는 황당함에 상기된 얼굴로 대답했다.

"수상 동지. 이거 분명히 뭔가 잘못되어 가고 있습니다. 지금 막 들어온 보고에 의하면 소련이 안보리 상임이사회의에 참석하지 않았다는 보고입니다."

"소련이 안보리 상임이사회의에 참석하지 않았다면 기권을 했다는 말입니까?"

"그렇습니다. 그것도 안보리대표단이 지금 미국에 있으면서도 회의에 참석을 하지 않았다는 겁니다.

확실한 것은 더 자세하게 보고를 받아야 하겠지만 이건 소련이 고의로 기권한 것이 아닌가 하는 생각입니다."

"소련이 고의로 기권을 했다면 우리는 포기하고 죽으라는 겁니까?"

"그러게 말입니다.

저로서도 지금은 무어라 보고를 드리기가 곤란합니다.

다만 한 가지 5월에 수상 동지께서 마오쩌뚱 주석을 만나셨을 때 미군의 참전을 대비하라고 했던 마오 주석 동지의 말이 떠오릅니다. 그걸 간과해서는 안 되는 일이었습니다.

더욱이 8월에 스탈린 동지가 보낸 전문에 우리는 고무되었지만, 우리에게 전문을 보내 어깨만 으쓱하게 만들었지 실제로는 해 준 것이 없지 않습니까? 전쟁이 일어나기 전에 무장시켜 준 것을 제외하고는 전쟁이 발발하고 난 이후로는 지원해 준 것이 아무것도 없습니다.

차라리 이 기회에 중국에 도움을 청하는 것은 어떻겠습니까?"

그 말을 듣는 순간, 김일성은 이 위급한 순간에도 머리를 스치는 생각이 있었다. 자신이 스탈린에게 수상으로 낙점을 받을 때 중국의 마오쩌뚱이 박헌영을 내세우려 했던 점이다.

어쩌면 박헌영은 지금도 자신의 자리를 넘보고 있을 지도 모른다.

중국도 이미 전날의 중국이 아니다.

지난해 10월 1일.

마오쩌뚱이 이끄는 공산당이 국민당과의 전쟁을 끝내고 중화인민공화국으로 거듭 태어났다.

대륙을 손아귀에 넣은 중국공산당이 박헌영을 지지하고 나선다면 어찌 될지 모르는 일이다. 권력이라는 것이 언제 어떻게 돌변할지 모르는 일인데 중국은 자신보다는 박헌영을 더 신뢰했었다. 게다가 자신을 밀어주던 소련은 이제 등을 돌리고 있다.

다행히 그 판단이 잘못된 것이라면 모르지만, 만일 이 전쟁에서 지고 목숨은 보존한다면 소련만 믿고 벌인 자신의 무모한 행동이 문제가 되어 실각할 수도 있다. 지금 자신 앞에서 말하고 있는 박헌영의 저 모습을 보면 속내를 알 수 있다.

그는 마오쩌뚱의 미군 개입설에 대한 우려를 듣고도 그것에 대책을 세우지 않았던 자신을 탓하고 있다. 아울러 지난 8월 스탈린이 아시아를 해방시키는 투쟁의 기수인 조선의 영웅이라고 치켜세우는 전문에 으쓱해 하던 자신을 탓하고 있다. 전쟁도 큰일이 났지만 박헌영 문제도 그냥 잊고 지나갈 일이 아니다.

그러나 지금은 무엇보다 이 전쟁이 더 문제다. 만일 이 전쟁에서 참패를 해서 목숨을 잃거나 아니면 갈 곳이 없어지는 입장이라면 그 모든 것이 소용없는 일이다. 우선은 이 전쟁에서 살아남아야 한다.

"박 동지 안 되겠소. 우리 두 사람 이름으로 소련의 스탈린 동지에게 전문을 보냅시다.

박 동지 말대로 중국에 도움을 청하는 것도 방법일 수는 있지만 그래도 아직은 소련 아니겠소? 소련은 이미 지난해에 핵무기 개발에 성공한 우리 사회주의 국가의 기둥이요. 그러니 소련의 스탈린 동지에게 유엔군에 대응할 수 있는 사회주의 동맹군을 조직해서라도 우리를 구해달라고 합시다. 소련이나 사회주의 동맹군이 먼저 개입을 할 수는 없을지 모르지만 이미 미군이 유엔이라는 이름으로 개입을 한 후이니 사회주의 동맹군이 얼마든지 개입할 수 있을 것 아니겠소."

김일성은 잠시 다른 곳으로 흐르던 자신의 생각을 추스르고 박헌영을 쳐다보며 말했다.

이 전쟁에서 지고 주저앉는다면 더 이상 무엇이 필요하겠는가? 중국은 박헌영을 신뢰하고 있으니 박헌영과 공동이름으로 소련에 전문을 보내면 중국도 그 전문을 알게 될 것이고 중국을 움직이는데 도움이 될 것이다.

"알겠습니다. 수상 동지께서 말씀하신 대로 미군이 유엔이라는 이름으로 개입한 후이니 우리 사회주의 동맹군도 개입을 해야 한다고 적극적인 내용을 담아서 보내지요."

"그럽시다. 작성한 후에 박 동지와 내가 직접 친필로 서명을 해서 보냅시다."

박헌영이 나가고 나자 김일성은 자신이 지금 스탈린에게 무의미하게 휘둘리고 있다는 생각을 지울 수가 없었다.

처음 약속과 너무나도 상이하다.

남침을 하면 직접 나서지는 못하지만 물적인 지원과 군사고문을 파견해서 전쟁을 이길 수 있도록 해 준다고 철저하게 약속했다. 그러면서 남침 전에 무장을 시켜주는 대가로 일본이 남기고 간 발전소와 제철소의 주요 설비는 물론 설계도면을 모조리 달라고 해서 내줬다. 소련이 하루빨리 발전해야 자기에게도 도움이 될 거라는 생각도 있었지만, 남 조선만 해방시킬 수 있다면 그 몇 배의 이득을 볼 수 있다 는 계산이었다.

그런데 막상 서울을 점령하고 나도 무기를 추가 지원해 주 지는 않고 남진하라는 전문만 보냈다. 남아있는 무기로는 어려운 싸움이 될 것 같았지만 의외로 서울을 쉽게 점령한 것을 보면 가능할 수도 있겠다는 생각과 남진을 하는 도중 에라도 무기만 오면 된다는 생각에 계속 남진을 감행했다. 그래도 기다리던 무기는 오지 않고 영웅으로 치켜세우는 전문만 왔을 뿐이다.

도저히 납득이 가지 않는 일이다.

한동안 두 손으로 머리를 감싸 쥔 채 책상에 이마가 닿을 듯이 숙이고 있던 김일성이 머리를 들었다.

납득이 가지 않는 일이라고 자꾸 초조하게 생각해 봤자 전쟁을 수행하는데 걸림돌만 된다. 그때의 상황은 미군이 개입하기 전의 일이다. 지금처럼 다급한 상황이 아니었기에 소련이 느긋하게 대처할 수도 있었을 것이다.

그런 생각을 위안으로 삼으면서, 전문을 받는 소련이 적극 대응해 줄 것을 믿고 싶었다.

전문을 보내고 열흘이 지나도 스탈린에게서는 답장이 오지 않았다. 초조한 김일성의 마음을 아는 박헌영이지만 그역시 그저 기다릴 수밖에 없었다.

다만 소련의 정보통과 중국의 정보통에서 동시에 같은 보고가 들어왔다.

스탈린은 김일성의 전보를 받고 마오쩌뚱에게 파병을 요청했다고 한다. 자신이 나서면, 미국과의 전면전이 일어나고 그것은 두 나라 모두 핵보유국으로 핵전쟁이 일어나 세계대전으로 이어질 수도 있어서, 인류가 자멸할 수 있다는 것이 핑계였다.

그런 핑계로 참전을 거부한 스탈린의 계산은 다른 곳에 있었다.

그는 중국이 아직 미국과의 전면전을 생각할 정도가 못되는 나라라는 것을 강조하고 싶었다. 중국이 파병을 안 한다면 그 자체가 적수가 못 되는 것임을 인정하는 것이다. 그리고 파병을 하되 제대로 성과를 거두지도 못한다면 그 역시 미국의 적수가 되지 못한다는 것을 보여주는 것이다. 무기도 제대로 갖추지 못한 중국으로서는 두 가지 중 어느 것이 될지는 몰라도 자신들의 허약함을 보여 주게 될 것이다. 그렇게 되면 소련이 사회주의 국가의 맹주임을 다시 한 번 드러낼 수 있다.

이번 기회에 중국이 소련에게 고개를 쳐들고 맞먹으려는 생각 자체를 송두리째 뽑아 버릴 계산이었던 것이다.

스탈린의 전보를 받아 든 중국으로서는 고민하지 않을 수 없었다.

한국전이 발발하기 전에, 이미 자신들은 대만을 정복할 계획을 세우고 15만 명의 병력과 4,000척의 배를 집결해 놓고 있었다. 그런 상황에서 스탈린의 말만 믿은 김일성이 남침을 했다. 한국전이 일어난 판에 자신들까지 전쟁을 할 수 없어서 이러지도 저러지도 못하고 있던 실정이다. 그런데 미군이 유엔군이라는 이름으로 한국전에 개입했다. 아차 싶었다. 만일 자신들이 한국전을 무시하고 대만을 공격했다면 유엔군이 중국 본토에 상륙할 수도 있었던 문제다. 대만 정복을 미룬 것은 물론 한국전에 개입하지 않은 것이 천만다행이었다.

우선은 한국전이 끝나야 한다. 그런 후에 무언가 판단할 일이다.

중국은 초조한 마음으로 한국전이 끝나기만 바라고 있는데 파병을 해 달라는 스탈린의 요구는 무리였다.

그뿐만이 아니다.

미국과 전쟁에서 직접적으로 부딪힌다면 신생국이라고 해도 과언이 아닌 자기들에게 이로울 것이 하나도 없다. 자신 딴에는 이런 날이 올 것을 예감하고 미리 그 대책을 세웠었다.

김일성이 남침을 감행하기 전에 자신의 군대에 속해있던 조선족 35,000명을 조선으로 보내 병력을 지원해 줬다. 어차피 중국인도 아니고 조선족이니 너희들끼리 알아서 하라는 마음이었다. 비록 국민당과의 전쟁에서 조선족이 자신을 많이 도와주기는 했지만 그건 마오 자신을 위한 일이 아니라 혁명을 위한 일이었다.

실제로 그때는 조선족들이 기댈 곳이 없었다.

자신들의 조국인 대한제국은 일본 수하에서 해방되자마자 남북으로 갈라진 상태다. 청나라에게 핍박을 당한 것도 모자라 국민당 정부 역시 조선족을 이민족으로 취급할 뿐이었다. 그나마 유일하게 조선족의 애로사항을 듣기라도 해준 것은 린뱌오가 이끄는 공산군이 그들 속으로 침투해 들어가면서다. 린뱌오는 국민당이 도시를 점령하는 동안 농촌과 시골로 파고들어 조선족들을 포섭해 나갔다. 당연히 그들의 애로사항을 듣고 사회주의 혁명 후에는 그런 것들을 개선해 주겠다고 약속했다. 그 덕분에 조선족이 공산당 편에 서서 그들을 도와주었다.

조선족들이 국민당을 이기는데 큰 기여를 한 것은 사실일지라도, 국민당과의 전쟁이 끝나고 난 후에는 그들까지 책임을 질 수 있는 여력도 부족했다. 중국인들을 챙기기도 힘든데 이민족을 챙긴다는 것은 짐처럼 여겨졌다.

마침 그 시점에서 김일성이 스탈린의 도움으로 남침을 한다고 형식적이나마 승인을 받으러 왔다. 마오쩌뚱은 기분 좋게 조선족으로 구성된 군인들 35,000명을 지원해 주기로 했다. 자신들은 공군력이나 무기 같은 것들은 도와줄 형편이 못 된다는 것을 김일성도 잘 안다. 지상군이 자신들에게는 최고의 무기이자 모든 것임을 잘 아는 김일성이니 그에게 지상군을 미리 지원해 주는 것도 나중에 다른 명목으로 손을 벌려오지 않게 하는 방법이라고 생각했다. 자신에게는 중요하지 않지만 김일성에게는 중요한 것으로 미리 앞가림을 하려 했다.

이미 베푼 것만으로도 족하다고 생각했는데 파병을 하라니 난감하기 그지없었다.

조선족 군인을 넘겨주던 5월.

김일성이 중국에 왔을 때, 스탈린의 적극적인 무기 지원과 남한에 있는 남로당원들의 도움을 받으면 남조선 해방은 아무 문제없을 것이라고 큰소리를 쳤다. 그때 그 모습이 무언가 불안했었다.

그러더니 결국은 그 불안이 현실이 되었다는 생각이 들 뿐 어떻게 해야 할지 정말 난감했다.

고민을 거듭하던 마오쩌뚱은 나름대로 정리가 끝나자 회의를 소집했다.

저우언라이와 류사오치(劉少奇: 유소기), 펑더화이 등의 참모들을 불러 놓고 회의를 했지만 결론은 처음에 자신이 생각한 그대로였다.

지금으로서는 무리라는 것이다.

그러나 마오쩌뚱은 무조건 무리라고 거절할 일도 아니라는 생각이 들었다.

만일 미국이 개입한 저 전쟁에서 김일성이 참패를 하고 대한민국과 압록강을 국경으로 한다면 문제가 더 심각해질 수도 있다. 압록강 주변에 살고 있는 민족들은 조선족이 상당수를 차지한다. 이제 갓 중화인민공화국을 세우고 불안한 정국에 살기도 힘든 판국인데 미국이 자본으로 밀고 들어와서 그 조선족들을 회유하는 날에는 상황이 어떻게 바뀔지 모른다.

그동안 설움을 당하던 조선족과 북방민족이 미국과 손을 잡으면 국경은 대륙 안으로 점점 들어올 수도 있다.

대륙 안으로 침투해 들어온 미국의 세력들과 대만으로 쫓겨 간 국민당의 잔당들이 일제히 일어서서 손을 잡고 봉기하는 날에는 그 지겨운 내전을 다시 치러야 한다. 내전을 다시 치른다면 이번에도 승리하라는 보장이 없다. 미국이 코밑에서 지원을 해 준다면 지난번보다 훨씬 어려운 내전이 될 수도 있고 국민당에 패할 수도 있다.

차라리 가운데에 조선민주주의인민공화국이라는 나라를 존속하게 하는 것이 훨씬 낫다는 생각을 지울 수가 없었다. 더욱이 이번에 자신들이 나서서 소련도 미온적으로 대처하는 전쟁에서 김일성을 구한다면 앞으로 김일성이 자신들의 편이 되어 줄 수 있다는 생각도 배제할 수 없었다. 소련은 자신들이 맹주임을 자처하면서 동유럽에 이미 많은 위성국가를 세워 자신들을 지지하도록 해 놓았지만 중국은 어느 한 곳 자신들을 지지할 곳이 없는 처지다.

내전이 끝난 지도 얼마 되지 않아서 어려운 상황이지만, 많은 것은 인구뿐이라는 것이 실제 현실이니 전투력이 부족하면 사람으로 때우면 된다는 생각도 들었다.

국민당과의 내전 때도 몇 사람이 총 한 자루를 가지고 앞사람이 죽어 넘어지면 그 총을 집어 들고 싸우지 않았던가?

며칠 동안 회의를 거듭하면서 마오쩌뚱의 생각에 참모들이 동의하여 어렵게 파병 결정을 내렸다.

회의를 끝내고 파하면서 마오쩌뚱은 저우언라이와 펑더화이를 불렀다.

"내가 두 가지만 말하겠소. 그런데 그 두 가지는 아무래도 회의석상보다는 이렇게 동지들을 따로 불러서 이야기하는 것이 좋을 것 같아서 남으라고 했소이다.

아주 중요한 거요.

이번 전쟁에 기왕 참전하는 것이니 우리도 득을 봐야 할 것 아니겠소.

물론 가장 큰 득을 보는 것은 회의 중에도 이야기했지만, 미군을 한반도에서 몰아내고 조선이 해방전쟁을 완수하게 해 주는 거겠지. 그렇게만 되면 독안에 든 쥐도 살려 주고 우리 중국이 얼마나 힘 있는 나라인지를 보여 줄 수 있는 기회도 될 테니까.

그러나 그건 불가능하오. 공연한 무리수는 두지 마시오. 북조선이 남으로 밀고 내려가기 전까지의 영토만큼만 수복한다고 해도 그건 완전한 승리라는 생각이오. 그렇게만 되어도 우리 중국의 힘을 전 세계에 보여 줄 수 있는 아주 좋은 기회가 될 것이오. 물론 그것도 힘든 일이겠지만.

그러나 그런 와중에서도 우리가 얻을 것을 얻어야 되지 않겠소?

우리가 필요한 것을 얻기 위해서 먼저 준비할 것이 있소. 미군 포로를 잡으면 장교들 중에서 가치 있는 놈들을 본토로 십여 명 보내시오.

잘 모셔 두었다가 교환할 사람이 있소."

그 말을 듣는 순간 저우언라이는 첸쉐썬 박사를 떠올렸다.

마오쩌뚱은 지금 그 사람과 맞바꿀 포로를 말하는 것이다.

"교환이라니요?"

그 속내를 모르는 펑더화이가 묻자 마오쩌뚱은 입가에 미소까지 띠며 대답했다.

"섭섭할지 모르지만 나만 아는 일이니 그냥 그러려니 하고 내 지시를 따라 주시오. 언젠가 내 속마음을 알게 되면 동지도 반드시 기뻐할 것이외다.

그 다음 두 번째 할 말은 내 아들 마오안잉(毛岸英: 모안

영)을 이번 전쟁에 참전시키겠소.

이번 전쟁이 그저 들러리나 서는 전쟁이 아니라는 것을 우리 인민해방군은 물론 소련과 북조선에 알리는 방법 중 하나요. 그렇다고 무슨 특별한 계급이나 보직을 부여하라는 것도 아니요. 보통 인민해방군들 틈에서 같이 싸우게 하라는 말이요."

"주석 동지. 그 말씀은 거두어 주시지요."

펑더화이는 얼굴이 상기된 채 말을 이었다.

"제가 총 사령관으로 참전하는 전쟁입니다. 어찌 주석 동지의 아들을 데리고 가라는 말씀입니까? 그것도 우리나라의 전쟁도 아니라 이웃나라 북조선의 전쟁입니다.

더더욱 주석 동지께서 말씀하신 바와 같이 소련에게 등을 떠밀려 가는 전쟁이나 마찬가집니다. 군인이 참전을 하면 이겨야 된다는 것은 자명한 일입니다만, 이번 전쟁은 이기고 지고를 떠나서 다른 목적이 있는 전쟁 아닙니까?

우리가 가지 않으면 소련은 물론 북조선 애들도 우리를 우습게 볼까봐 체면치레하러 가는 전쟁입니다. 주석 동지의 아들까지 가는 것은 옳지 않습니다."

"무슨 소리를 하는 거요? 혁명이 희생 없이 된다는 말입니까?

희생이 없는 혁명은 없소.

그리고 이번 전쟁은 반드시 이겨야 하오.

이긴다는 의미가 미군을 한반도에서 몰아내라는 것은 아니요. 그렇다고 꼭 북조선이 먼저 가졌던 영토를 수복시키라는 것도 아니라고 했잖소. 그건 이기는 것이 아니라 완벽한 대승이라고.

이긴다는 의미를 다르게 받아들일 수도 있겠지만, 적어도 북조선이 명맥은 유지하도록 해 줘야 한다는 말이오. 그러면 우리는 이기는 것이오. 그것도 소련과 북조선이 보는 앞에서 미국을 이기는 거라는 말이요.

그러려면 무기도 변변치 않은 우리 군사들의 사기가 먼저요. 내 아들이 자신들과 똑같이 참전을 한다고 생각하면 우리 인민해방군의 사기는 틀림없이 진작될 거요."

마오쩌둥의 의지는 확고했다.

펑더화이로서도 더 이상 할 말이 없었다. 다만 마오안잉이 제2차 세계대전 때 소련군에 들어가 전차소대장으로 동부전선에 참전했던 전력을 가졌으니 그를 장교로 임명해서 자신의 러시아 통역장교 보직을 주어야겠다고 생각할 뿐이었다.

전보를 받아든 김일성은 깜짝 놀랐다.

엊그제 중국이 파병을 거절했으니 북조선을 버리고 탈출하라는 스탈린의 전보를 받고, 이제 마지막이라는 생각에 압록강을 도하해서 소련으로 도망가는 길만 궁리하던 중이다. 그런데 중국이 무려 60만 명을 파병해 준다니 이게 꿈인지 생시인지 모를 지경이었다.

김일성에게 야속한 것은 이번에도 소련이었다. 그런 상황에서도 소련은 중국의 파병에도 지상군의 무기만 지원해 줄 뿐 공군이나 기타 어떤 지원도 해 주지 않았다. 마음이 무거웠지만 중국이 개입을 한다는 것은 살아남을 불씨를 보는 것이다.

10월 19일.

압록강을 넘어오는 중공군들의 손에는 소총도 제대로 들

려있지 않다는 보고를 받았다. 하지만 그 병력의 숫자가 너무나도 엄청나서 유엔군이 아무리 총을 쏘고 대포를 쏴도 병력이 줄어드는 모습이 관찰이 안 된다는 보고도 받았다. 중국이야말로 자신에게는 생명을 구해주는 손길이라는 생각을 지울 수가 없었다.

게다가 마오쩌뚱의 아들 마오안잉을 직접 파병했다. 아무리 총사령관인 펑더화이의 러시아 통역장교 보직이라지만 이건 보통 배려가 아니다. 반드시 이 전쟁을 이기는 전쟁으로 만든다는 이야기다. 적어도 김일성 자신이 설 땅은 확보해 주겠다는 의지다.

김일성은 그저 고마울 뿐 무어라 말을 할 수가 없었다.

그런데 얼마 지나지 않아 김일성의 가슴을 찢는 비보가 들렸다.

마오안잉이 미군의 폭격을 맞아 그 자리에서 새까맣게 불타 전사했다는 것이다. 신혼 1년 만에 아버지의 혁명을 완수해야 한다는 일념으로 남의 나라 전쟁에 뛰어든 젊은 생명은 그렇게 갔다.

펑더화이가 배려한답시고 자신의 러시아 통역장교로 보직을 주었건만 마오안잉은 결국 한반도 북쪽에 자신의 유해를 묻고 말았다.

마오쩌뚱은 아들의 전사 소식을 3개월이나 지난 후에 들었고, 그 소식을 듣자 자신의 가슴을 자신의 주먹으로 사정없이 내리 치며 통곡했다.

마오쩌뚱이 통곡을 하던 그날, 가슴 바깥은 시퍼렇게 멍이 들었고 그 안은 새까맣게 불에 타버렸다.

마오안잉의 죽음을 뒤로 한 채 휴전선을 남기고 한국전쟁은 끝났다.

그것도 마오쩌뚱이 가장 멋진 승리라고 이야기했던 대로 끝났다. 미국을 한반도에서 내몰 수는 없고 북조선이 가졌던 땅만큼만 찾아 주면 된다는 바로 그대로였다.

중국은 스스로 자신들이 미국과의 전쟁에서 이겼다고 확신했다.

스탈린은 원래 사회주의 통일중국을 바라지 않았다. 마오쩌뚱의 군대가 장개석 군대와 오랜 기간 싸우며 남북이든,

동서든 간에 반쯤 정도로 나뉘어 공산당과 국민당이 서로 견제해 주는 중국을 바랐다. 그런 그의 바람과는 다르게 중국이 너무 갑자기 사회주의 통일국가로 태동했다.

스탈린은 소련이 사회주의 맹주로 자리 잡는데 가장 방해 요소가 될 것은 중국이라는 생각을 지울 수 없었다.

때마침 김일성이 남으로 밀고 내려가 해방전쟁을 한다고 했다. 스탈린은 이 기회에 중국이 힘없는 사회주의 국가 중 하나라는 것을 드러내 보이고 싶었다. 소련을 추종하는 동 유럽의 국가들과 다를 것이 없는 하나의 위성 국가로 남기고 싶었다. 그래서 김일성을 부추겨 중국이 전쟁에 참여하도록 만들게도 하고 자기 스스로도 중국을 다각도로 압박했다. 마오쩌둥이 거절할 수 없게 만들어 조선 전쟁에 투입시켰다.

그러나 결과는 스탈린이 원하던 반대가 되고 말았다.

중국은 미군이 개입한 후 뒤늦게 개입했음에도 불구하고, 패전으로 인해 곧 사라질 위기에서 북한의 영토를 도로 찾을 수 있게 만들어 줬다.

스탈린의 예상이 다시 한 번 빗나간 순간이다.

스탈린은 중국이 개입함으로써 북한이 압록강과 두만강 유역의 적당한 영역을 차지하고, 그 영역을 중심으로 강 건너 조선족이 많이 살고 있는 만주 땅 일부를 포함하는 사회주의 국가 중 하나로 남아주기를 바랐다. 미국이 주둔할 대한민국과 소련 자신이 국경은 맞대기 싫고 그 완충지대 역할을 김일성의 북한이 해 주기를 바랐다. 그렇게 되면 중국은 국경의 넓은 부분을 북한과 맞대게 되는 까닭에 미국을 견제하는 의미에서라도 북한을 적극 지원하지 않을 수 없다. 자연히 북한은 중국의 지원을 받고 미국은 대한민국을 지원하면서 중국과 미국은 영원히 촉각을 곤두세우지 않을 수 없게 묶어두고 싶었다.

그러나 그 모든 계산은 빗나가고 스탈린 자신이 세상을 떠나면서 한국전은 휴전의 급물살을 탄다. 그리고 휴전협정에는 유엔군과 펑더화이가 조인한다.

중국을 크지 못하게 하면서 영원히 미국의 적으로 만들려던 스탈린의 작은 흉계가 미국과 중국을 협상테이블에 앉혀주는 계기가 되고 말았다.

더불어서 중국은 그 전쟁에서 잘 추려진 미군 포로 11명을 본국으로 압송해 특별 관리를 하고 있었다. 마오쩌뚱이 아들까지 잃으며 얻은 특별 보너스다.

전쟁이 끝나고 저우언라이는 엄청나게 바빠졌다. 중국이 조선전쟁에 파병을 결정하던 그날 마오 주석의 말마디에 예상했던 그대로 첸 박사와 포로교환을 성사시키는 것은 저우언라이가 총 책임을 맡았다. 마오는 한국전에서 자신의 아들이 전사를 했지만 슬퍼하며 괴로워하는 것도 잠시였다. 그 마음속을 들여다보지 않아서 속까지는 알 수 없었지만 자신의 아들보다 첸 박사를 더 중요하게 챙기는 모습이 보였다.

우여곡절의 협상 끝에 미국은 한국전에서 생포해 간 11명의 포로를 중국으로부터 넘겨받으면서 첸 박사와 그를 귀국시키러 갔던 두 명의 관리를 중국에 넘겨주었다.

6. 첸쉐썬이 실패한 대약진운동

　첸쉐썬 박사가 귀국하던 날.

　마오쩌뚱은 물론 저우언라이와 류사오치, 덩샤오핑 등의 각료들은 물론 펑더화이, 린뱌오 등 군 수뇌부들까지 모두 공항으로 마중을 나갔다.

　첸 박사의 목에는 마오쩌뚱이 직접 중국 전통 꽃목걸이를 걸어 주었다.

　공항에서 시내로 들어오는 길 연변에는 인민들이 나와서 오성기를 흔들어 댔다. 십여 대의 승용차가 지나가는 길을 향해 함성을 지르며 오성기를 흔들었다. 인민들은 지금 자신이 누구를 위해서 오성기를 흔드는지 모르는 이들이 대부분이었다. 당에서 동원령이 내리고, 마오쩌둥 주석이 저

차들 중 하나에 타고 있다고 하니까 오성기를 흔들었을 뿐이다.

챈 박사는 그 속내를 알 리가 없었다. 자신이 마오쩌둥과 같은 차에 동승하고 차량 행렬 가운데 섞여 오는 동안 연변에서 환호하는 인민들의 모습만이 보였다. 저들이 저렇게 열렬히 환영해 주리라고는 미처 생각지도 못했다. 도로변에서 환성을 질러가며 오성기를 흔드는 모습에 감격할 뿐이었다. 자신이 조국의 영광을 위해서 귀국한 것이 정말 잘한 일이라고 몇 번이나 마음속으로 되뇌었다.

열렬한 환영을 받으면서 귀국한 챈 박사에게 마오쩌둥은 중국 제5국방연구원 부장을 맡기면서 그의 행보를 점점 높여가기로 했다.

챈 박사가 귀국한지도 햇수로 3년이 되어 1957년 끝자락으로 치닫고 있었다.

만족할 만큼은 아니지만 1차 경제개발계획을 성공리에 끝냈다고 자평하는 마오쩌둥은 이제 혼자가 아니다. 자신의 아들 목숨과 맞바꿨다고 해도 과언이 아닌 챈쉐썬 박사가 곁에 있다. 어쭙잖은 1차 경제개발계획의 성과에 만족해서 쉴 틈이 없다. 이제 2차 계획만 잘 시행된다면 머지않아 소련이 부럽지 않은 나라가 될 것이다.

마오쩌뚱은 2차 5개년 계획은 1차에 이어 중국을 껑충 성장케 한다는 의미로 '대약진운동'이라고 명명했다.

마오쩌뚱은 평소 무언가 의논할 일이 있으면 첸 박사를 따로 불러서 의논하곤 했다. 그날도 마오쩌뚱의 부름을 받은 첸 박사가 자리를 마주했다.

"어떻소? 이제 조국으로 돌아온 지도 3년이라는 세월이 지나가는데 여러 가지로 적응은 잘 되시오?"

"제 몸에 흐르는 피가 이곳 피인데 적응할 게 뭐가 있겠습니까? 아시다시피 저는 중국에서 태어나고 중국에서 교육을 받은 중국 사람입니다. 성인이 되어 공부를 하기 위해서 잠시 미국에 다녀온 정도지요. 내 나라에 내가 왔는데 적응이 되고 말고가 있겠습니까? 당연히 조국 강산과 더불어 묻혀가는 거지요.

거기다가 연구원에서는 너무 극진한 대우를 해줘서 오히

려 불편할 정도랍니다. 적응이고 말고 할 게 없습니다."

"첸 동지야 그렇다지만 집사람과 아이들은 다를 수도 있지 않소? 더욱이 아이들은 미국에서 출생해서 거기서 자랐는데."

"글쎄요, 저희 집안은 피가 그런지 아이들도 오히려 미국에서 보다 더 잘 어울리고 좋아하는 것 같습니다."

"하하하…. 그렇게 말해주니 박사를 귀국하라고 종용했던 내가 기쁘구려. 공연히 이곳에 왔노라고 푸념을 하면 내가 무안할 뻔 했는데 말이요.

하기야 오월의 왕손 피가 어디 가기야 하겠소? 첸 박사가 왕손이니 첸 박사의 아이들도 다 왕손 아니요? 그러니 이 땅이 미국보다 더 좋을 수밖에.

한 가지 마음에 걸리는 것이 있다면 우리 교육이 미국만 못한 것이 사실이니까 걱정이기는 합니다만, 그건 차츰 보완하거나 아니면 유학을 보내도 되니까 나를 나무라지는 마시오."

마오쩌뚱은 기분이 좋아서였는지 첸 박사 아이들의 유학 이야기까지 얹어 하면서 말을 이었다.

"그렇지 않아도 얼마 전에 내가 기분 좋은 소리를 들어서 굳이 일이 없어도 동지를 한번 만나고 싶었소이다.

미국의 고위 군사전문가가 동지를 보내면서 '첸 박사를 보내는 것보다 5개 사단 병력과 맞바꾸는 것이 낫다'고 했다지요? 이 얼마나 흐뭇한 소리입니까?

내가 중국에서 태어나고 중국에서 자라 이렇게 박사와 마주한다는 것이 정말 자랑스럽소."

"과찬의 말씀입니다. 저도 얼핏 그런 소리를 듣기는 했습니다만 그거야 보는 사람의 시각에 따라서 다르겠지요. 제가 감히 어떻게 5개 사단 병력의 역할을 할 수 있겠습니까?"

"아니오. 사실은 나도 요하 동쪽에 사는 북방민족이라면 5개 사단이 아니라 그 전체를 넘겨주는 한이 있더라도 박사와는 바꿀 수 없다는 생각이요.

단순히 전투기나 로켓을 개발하는 일을 뛰어넘어 지금 우리나라가 개발에 박차를 가하고 있는 원자폭탄 실험에도 깊숙이 관여하여 이끌어 가고 있는 박사를 어찌 북방민족과 바꾸겠소. 그 수가 아무리 많다지만 북방민족 전체가 박사 한 사람이 해 내는 일을 할 수 있다고 생각하시오?

　미국이 자국 병사 5개 사단과 맞바꾼다는 말이 맞는 거요.”

“저를 그렇게 보아 주신다니 정말 영광입니다. 앞으로 더 열심히 노력하여 조국의 은혜에 보답하겠습니다.”

“그리 말해주니까 고맙고, 자 이제 본론으로 들어갑시다.

　내가 언젠가 소련에 가 보니까 기계로 옥수수농사를 짓는데 그 규모가 엄청났소. 우리야 아직 그렇게 기계로 농사를 지을 정도는 못 되지만 그런 경제 모델을 닮을 수 있다면 여러 가지로 이익이 될 텐데 좋은 방법이 없겠소?”

“글쎄요? 제가 농업이 전문이 아니다 보니까 딱히 이거다 하고 집어서 말은 못하겠습니다만, 집단을 이뤄 농사를 지으면 노동력이 집산되어 더 많은 일을 할 수 있지 않을까요?

　소련이 기계로 농사를 짓는다고 굳이 부러워하실 일은 아닙니다. 그곳은 원래 토양이 척박하고 기후도 추운 곳인데다가 인구 밀도도 높지를 않죠. 그러니 겨우 옥수수 같은 농작물이나 경작하는 겁니다. 인구밀도가 낮으니 노동력도 충분하지 않아서 기계의 힘을 당장 빌려야 하는 거구요.

우리 중국은 다릅니다.

토양이 비옥하고, 천혜의 기후조건을 갖추고, 강도 많아 물도 풍부해서 여러 가지 다양한 농작물을 경작할 수 있습니다. 인구밀도가 높다지만, 아직은 땅도 넉넉한 편입니다. 인구밀도가 높으니 노동력도 풍부하고 땅도 있으니 농사만 잘 지어 소출만 높인다면 머지않아 소련을 추격하고도 남을 겁니다. 잉여가치가 생산되는 거죠.

잉여가치가 창출되게 되면 기계를 생산해서 농업을 기계화하고, 남는 노동력은 공업화에 투자하면 됩니다. 공업이 발전하다보면 당연히 과학기술도 발전하게 되고 그러면 무기도 얼마든지 개발할 수 있습니다.

지금의 미국처럼 우리 중국이 전 세계의 맨 꼭대기에 우뚝 설 수 있을 겁니다. 전 그날을 위해 귀국한 것이고 그날은 반드시 올 것임을 확신합니다."

첸쉐썬은 마치 집단농장을 직접 경영해 본 사람처럼 아주 쉽게 이론을 늘어놓았다. 막힘없이 늘어놓는 첸 박사의 말을 듣던 마오쩌둥은 마치 그날이 코앞에 오기라도 한 것 같아서 기분이 너무 좋았다.

"듣고 보니 그럴 것도 같구려. 아니, 정말 그럴 거라는 생각이 들어.

내가 박사를 귀국시킨 것이 내 생애 최고의 업적이 아닐까 하는 생각이오."

마오쩌둥이 기분이 좋아서 하는 칭찬에 첸 박사는 거침없이 말을 이어갔다.

미국이 5개 사단 병력과도 자신을 바꾸지 않겠다는 데 대해 마오쩌뚱은 북방민족 모두와도 바꾸지 않겠다고 했다. 첸 박사의 기분은 하늘을 나는 것 이상으로 상기된 상태다. 상기된 기분은 자신이 이 방면에 전문가가 아니라고 잘라서 대답할 용기를 거둬가 버렸다. 마치 자기가 오랜 동안 이 방면에 대해 연구라도 한 것처럼 전혀 막힘이 없었다.

"집단농장을 하면 또 다른 이득도 생길 겁니다.

여성들에게도 가사에서 해방되도록 집단급식을 하는 겁니다. 그러면 여성 노동력도 이용할 수 있죠. 지금 우리 현실로서는 노동력에 의존하는 농사를 지을 수밖에 없으니 우선 여성들의 노동력을 동원할 수 있다는 것만 해도 많은 득을 보는 겁니다.

집단농장을 하면 볼 수 있는 이득 중에 중요한 것 한 가지가 더 있습니다. 정부 주도로 모든 농사법을 이끌어 나갈 수 있다는 겁니다. 지금처럼, 제국주의 시대부터 내려온, 과학과는 거리가 먼 방법이 아니라 과학적인 새로운 방법을 도입하기가 용이한 거죠.

예를 들자면 각자 농사를 지을 때는 노동력이나 기타 여러 가지 사정으로 인해서 농작물을 파종하는 방법이 통일되지 못했습니다. 필요 없는 공간을 너무 많이 두는 바람에 그만큼 수확이 줄어든 거나 마찬가지가 된 겁니다.

주석 동지께서도 아시다시피 농작물은 물과 햇빛의 공급만 원활하고 기후조건만 맞으면 광합성 작용에 의해 열매를 맺는 것입니다. 따라서 농작물이 최고로 자랐을 때 옆에 있는 작물과 부딪히지 않고 자랄 수 있는 공간만 있으면 됩니다. 그 간격만 남기고 농작물을 심으면 더 많은 소출을 기대할 수 있을 겁니다.

작물이 자랄 수 있는 최소 간격을 유지하는 것이 소출을 높이는 방법이라는 겁니다. 많이 일해야 많이 거두듯이 과학적인 수치 계산으로 인해서 가능한 한 많이 파종하면 수

확도 더 많이 할 수 있다는 겁니다. 많이 뿌리는 이가 많이 거두는 것은 당연한 이치 아니겠습니까?

지금까지는 전해 내려오는 방법에 따라 농사를 지었다면, 이제부터는 과학적으로 지을 필요가 있다는 거죠."

"기가 막히네. 역시 과학하고 사는 사람이라 다르네.

농사는 그저 아무 생각 없이 전해오는 방법에 몸만 열심히 놀리면 되는 것으로 알던 우리네 상식과는 확실한 차이가 있어."

마오쩌뚱은 혀를 두르면서 칭찬을 아끼지 않았다. 이런 방법은 첸 박사가 아니면 생각해 낼 수 없는 일처럼 여겨졌다.

그러나 작물의 소출이라는 것이 항공공학 하듯이, 자로 잰 듯이 계산한다고 나오는 것이 아니다. 심을 때 밀도를 높인다고 수확 때 많은 것을 거두는 것이 절대 아니다.

옆에 있는 작물과 부딪히지 않는다고 작물이 자라는데 지장을 받지 않는 게 아니다. 작물에 따라 최소한의 간격을 벌려 줌으로써 통풍과 빛 조절 등이 원활하게 이뤄질 때 농작물은 제대로 성장한다. 전통으로 내려오는 농사법은 그걸 다 계산한 선조들의 지혜다.

마오쩌뚱은 순간적으로 첸 박사의 논리에 밀려 그걸 잊고 있었다.

첸 박사는 공학자지 농학자도, 농사를 직접 짓는 사람도 아니다. 농사에는 전혀 경험도 없는 사람이 공학이론을 도입해서 농사를 짓겠다고 나선 것이다. 무생명체인 광물을 만지던 사람이 그 이론을 가지고 생명체인 농작물에 대한 통계를 내고 그걸 시행하도록 했다.

마오쩌뚱은 원래 첸 박사에 대한 믿음이 강한지라 시험도 없이 그 방법을 중국 전역에서 택하도록 지시했다.

그 지침이 각 지방으로 시달되고 첫 모내기를 하던 날 중국 곳곳에서는 당에서 나온 협동농장 지도자라는 사람들과 농민들의 마찰이 수없이 많았다.

"지도자 동지. 이게 말이 됩니까?

본래 작물이라는 것은 기본적으로 자신이 유지할 거리라는 것이 있는 겁니다. 작물이 자라서, 특히 벼가 자란 후에도 통풍이 되고 그 사이로 햇빛이 비출 때 이삭이 튼실해지는 겁니다.

이렇게 배게 심으면 당장 중간에 피사리나 농약을 치러 다니지도 못해요. 뿐만 아니라 이게 성장하면 빽빽해져서 줄기가 햇빛도 못 보고 통풍도 안 되어 썩고 맙니다. 낱알 수는 많아 질 수 있을지 몰라도 그 중 반 이상이 빈 쭉정이 낱알이 될 겁니다.

이건 일 년 농사 망치자는 거예요."

"나도 이제껏 그리 알고 농사를 져온 집안 자손인데 왜 그런 생각을 안 했겠습니까? 하지만 이번 사업은 국가에서, 그것도 마오 주석께서 직접 과학적인 분석에 의해 내린 지십니다. 이제껏 우리가 사용해오던 전통에 얽매이는 그런 주먹구구식이 아니라 아주 과학적인 방법에 의해 분석한 결과라는 겁니다.

그러니 당과 국가가 지시하는 대로 따라야지 별 수가 없지 않습니까?

지금 우리가 당과 주석 동지를 못 믿고 나라를 못 믿으면 믿을 게 무엇니까?"

당에서 감독을 나온 농업 지도자라는 사람의 마지막 말에 농민들은 더 이상 토를 달지 못했다. 당과 마오쩌뚱은 물론 나라를 믿고 따르겠느냐 아니냐는 이야기다. 여기서 한마디 더해서 원리원칙을 따지고 들다가는 불순분자로 낙인이 찍히고 만다. 당과 국가를 따르지 않는 것으로 보아 자본주의 사상이 물들었다고 몰아 붙여 불순분자로 만드는 것이다. 불순분자로 낙인찍힌다는 것이 얼마나 무섭고 힘든 일인지 익히 아는 사람들이다.

농민들은 마음속으로는 아니라는 것을 알면서도 어쩔 수 없이 시키는 대로 할 수밖에 없었다.

이런 논쟁은 단순히 모내기를 하는 현장에서만 있던 일은 아니다.

밭에서도 작물이 성장하더라도 썩거나 웃자라기만 한다는 농민들의 우려가 쏟아져 나왔다. 그때마다 농업 지도자라는 자들은 당과 주석과 국가를 믿으라고 하면서 일방적으로 몰아붙였다.

그 결과는 농민들이 예견한 바 그대로였다.

미처 자라지 못하거나, 웃자라기만 하고 열매를 맺지 못하거나, 열매를 맺어도 빈 쭉정이들이 대부분이었다.

여성들을 가사에서 해방시켜 준다는 집단급식 역시 마찬

가지다.

왕족출신과 부유한 집에서 유모를 거느리고 살았던 그들은 여성이 집안에서 하는 일을 단순히 밥 짓기로 알고 있었다. 그들은 눈에 보이지도 않고, 열심히 일을 해도 티도 안 나는 일이 바로 가사라는 것을 몰랐다.

가사에서 해방시켜 주는 것을 단순히 밥 짓기에 초점을 맞췄으니 시작부터 잘못된 일이다. 여성들은 이중 삼중으로 겹치는 일에 불만만 쌓여가기 시작했다.

문제는 그 한 가지가 아니었다.

"내년부터 방금 첸 박사가 말해준 계획을 실행으로 옮길 것인데 또 다른 의견은 없소?"

마오쩌뚱이 당장 내년부터 실행한다는 말에 첸 박사는 기다렸다는 듯이 대답했다.

"있습니다. 모든 인민들이 알고 있는 것임에도 막상 실행으로 옮기는 이들이 많지 않은 겁니다.

농업부분에서 중요한 것은 병충해를 미리 예방하는 것입니다. 그 중에서도 인민들의 건강까지 위협하는 모기나 파리는 물론 쥐를 반드시 제거해야 합니다. 쥐는 수확기에 접어든 농작물을 가리지 않고 버려놓잖습니까?

그리고 이건 완전히 제 개인적인 의견인데 저는 쥐도 쥐지만 참새가 아주 몹쓸 새라는 생각입니다. 제가 어렸을 때 봐도 곡식이 영글면 가장 많은 해를 끼치는 것이 참새였습니다. 그래서 허수아비를 만들어 세우기도 했지만 별 소용이 없었죠.

모름지기 해충박멸만 잘해도 곡물 생산량은 10% 이상 껑충 뛸 겁니다."

첸 박사의 말이라면 무조건 수용하는 마오쩌둥은 전국에 쥐와 모기, 파리 박멸명령을 내리는 동시에 참새도 박멸을 지시했다.

마침 겨울이라 참새 잡기에는 더 없이 좋은 계절이었다. 파리나 모기는 내년 여름에 잡아도 될 일이지만 참새와 쥐 박멸은 당장 시행에 옮기라고 했다. 각 현별로 통계를 내고 나아가서는 각 성별로 보고를 하도록 했다. 실적을 보고하는 일이다 보니 너도나도 앞다퉈 참새와 쥐를 잡게 했다.

그런 지침이 내려오자 경험 있는 일부 어른들은 걱정의 조언을 했다.

"쥐는 그렇다고 합시다. 당연히 해로운 동물이니 잡아 없애야지. 하지만 참새는 아니오.

참새가 농작물에 피해를 준다는 것을 누가 모르겠소만 참새는 나락이 익기 전에는 벌레들을 잡아먹고 사는 법이오. 그러니 병충해를 예방하는 효과도 있단 말입니다. 그저 해롭다고만 생각할 새가 아니라는 겁니다."

그러나 지도원들은 당과 주석과 국가를 믿느냐는 말을 들먹이며 강행했다. 집행 과정에서 생기는 문제는 그 말 한마디면 쉽게 풀어나갈 수 있었다.

문제는, 참새는 잡아서 구워 먹는 재미라도 있으니까 서로 하려 했지만 쥐를 잡는 일은 서로 하기 싫어했다. 그런 폐단을 없애려고 어떤 성에서는 쥐를 잡아 그 꼬리를 가져오는 수와 비례해서 참새 잡는 것을 허용했다. 쥐를 잡아서 그 꼬리를 잘라오는 것에 비례해서 참새 포획허가서를 써 주는 것이다. 그 허가서 없이는 절대 참새를 잡을 수 없게 했다. 만일 허가서 없이 참새를 잡다가 발각되면 그 역시 국가를 기만한 불순분자로 몰아세웠다. 그러자 일부에서는 아예 참새고 쥐고 잡지 않겠다는 사람들이 생겨났다.

지방의 현들은 그런 현상을 예방하기 위해서 각 호마다 할당량을 정했다. 적어도 일주일에 쥐꼬리 몇 개를 가져오라고 지시를 내렸다. 만일 그 규정을 어기고 정해진 양을 채우지 못하면 그 비율만큼 식량 배급을 차감했다. 식량을 차감한다고 하자 너도나도 쥐잡기에 나섰다. 특히 농촌에서는 겨울에 특별하게 할 일도 없던 차이니 하루 종일 쥐잡기에 모든 것을 쏟아 부었다.

쥐라는 것이 한계가 있는 것이다. 마냥 잡아들일 수도 없는 노릇이다. 그런데 쥐를 못 잡으면 식량 배급을 못 받는다. 자연히 농민들은 밤낮없이 쥐잡기에 나서도 못 잡는 날이 생기고, 어쩌다가 쥐가 눈에 보이면 서로 달려들어서 잡으려고 하다가 큰 싸움이 벌어져서 공안으로 끌려가는 사태도 곳곳에서 일어났다.

그러나 쥐를 잡는 목표를 정하고 그 실적을 중앙에 보고하는 입장에서 보면, 그 방법은 의외로 효과가 좋았다. 여러 성들이 그 방법을 도입했다. 자연히 쥐와 참새가 거의 눈에 띠지 않을 정도로 개체수가 급감했다.

쥐가 씨를 말리게 된 것까지는 좋았는데, 그에 따라서 참새도 씨가 마를 정도였다. 결국 다음해 농사는 천적인 참새가 없어지자 해충이 창궐해서 아예 망쳐버리고 말았다. 긴 경험에서 참새가 결코 해로운 동물만은 아니라는 경험자들의 말이 절실하게 귓가를 맴돌게 했다.

"한 가지만 더 묻겠소.

내가 알기로는 영국이나 소련은 철을 많이 생산하다 보니까 저절로 공업 선진국이 되었다던데, 우리는 제대로 생긴 제철소 하나 없는 실정이요. 철이 있어야 농기계나 무기는 물론 전투기나 로켓 같은 것들도 만들 수 있는 것 아니오? 그런데 우리 실정은 이 꼴이니 무슨 방법이 없겠소?"

마오쩌뚱은 농산물 생산 증대 이상으로 철을 생산하는 일에 집착했다.

"그건 쉬운 일이 아닙니다.

철이라는 것이 강도나 성분 등을 종합 분석해서 쓰일 곳을 찾는 법입니다. 무조건 생산만 한다고 쓰이는 곳이 정해지는 게 아닙니다. 그런데 그걸 제철소가 아닌 방법으로 생산을 한다는 것은 무립니다."

"그 정도는 나도 알고 있소. 그렇더라도 일단은 철이 생산돼야 뭘 해도 할 거 아니겠소. 기본적으로 철이 있어야 강도를 맞추든 성분에 맞춰 쓰든 할 거 아니요.

소련은 우리를 견제하느라고 일절 기술을 전해 주지 않아요. 이미 조선 전쟁에 파병할 때 한 번 당하기는 했지만 날이 갈수록 심해지고 있소.

기술고문이라고 보내봤자 그저 맛을 알만하면 그때부터는 등을 돌린다는 말이오. 이럴 때 우리가 너희 도움 없이도 이렇게 철을 생산했다는 것을 보여주자는 거요.

꼭 무엇에 얼마큼을 쓴다는 게 아니라 우리도 철을 생산한다는 것을 보여주자는 거요."

"하지만 철을 생산하려면 철광석도 있어야 하고 그걸로 철을 생산하는 기술도 필요하고, 여러 가지로 많은 기술이 필요합니다."

"고철로 철을 생산하는 것도 힘이 드오?"

"고철이요?

고철이야 녹여서 다시 굳히면 철이 되니까 특별한 기술이야 필요하겠습니까? 다만 그 고철로 재생한 철을 무엇에 쓸 것인가가 더 중요하지요."

"아니요. 지금 무엇에 쓸까보다는 얼마나 철을 생산하느냐가 더 중요하오.

일단은 원철을 확보해야 강도나 성분별 생산을 위한 전문적인 제철소 생산이 가능한 거 아니요."

"그거야 그렇습니다만…."

"그럼 됐소.

동지도 말했다시피 지금 우리 중국에서 가장 풍부한 것이 노동력이요. 인민들에게 고철을 모으게 한 후 그걸 마을단위로 원철로 만들게 하는 거요.

마을 단위로 철을 생산하려면 무엇이 필요한 거요."

"용광로가 있어야겠지요. 철은 용광로에서 녹인 후 필요에 따라 모양을 만들어 굳히는 거니까요."

"우리는 원철 수확량이 필요한 거니까 모양은 필요하지 않소. 일단은 용광로부터 만들게 합시다."

철의 쓰임을 위한 설계를 하는 첸 박사다. 그가 의미가 없다고 해도 마오쩌뚱은 일단은 생산량이 중요한 것이라고 자신의 뜻만 피력했다.

정작 그와는 아무 상관도 없는 농업을 물어서 그가 말한 대로 하는가 하면 그가 다루는 철에 대해서는 그의 말을 듣지 않고 고집을 부렸다. 하기야 첸 박사도 생산된 철을 가지고 쓰는 사람이지 정작 제철 과정도 잘 모르기는 마오쩌뚱이나 별반 다를 바가 없었다.

마을마다 용광로를 만들게 했다.

그 이름도 외세의 기술전래 없이 순수한 자기 기술로 만든 용광로라고해서 '토법고로'라고 이름을 붙였다.

전국에 약 300만 개의 용광로를 만들고 생산량을 보고하라고 했다.

지침이 하달되자 마을마다 난리가 났다.

농작물에 대한 지침이 하달되었을 때 반대를 하고 조언을 하던 그런 풍경은 일체 찾아 볼 수가 없었다. 서로 많이 하려고 노력하는 모습만 보였다. 철에 대한 지식도 없으니 반대할 이유도 없었다. 그래도 간혹 철에 대해 아는 사람도 있으련만, 도둑을 맞으려면 개도 안 짖는 다더니 일을 왕창 망치려면 반대하는 사람도 없는 모양이다.

다른 마을보다 적게 해서는 안 될 일이다. 이 사업만 잘 되면 우리도 잘 살 수 있다는데 게을러서는 안 된다.

철을 생산하기 위해서는 원래 철광석이 있어야 하지만 처음 계획부터 그게 아니었다. 고철을 녹여 쓸 만한 철로 바꾸는 것이 목표였다. 무엇보다 고철이 중요했다. 고철을 모으느라 집단농장에서 필요한 인원을 제외하고는 마을의 인력을 총 동원했지만 고철을 모으기에는 한계가 있다.

어떤 마을에서는 집단급식을 하는 판이라 가정용 주방기구가 필요 없다면서, 기본적으로 가정 당 한두 개를 남기고는 모조리 녹여 생산량을 늘렸다. 창틀이 철로 되어있는 집은 창틀자체를 나무로 바꾸고 창틀도 떼었다. 더 심한 마을에서는 농기구 중 절대량만 남기고 그걸 녹여서 재생산을 하기도 했다.

철을 생산하기 위해 다음으로 중요한 것은 토법고로의 열을 올려야 했다. 마땅한 땔감이라고는 나무밖에 없었다. 전국의 모든 산림은 나무를 베어 황폐해져만 갔다.

농작물을 과학적으로 관리한다고 할 때 반대의견을 말하던 분들도 이런 현상까지는 예측할 수 없던 일이었다.

산이 황폐해져가면서 시시각각으로 가뭄과 홍수가 찾아왔다. 비가 적게 오더라도, 예년 같으면 가뭄이 아닐 텐데 영락없는 가뭄으로 이어졌다. 홍수는 더 심했다. 비가 조금만 많이 와도 산 토사를 머금은 물들이 여지없이 농작물을 덮쳤다. 논둑이 휩쓸려 내려가는 것은 보통이고 밭에도 들이닥친 토사와 홍수는 농사를 송두리째 망쳐 놓았다. 겨우 한 바퀴 도는 봄, 여름, 가을이 가뭄과 홍수의 반복이었다.

그런 희생을 치르고라도 철만 제대로 생산이 되었다면 아무 문제가 없었을 것이다. 그러나 솥과 농기구까지 투자하고 산림을 황폐화시켰지만 결국 남은 것은 아무짝에도 쓸모없는 철들만 남았을 뿐이다. 마을에서 나무를 때서 만든 철들의 강도는 형편없었고 성분도 알 수 없는, 이름 그대로 고철이었다.

'대약진운동'이라는 화려한 이름하에 시작한 세 가지 중요 정책의 실패한 결과가 눈에 보였다.

농작물을 많이 심으면 많이 거둔다는 엉터리 이론.

참새가 없어지면 수확량이 늘어난다는 자연의 법칙을 무시한 생각.

자신도 모르는 제철 이론을 내놓는 바람에, 철을 생산하기 위해 농기구마저 녹여 없앤 황당한 사건에다가 산림이 엉망이 되어 평년 같으면 이상이 없을 비에도 닥치는 홍수와 조금만 비가 안 와도 닥치는 가뭄.

이 세 가지가 박자를 맞춰 대기근 사태를 불러들였다.

성공하려야 할 수 없는 이름만 '대약진운동'이지 엄청난 경제적인 후퇴를 불러오는 사건이 되고 말았다. 그 사건으로 인해 굶어 죽은 이가 무려 3천만 명이나 되었다. 게다가 이런 통계 숫자는 파악된 수에 불과한 것이다. 중국이라는 넓은 땅의 특성상 파악되지 않은 수까지 합한다면 그보다 훨씬 더 많았을 것이다.

펑더화이는 이런 실정을 미리 내다봤다.

'이건 미친 짓이다. 아무리 철의 생산이 중요하고 식량 증산이 필요하다지만 모든 것이 순서가 있고 방법이 있는 것

이다. 억지로 되는 일이 아니다.'

펑더화이는 대약진운동 첫해를 경험하자마자, 다가올 빤한 결과를 가지고 비실용적이라고 반대의 뜻을 분명히 했다.

"모든 것이 이념을 우선으로 당과 국가를 믿으면 된다는 마오쩌뚱식의 논리는 경제라는 원칙과는 전혀 맞지 않는다. 이념이라는 것은 정신무장에 필요한 것이지 실제 생산과는 그 거리가 있는 것이다.

생산은 생산 논리가 우선되어야 한다. 그 대상이 농작물이던 철이든 간에 생산증대를 위한 기술적인 뒷받침이 되는 이론을 먼저 수립한 후 그 타당성을 검토해서 실행해야 한다. 무조건 이념이 모든 것을 해결해 준다는 생각은 우리 공산당이 국민당을 내몰고 사회주의 국가를 건설하던 당시에나 통하던 말이다."

펑더화이의 주장은 첫해를 경험한 당 간부들과 농민들 사이에서 반응을 불러일으키기 시작했다. 당에서는 첫해라 실행에 차질이 있었다고 하지만 이건 누가 봐도 단순한 실행의 차질이 아니다. 뭔가 근본부터 잘못된 일이다.

펑더화이의 이론에 그를 지지하는 세력들이 호응하자, 마오쩌뚱은 류사오치의 도움을 받아 단칼에 펑더화이를 내쳤다.

그의 모든 공직을 박탈하고 그를 공산당에서 영원히 제명시킨 후 낙향하도록 했다. 중화인민공화국 건국과 동시에 군부 2인자로 자리 잡아 마오쩌뚱의 후계까지 거론되던 인물이 반대의견 한마디에 자취를 감추고 말았다.

펑더화이를 내치기 위해 마오쩌뚱은 국가 주석과 중앙 군사위원회 주석 자리를 류사오치에게 양보하고 자신은 공산당 중앙위원회 주석 자리만 남겨두었다. 그렇다고 처음부터 인민공화국을 이끌어오던 권력이 당장 사라지지 않는다는 것을 마오쩌뚱은 누구보다 잘 알고 있었다.

"빤히 눈에 보이는 실정을 비난한 펑더화이 동지는 당에서 제명당하고 그 안을 냈던 첸 박사는 아직도 주석 동지가 끼고 살아요. 물론 더 큰 뜻을 이루려는 의도가 있었다는 거야 알지만….

이번에 원자폭탄 개발에도 첸 박사가 큰 공을 세우기는 했지.

그렇다고 국민당과의 전쟁에서 수도 없이 죽을 고비를 넘기고, 조선의 전쟁을 진두지휘했던 동지를 그렇게도 무참하게 잘라버릴 수는 없는 일인데….

엄밀히 말하면 펑더화이 동지의 말이 맞는 건데…."

중난하이에서 마오쩌뚱이 던진 뚱딴지같은 영토문제와 갑자기 자리를 함께한 화궈펑으로 출발한 이야기는 지금까지 걸어온 길을 이야기하는 것으로 길게 이어졌다. 긴 이야기의 끝을 맺으면서 저우언라이는 씁쓸한 지 말끝을 맺지 못했다.

"주석 동지께서 원래 남방민족, 그것도 왕족이거나 외국유학을 했다면 아주 좋아하지 않습니까? 그 덕분에 왕족은 아니지만 유학을 다녀온 우리가 이 자리에 있는 거구요.

또 펑더화이 동지는 2인자로 거론될 정도로 권력핵심에 접근해 있었잖아요. 그런 동지가 대약진운동의 실패를 예견하며 반기를 들었으니 무사할 수 있겠습니까? 펑 동지의 말대로 대약진운동이 소모적인 운동으로 끝나는 날에는 주석 동지가 뭐가 됩니까? 잘못된 정책으로 공연히 인민들을 도탄에 허덕이게 만든 지도자가 되는 겁니다. 결국 주석 동지의 자리는 심각한 위기에 빠질 수밖에 없겠지요.

주석 동지는 펑 동지의 그 발언이 실패한 정책에 대한 책임을 물어 자신을 자리에서 끌어내리려는 것으로 본 겁니다. 펑더화이 동지가 주석직을 놓고 자신에게 도전한 것으로 받아들인 겁니다.

그러나 첸 박사의 경우는 다르지 않습니까? 펑더화이 동지는 주석 동지의 권력에 도전하는 위협적인 인물일 수 있지만 첸 박사는 권력에는 근접하지 않을 학자입니다.

그뿐만이 아니죠. 조선 전쟁에 지원군을 보낼 때, 주석 동지가 자신의 아들을 함께 파병한 이유에는 우리 해방군의 사기를 진작시키기 위한 것도 있기는 하죠. 그러나 그 이상의 이유가 자신의 아들을 영웅으로 만들어 권력의 중심부에 세우고 싶은 생각이 있었는데 펑 동지는 마오안잉을 지켜주지 못했잖아요. 그리고 대약진운동이 실패한 것을 들어서 권력에 도전을 하니 그냥 둘 턱이 있겠습니까?

제 개인적인 생각으로 마오 주석은 죽는 날까지 권력을 놓지 않을 것 같습니다. 그럴 분이었다면 이미 지난 59년에 국가 주석에서 물러날 때 무슨 조치가 있었겠지요. 국가 주석과 중앙 군사위원회 주석 자리는 내놓으면서 공산당 중앙위원회 주석 자리를 고수한다는 것은 자신이 언젠가는 다시 그 자리를 차지하겠다는 여지를 남겨 놓은 것 아니겠습니까?"

"그런 말을 할 수 있는 덩 동지가 부럽소이다. 나는 유일하게 믿는 덩 동지 앞에서조차 그런 말을 못해요. 그러니까 나는 지도자로는 부족하고 덩 동지는 적격이라는 거요.

덩 동지 말씀대로 마오 주석이 죽는 날까지 권력을 놓지 않을 수도 있어요. 아니면 머지않아 물러날 수도 있고.

대약진운동의 실패를 책임지지 않고 어물쩍 시간을 끌어 넘기려는 마오 주석에게 대항하는 세력이 점점 늘어가고 있어요. 그 동지들의 움직임이 어떻게 귀결 지어질지 모르는 일이지만 쉽게 꺾일 태세는 아녜요. 이 기회에 끝장을 보겠다는 태세입니다.

겉으로는 마오 주석 동지가 일선에서 물러난 것처럼 보이지만, 정작 알고 보면 모든 일에 깊숙하게 개입하는 것이 못마땅하다는 겁니다. 당장 류사오치 동지와 덩 동지가 시장 경제를 일부 도입해서 벌이고 있는 실용주의 노선에 대해서도 마오 주석은 못마땅하게 여기는 것을 다 알고 있거든요. 실질적으로는 그게 대약진운동에서 가져온 기근을 해결하는 실마리가 됐는데도 불구하고 못마땅한 겁니다.

마오 주석 자신은 권력에서 나가더라도 영원한 1인자, 내지는 영원한 혁명영웅으로 숭배를 받고 싶은데 현실이 그렇게 대해주지 않으니까 불만인 것 같아요. 그러니까 자신보다 더 나은 정책으로 더 많은 인민들의 사랑을 받는 사람이 있으면 싫은 겁니다.

어쨌든 마오 주석이 자신을 압박해 오는 그들에게 어떻게 대응하느냐가 마오 주석의 앞날 행보를 결정지어 주겠지요. 그러나 내가 보아온, 이제까지의 여러 가지 경우로 봐서, 마오 주석은 절대 그들에게 굴복하지 않습니다. 오히려 이 기회에 다시 한 번 자신의 입지를 굳히려고 나올 겁니다. 그렇게 되면 과연 얼마나 많은 동지들이 마오 주석의 손을 들어주느냐가 관건이죠. 이번에 원자폭탄 실험 결과가 그 심판을 해 줄 겁니다.

내 개인적인 사견이지만 원자폭탄 실험이 성공한다면 강한 중국을 만든 마오 주석의 이미지가 부상돼서 많은 사람들이 마오 주석의 손을 들어 줄 겁니다. 그 반대라면 더 말할 필요도 없이 이번에야 말로 지난 과실까지 얹어서 주석의 책임을 묻겠지요.”

“그렇다면 당 내부에 또 한 번 회오리바람이 분다는 말입니까? 지난번에 펑 동지의 그 바람 말구요? 이번에는 누가 목표가 되는 겁니까?

류사오치 동지가 되겠네요? 오늘 만찬자리에 부르지 않은 것을 보면 그럴 수도 있겠습니다. 류 동지가 목표가 되면 저도 무사하지는 못할 거구요.

저우언라이 동지야 중간 역할 한 것을 모두가 다 아는 사실이니까 괜찮으시겠지만 저는 문제가 되겠네요.”

“그럴 수도 있을 겁니다. 돌아가는 추이가 좋지를 않아요. 동지께서도 언행에 각별히 유의하세요.

내가 잘나서가 아니라 내 자리에 있다 보면 그런 게 저절로 보입디다.

동지 말대로 나야 가운데 역할만 했으니 여차해도 크게 다치지는 않겠지만 동지는 혹 모르는 일이니 각별히 몸조심해요. 언젠가는 이 거대한 중국을 이끌어야 될 사람이라는 것을 잊지 말고."

말을 하던 저우언라이가 갑자기 자신이 지나치게 말을 많이 했다 싶었는지 시계를 들여다보면서 분위기를 바꿨다.

"시간이 꽤 늦었습니다.

오늘 갑자기 화궈펑이라는 사내가 등장하는 바람에 핑계 삼아 동지와 여러 가지 좋은 이야기를 나눴습니다. 나머지 이야기는 추후에 하기로 하고 이제 그만 가십시다."

7. 피를 부르는 문화대혁명의 신호탄

1964년 10월 16일 중국은 원자폭탄 실험을 성공했다.

그 여파를 몰아 그로부터 2년 후인 1966년 8월 저우언라이가 우려했던 바람이 아주 거세게 불어 닥쳤다.

마오쩌뚱은 원자폭탄 실험이 성공하면 자신이 저지른 경제정책의 실책은 어물쩍 넘어가 줄 것으로 기대했다. 저우언라이 역시 그럴 수 있다고 예견을 했었다. 그러나 현실은 그렇지 못했다.

원폭실험의 성공으로 중국을 힘 있는 중국으로 만든 것에 대해서는 박수를 치며 칭찬을 아끼지 않았다. 반면에 경제정책에 대한 책임은 별개라는 것이다. 더욱이 원폭실험 성공을 계기로 마오쩌둥은 자신이 혁명을 승리로 이끈 것에 대한 개인숭배 사상을 은근히 원하는 발언을 서슴지 않았다.

당 간부들과 각 지방의 많은 지도자들이 이 시점에서 당 수뇌부를, 특히 실질적인 권력을 손에 쥐고 있는 공산당 중앙위원회 주석을 새로운 사람으로 추대해야 한다는 움직임이 일기 시작했다. 마오쩌둥이 1945년부터 손에 쥐고 혼자서 독점해 온 자리다.

주석은 왕이 아니다. 제국주의 시대의 왕처럼 주석이 평생 집권하면서 절대 권력을 휘두를 거라면 굳이 사회주의 혁명운동이 무슨 소용이 있겠는가? 개인을 왕으로 숭배하던 제국주의로 다시 환원될 수는 없다. 사회주의 국가의 맹주인 소련도 흐루시초프가 자리에서 물러났다. 중국도 그런 것을 본받아야 한다는 기류가 거세게 퍼져나가기 시작했다.

국가 주석을 맞고 있는 류사오치와 강하게 실용주의 노선을 택하고 있는 중앙위원회 총서기인 덩샤오핑에게 권력의 중심이 옮겨가고 있었다. 그들은 실제로 인민들을 기근에서 해방시켜 준 인물들이다. 사회주의 혁명투쟁을 통해 공화국이 건국되었으면 인민들의 배를 불려줄 지도자가 필요하다는 것이 그들의 생각이었다.

마오쩌뚱은 점점 권좌에서 멀어지는 공산당 중앙위원회의 힘없는 주석이 되어가는 자신을 보게 되었다.

마오쩌뚱은 그런 기류들을 접하자 자신의 잘못을 인정하기 보다는, 펑더화이처럼 사회주의 사상에 역행하는 인물들이 뿌려 놓은 잘못된 씨앗이 자라서 생긴 현상이라고 판단했다. 류사오치나 덩샤오핑 같은 수정주의자들이 활개를 치는 까닭이라고 생각했다.

소련의 수정주의자들의 영향도 무시할 수 없다. 이 기회에 정신무장을 새로 하지 않는다면 사회주의 혁명에 좋지 않은 영향을 끼칠 것이 분명하다.

다시 한 번 정신혁명을 해야 한다고 결론을 내렸다.

바람이 직접 불어 닥치기 전인 5월 중순으로 막 접어들던 날.

마오쩌뚱은 저우언라이를 자신의 집무실로 불렀다.

"총리 동지. 아무래도 안 되겠소. 무언가 획기적인 정신혁명이 있지 않고는 우리마저 소련의 수정주의처럼 되어버리겠소.

소련의 흐루시초프가 그만두고 브레즈네프가 집권을 했지만, 그동안 그들의 수정주의가 우리 동지들에게 알게 모르게 영향을 많이 끼친 것 같소. 게다가 펑더화이처럼 결과도 나오지 않은 일을 가지고 왈가불가하는, 사상이 해이해진 현상들도 나타나고 있는 것 같소. 혁명에 대한 열정이 너무 감소했소."

저우언라이는 올 것이 온다고 생각했지만 원폭실험의 성공으로 이번 일은 그냥 지나가 주기를 바랐는데 의외였다. 실제로 맞는 말을 했던 펑더화이를 들고 나오는 폼이 무언가 또 억지 논리를 펴려는 수단으로 보였다.

이럴 때면 정말 자신의 자리를 벗어 버리고 싶다. 마오쩌둥이 펴는 부당한 논리에 호응을 해 주는 것도 지쳤다. 하지만 자신마저 떠나고 마오쩌둥에게 맹신하는 자가 이 총리 자리를 맡게 할 수는 없었다. 누군가 그의 잘못된 주장을 적당히 둘러대서 비껴가게 하지 않는다면 중국은 하루도 편할 날이 없을 것이다. 자신은 용기가 없어서 반박도 못하고 자기주장을 내세우지는 못해도 중간에서 조정은 잘한다고 자부했다. 조용한 중국과 인민들의 행복을 위해 한 번만 더 참자고 수도 없이 자기를 누그러뜨리며 지금까지 왔다.

"강한 중국을 만들기 위해서는 무엇보다 정신무장이 새롭게 돼야 한다는 것을 모르는 것 같아요.

내 개인적인 이야기를 하는 것 같지만 심지어는 '해서파관(海瑞罷官)'과 같은 경극이 나온다는 것이 얼마나 잘못된 일이오. 내가 그동안 일이 너무 바빠서 다른 생각을 할 겨를이 없었는데 엊그제 그 이야기를 듣고 하도 기가 막혀 아무 말도 못했소.

명나라 때의 실존 청백리인 '해서(海瑞)'가 암군 '가정제(嘉靖帝)'에게 파면된다는 내용은 나를 폄하하기 위해서 쓴 것 아니오. 황제는 마오, 해서는 펑더화이를 은유한 것이라니 어처구니가 없소.

어찌 나를 백성들은 돌보지 않는 태만한 왕으로 자신의 불로장생이나 꿈꾸면서 사는 가정제에게 비유를 한다는 말이오. 그리고 진정으로 인민들을 생각하고 그들과 하나가 되었던 해서가 펑더화이를 비유한 것이라니 이 얼마나 우습고 또 기가 막힌 일이요.

더군다나 '해서파관'은 내가 '우한(吳晗: 오함)'에게 써 달라고 요청한 글이요. 근시안적이고 보수적인 관료제에 대항하여 인민의 경제권을 지키기 위해 굳건히 싸운 명나라의 지조 있는 관리인 해서의 이야기를 써 달라고 했더니, 그걸 기회로 나를 폭군 '가정제'와 빗대어 몰고 펑더화이를 '해서'로 칭송하다니 이건 정말 있을 수 없는 일 아니겠소!

대약진운동 일부가 잘못 진행된 것이 있다손 칩시다. 위대한 중화인민공화국을 건설하고 원자폭탄을 보유해서 강한 중국을 만든 것이 누구요?

나를 불로장생이나 꿈꾸던 '가정제'에 비유한다는 것이 타당하기나 한 일이오? 그걸로 경극을 만들어서 나를 인민들 앞에 한낱 권력의 꼭두각시로 만들려고 비하하려는 것 아니오.

정말 위대한 사회주의 국가를 건설하기 위해 노력하는 모습은 보지 않고 당장 눈앞에 보이는 것만 생각해서야 어찌 사회주의 국가의 앞날을 보장할 수 있겠소?

자신이 인민들을 위해 무슨 일을 할 것인가를 연구하기보다는, 상대방의 잘못을 트집 잡아 권력만 쥐어 잡으려는 얄팍한 수단을 더 이상 보고 있을 수만은 없소.

그게 바로 수정주의자들의 기본적인 행태 아니오?

수정주의자들의 뒤를 따르는 중국을 그대로 두고만 볼 수는 없소. 새로운 정신무장이 절대적으로 필요한 때요."

저우언라이는 마오쩌뚱의 이야기를 들으면서 화궈펑을 처음 중난하이에서 보던 날 덩샤오핑과 나눈 2년 전의 이야기를 기억했다.

덩샤오핑의 말대로 마오 주석은 절대로 죽을 때까지 권좌를 물러날 사람이 아니다. 지금 자신이 모든 권력을 다시 한 손에 움켜 쥘 구실을 말하고 있다. 류사오치와 덩샤오핑이 주가 되어 펼치고 있는 기술개발과 실용주의 노선으로 인해서, 그나마 대기근이 멈추고 이제 인민들이 겨우 먹고 사는데 다시 원점으로 돌아갈 것 같아서 불안하기조차 했다.

"총리 동지의 생각은 어떻소? 이건 무언가 잘못돼 간다는 생각이 안 드오?"

"글쎄요. 무슨 말씀을 하시는지는 모르겠지만 주석 동지를 '가정제'에 비유했다면 그건 엄청난 잘못이지요. 인민들의 행복을 위해서 국민당과 맞서 수많은 동지들의 목숨을 희생하면서 우리 공화국을 건국하고, 힘 있는 중국을 만든 주석 동지를 가정제라니 당치도 않습니다.

그런데 제 생각이지만 혹 그것이 오해는 아닐까 하는 생각이 듭니다. 전혀 그럴 의도가 없었던 것을 주석 동지께서 그리 생각한 것은 아니신지요."

저우언라이는 '해서파관'이 처음 나왔을 때 마오쩌뚱이 그 글이 자신의 마음에 든다고 했던 것을 생생하게 기억하고 있다. 그러던 그가 지난해 그의 아내인 장칭(江青: 강청)이 상하이 ≪해방일보(解放日報)≫의 주필인 야오원위안(姚文元: 요문원)의 도움을 받아 상하이에서 발간되는 신문인 ≪문회보(文匯報)≫에 쓴 논문에서 방금 그가 이야기한 주장을 하고부터는 태도를 달리했다.

저우언라이는 장칭이 이제 서서히 정치무대에 서려는 것임을 직감했다.

마오쩌뚱의 세 번째 부인인 장칭은 배우다.

그녀는 1939년 마오쩌뚱과 혼인을 하면서 30년 동안은 절대 정치에 관여하지 않기로 당 간부들과 맹세를 했었다. 이제 그 30년이 다가오고 있다. 30년 동안 참아온 자신의 열기를 뿜어대기 시작한 것이다. 그것도 마오쩌뚱이 힘을 잃어가는 시대에 그를 다시 일으켜 세움으로써, 그를 발판으로 일어서겠다는 신호탄이다.

이 신호탄의 진행 방향이 어디로 향할 것인지가 의문이다. 이미 시작된 일이지만 그 칼끝이 어디를 겨냥하고 있는지가 궁금했다.

"아니요. 나도 처음에는 그리 생각을 했었소. 그런데 날이 갈수록 사람들이 그리 이야기를 하고 있소이다. 그리고 시점도 딱 맞아요.

≪인민일보≫에 글을 실었으면 그만이지 왜 경극을 만들어서 그걸 공연을 하느냐구요? 더더욱 펑더화이가 59년에

당에서 제명되자 경극은 60년에 만들어졌어요. 그게 고의로 만든 것이 아니라면 그렇게 될 수가 있느냐 말이오.”

저우언라이는 자신의 판단이 맞는 것을 다시 한 번 확인할 수 있었다.

장칭은 연극배우이자 옌안(延安: 연안)에서 예술학원 연극예술과 교수를 지낸 여자다. 그녀는 자신이 필요한 대로 경극을 해석해서 마오쩌뚱의 마음을 움직이게 할 수 있는 능력이 있는 여인이다. 그녀의 세 치 혀가 마오쩌뚱을 설득하고 그의 정권탈환 욕심에 불을 붙인 것이다. 일흔셋 나이의 마오쩌뚱은 스물한 살이나 어린 그녀의 세 치 혀에 녹아든 것이다.

이제 겨우 쉰둘의 피 끓는 여인이 언제 실각할지 모르는 마오쩌뚱의 위태한 모습을 보고만 있을 수는 없었을 것이다. 마오쩌뚱의 실각은 바로 자신의 몰락을 말한다.

나이로 보면 아직 한참 일할 나이에 실각한 남편의 뒷바라지만 할 수 없다는 생각이 그녀를 지배했을 것이다. 그리고 누군가의 도움을 받아 일을 꾸미고 있을 것이다. 그렇다면 이 일은 의외로 크게 확대될 수도 있다.

저우언라이는 먹구름이 앞날을 덮어 올 것 같은 불안이 엄습하는 것을 다시 한 번 느꼈다.

"총리 동지는 나와 함께 우리 인민공화국을 건국하고 그때부터 지금까지 쭉 총리직을 맡아오면서 동거 동락했으니 이런 이야기라도 하지, 이렇게 나를 핍박하려는 자들이 우글거리는 세상에 어디 가서 이런 이야기를 하겠소?

내가 늘 우려해 온 대로 인민공화국에도 정예주의(精銳主義)의 병폐가 번질 조짐이 보이는 거요. 새로운 도시 부르주아들이 형성되어 프롤레타리아를 가장하고 자리 잡을 기미가 보여요. 아니, 이미 그렇게 되어가고 있어요.

이번에 글을 쓴 우한만 해도 베이징 부시장 아니오. 그리고 그의 편을 들어준 것은 베이징 시장 펑전(彭眞: 팽진)이오. 인민들이 농촌에서 농사를 짓는 것보다는 도시의 수입이 낫다는 생각으로 도시로만 몰려들려 하고 있소. 당연히 도시로 몰려드는 인민들을 착취하려는 새로운 프롤레타리아들이 생겨나는 거요.

이번에 우한과 펑전이 입을 맞춘 것은 베이징에 새로 형성되는 프롤레타리아 계급에 동조하기 위해서 그리한 거라는 생각이오. 그들을 어떻게 프롤레타리아라고 할 수 있겠소. 프롤레타리아의 껍질을 도용한 부르주아지.

소위 지식인들이라는 사람들이 자신들이 인민들보다 한 계급 위라는 생각으로 자신들만의 영역을 만들려는 거겠지. 이게 바로 새로운 계급을 형성해서 사회주의 운동에 역행하겠다는 거지 뭐요?

이미 자신들은 어떤 자리에 안주했다고 생각한 나머지 혁명 사상을 잊어버린 거요. 자신들만의 성을 쌓고 있는 겁니다."

저우언라이는 의외로 커지는 불꽃을 보고 있었다. 계급론이 나오면 얼마나 많은 피를 흘리게 될지 가늠이 안 된다. 지금 마오쩌둥이 말하는 대로라면 이미 그의 후계자로 지목되어 있는 자들과 권력 상층부에 있는 사람들은 물론 지식계층까지 문제의 대상이 될 수 있다.

단순히 공산당 내부에서의 서열 싸움이 아니다. 지식계층들이 대거 피해를 입을 상황이 도래할 수도 있다.

"주석 동지. 그건 논리가 너무 비약하는 거 아닌가 하는 생각입니다만…"

"그래요? 어떻게 보면 그럴 수도 있지요. 그러나 현재 상황을 보면 꼭 논리의 비약이라고 할 수만은 없어요.

우리가 처음 혁명을 할 때와는 너무 거리가 많이 벌어졌습니다. 그 거리가 더 벌어지기 전에 한 번 정화할 필요는 반드시 있습니다."

"그거야 저도 공감하는 바입니다. 정신무장은 해야지요. 사회주의 이념이 무너지지 않아야 위대한 중국을 건설할 수 있으니까요.

다만 너무 비약하지 않는 것이 좋겠다는 생각입니다. 너무 비약하다보면 일이 커지고, 일이 커지면 우리 인민들이 입는 상처도 클 겁니다. 상처가 크면 인민들은 그만큼 힘들어지거든요."

"그래서 내가 총리 동지를 좋아하는 겁니다. 자나 깨나 인민들 걱정 아닙니까?

지금도 당장 인민들이 겪을 고초를 무엇보다 먼저 생각하시는 분이 바로 총리 아닙니까? 다른 동지들이 총리만 닮았다면 이런 걱정할 필요가 없겠지요. 문제는 그렇지를 못하다는 겁니다.

인민들을 먼저 생각한다면 자기들만이 정예라고 생각해서 인민들을 무시하는 그런 행동은 하지 않겠지요. 지금 벌어지는 행동들이 바로 인민들을 무시하고 있는 거예요. 인민들을 무시하지 않는다면, 지금도 혁명의 연속이라고 생각하고 자신을 내던져서라도 인민들을 위해서 무언가를 창조해 내야 되는데 그게 안 된다는 말이죠. 인민들은 정예인 자신들이 하는 대로 무조건 따라오게 되어 있다고 생각하는 겁니다. 그게 인민들을 무시하는 거지 꼭 무슨 특별한 티라도 내야 무시하는 겁니까?

그런 생각들을 모조리 바꿔야 합니다. 처음 우리가 혁명을 시작할 때의 초심으로 돌아가서 인민들과 함께 호흡하는 것부터 다시 시작해야 합니다. 당연히 인민들에게 피해를 끼쳐서는 아무런 의미가 없는 거죠. 인민이 없는 정신무장이 무슨 소용이 있겠습니까?"

"그렇다면 일단은 안심입니다. 인민들에게 해를 끼치지 않는 정신무장이라면 해야지요."

마오쩌둥은 저우언라이의 의중을 알아보기 위해 던진 말이다. 그 말에 대한 대답을 들어볼 때 저우언라이 역시 정신무장의 필요성을 느끼고 있다. 그렇다면 된 일이다.

아직 류사오치나 덩샤오핑만의 힘으로는 자신을 당해 낼 수가 없다. 다만 저우언라이가 자신의 반대편에 선다면 그건 다시 한 번 생각해 볼 일이다. 그러나 지금 그가 행하는 태도로 본다면 이번에도 그는 중간에 설 것이다.

마오쩌둥은 요 며칠 동안 자신과 아내 장칭이 나눴던 이야기들을 떠올렸다.

"지금이 바로 적기예요. 언제 다시 도화선을 만날지는 장담할 수 없잖아요."

"아무리 그렇지만 '해서파관' 같은 예술 작품을 가지고 꼬투리를 잡다가 만일 일을 그르치면 어쩌겠소? 차라리 안 하느니만 못하지.

더 시기를 두고 봅시다."

"그건 주석 동지께서 모르셔서 하는 말씀이에요. 예술작품이야말로 귀에 걸면 귀걸이 코에 걸면 코걸이가 되는 거예요. 구실을 붙이기가 가장 좋다는 겁니다.

보는 사람의 입장에 따라서 해석을 달리할 수 있는 것 아닙니까?

특히 경극은 사람들이 직접 눈으로 보고 귀로 들으면서 감상하죠. 당연히 느낌은 각각 다르겠지요. 바로 그 점을 이용하는 거예요. 각각 다르게 느끼는 것을 미리 선입견을 갖게 하면 자기도 모르게 그쪽으로 느낌이 간다니까요.

주석 동지께서 못된 '가정제'로 묘사되고 펑더화이가 '해서'로 묘사됐다고 미리 이야기를 해서 사람들을 세뇌시키는 거예요. 그러면 극을 보면서 자기도 모르게 그런 생각을 해요. 많은 사람이 그렇게 생각한다면 그건 '해서파관'이 주석 동지를 폄하하기 위해서 만들어진 경극이라고 선전하기에 아주 좋은 분위기가 되는 거예요.

인민을 해방시키신 주석 동지를 인민의 적으로 만들려고 한다고 선전하는 거죠.

이번 일은, 정신은 부르주아이면서 겉으로만 프롤레타리아처럼 보이는 새로운 프롤레타리아 계급이 사회주의의 정통성을 파괴하기 위한 음모다. 그들은 프롤레타리아라는 탈을 썼지만 실상은 부르주아다. 소위 지식인이라는 자들이 자신만이 누릴 수 있는 특권을 누리기 위한 수단이다.

사회주의 이념으로 무장하기 위해서 중국공산당은 다시 태어나야 한다. 인민해방공화국이 생긴 후에 아직 이루지 못한 도시와 농촌의 문화와 교육, 보건 등 인민들이 보편적으로 누려야 하는 복지에 차별이 없도록 재편해야 한다.

그 모든 것이 청년들의 이념에 의한 무장과 진정한 사회주의 이념으로 뭉친 젊은이들에 의해 이뤄져야 한다고 부추기는 거예요.

주석 동지께서 항상 말씀하신 대로 이념만이 모든 것을 해결해 줄 수 있는 가장 큰 무기다. 이념으로 무장하지 않으면 아무것도 할 수 없다고 기치를 걸고 다시 시작하자고 외치는 거죠. 그러면 지금까지의 모든 실책은 묻히고 다시 시작하는 겁니다.”

“그게 말처럼 쉽게 되는 것이 아니요. 혁명이라는 것이 얼마나 어려운 건데.

지금 당신이 말하는 것은 다시 한 번 혁명을 하자는 것과 진배없는 일이오. 국공내전 때야 당장 눈앞에 장개석이 이끄는 국민당 애들이 총부리를 겨누고 있으니까 쉽게 따라 왔지만 지금은 그렇게 쉽게 쫓아오지도 않을 걸?"

"그렇겠죠. 하지만 젊은 사람들은 의외로 동기만 부여해 준다면 더 빨리, 더 많이 쫓아올 수도 있지요.

그 젊은이들에게 동기를 부여하고 선전을 하게 해야지요. 북경에서는 ≪인민일보≫와 〈중앙인민방송국〉을 잘 이용하 고, 상하이에서는 상하이에서 발행되는 신문들과 방송들 을 이용하면 손쉽게 할 수 있을 거예요.

이미 상하이에서는 언론인으로서는 손꼽히는 장춘차오 (張春橋: 장춘교), 야오원위안(姚文元: 요문원) 같은 동지들 이 참여하고 있지 않습니까? 북경 언론에는 아직도 주석 동지의 사람들이 심겨 있구요.

일을 시작함과 동시에 북경과 상하이에서 동시에 벌이는 거예요. 마침 라디오가 급속도로 보급되고 있다는 것 역시 하늘이 우리를 돕고 있는 것입니다. 필요하면 우리 편이 되 는 젊은이들에게 라디오를 보급해 주고 그걸 무기로 삼는 겁니다.

이거야 말로 주석 동지의 시대를 다시 열라는 하늘의 뜻입니다."

장칭은 그가 연극배우시절에 넓혔던 언론인들을 이미 포섭하고 난 뒤라고 자신 있게 이야기했다. 언론을 이용하는 것이 무엇보다 무섭다. 특히 라디오라는 신무기가 총칼 이상의 역할을 할 시대가 왔다고 장칭은 마오쩌뚱에게 긴 설명을 했다.

"벌써 그 많은 것을 준비했단 말이오?"

"제가 할 수 있는 선에서 무엇을 해야 주석 동지의 마음을 편하게 해 드릴까 연구해 보니 그것밖에 할 수 있는 게 없어서요.

다만 한 가지는 더 했습니다.

이미 린뱌오 동지께서 우리와 뜻을 같이 하기로 했으니 군부는 당연히 통제가 될 겁니다. 군부만 통제가 된다면 걱정할 것은 없잖아요. 다만 저우언라이 동지가 어떻게 생각할지 모르지만요. 저우언라이 동지만 이번에도 중간에 서 준다면 문제없을 겁니다."

마오쩌뚱은 언제부터인가 장칭이 자신에게 슬쩍슬쩍 던지는 말에 무심코 대답하거나 아니면 그저 하는 소리려니 하면서 넘어갔던 것들이 실제 눈앞에 벌어지는 것을 보며 놀라지 않을 수 없었다.

"그런 열정을 어떻게 이제껏 숨겨왔소?"

"주석 동지와 결혼을 하는 조건이었으니까요. 사랑하는 사람을 잃어가면서까지 내가 하고 싶은 일을 할 정도로 어리석은 여자는 아니거든요. 주석 마오쩌둥도 좋지만, 장칭이 사랑하는 마오쩌둥이 저는 더 좋았거든요."

연극배우 출신 장칭이 하는 말에 마오쩌둥은 혼이 나간 사람처럼 멍해졌다.

얼마 만에 듣는 사람끼리의 대화인가?

반청나라 투쟁이다.

항일이다.

혁명이다.

국공합작으로 왜놈을 내몰아야 한다.

국공내전이다.

중화인민공화국 건국이다.

조선에 파병을 해야 한다.

소련과 어쩔 수 없는 종주권 다툼과 국경분쟁이다.

원자탄을 개발하고 시험해야 한다.

끝없이 펼쳐진 전쟁의 연속이었다.

그 안에서 보이지 않게 벌이는 권력투쟁의 아귀다툼 역시 겉으로는 총을 쏘지 않았지만 똑같이 피 흘리는 전쟁이었다.

그런 와중에 사람끼리 나눌 수 있는 대화라고는 들어도, 해도, 본 적도 없었다. 그런데 얼마만인지 셀 수도 없는 아주 옛날에, 기억조차 나지 않는 그 시절에 나누어 본 이후로 처음 사람끼리 대화를 나눌 때 쓰이는 말을 들었다.

그 기분이 가시지 않은 채 저우언라이에게 질문을 했고 저우언라이는 이번에도 중간에 설 것이 분명했다. 그렇다면 더 이상 망설일 이유가 없다.

저우언라이는 자신의 집무실로 돌아와서 깊은 고민에 빠졌다.

마오쩌둥이 이야기하는 것의 한계가 도대체 어디까지란

말인가?

계급과 지식인이 나오고 정예화가 되어간다면서 인민들을 무시한다는 이야기까지 나왔다. '해서파관'이 나오면서 자신을 농락한다고 했다. 인민들을 위해서 무언가를 창조해야 하는데 자신들의 영역을 쌓고 있다고 했다. 심지어는 프롤레타리아라는 탈만 썼지 부르주아 계급이라고까지 말했다. 정화가 필요하다는 말도 거침없이 했다.

'이미 정해진 후계자들은 물론 모든 지식인들을 쓸어버린다는 것인가? 이게 공산당 내의 문제가 아니라 사회 전반에 걸친 대대적인 숙청작업을 의미하는 것인가?

건국초기에 벌였던 지주와 친일분자들에 대한 숙청이 아니라 그동안 자생한 또 다른 계급에 대한 숙청이라는 말인가?

류사오치와 덩샤오핑에 의해 잠깐 도입되어 그나마 기근을 해결해 준 자유 시장경제 안에서 성장한 또 다른 계급에 대한 숙청이라면 그 규모가 너무 클 것이다.

인민을 위해 하는 일이라고 했으니 그건 아니겠지?

그래도 모를 일이다. 지식인과 공산당 내에 자신의 뜻에 어굿나거나, 자신의 권력을 넘보는 자에 대한 숙청을 하다가 그 연줄이 닿는 곳이 어디까지 번질지 아무도 모를 일이다.

게다가 이번 숙청을 뒤에서 모사한 것이 분명히 장칭이라면 만만한 규모는 아닐 것이다. 아마도 건국초기보다 더 큰 일이 벌어질지도 모른다.

이걸 혼자 알고 있어야 하는가? 아니면 누구라도 함께 고민을 해서 그 폐해를 최소화하도록 만들어야 하는가?

그 상대는 누구여야 한다는 말인가?

덩샤오핑은 아니다. 그는 숙청대상이 되었으면 되었지 이번 사태를 말리거나 수습하는 데는 전혀 도움이 되지를 않는다. 오히려 그가 나서면 가속도만 더 붙고 자칫 규모도 커질 수 있다.

그렇다고 장칭을 직접 만날 수도 없는 일이다.

이럴 때는 린뱌오가 군부 최고자리에 앉아 군부를 꽉 쥐고 있으니 그가 적격이지만 그 속내를 알 수가 없어 섣부르게 말을 꺼낼 수도 없는 일이다.'

저우언라이는 고민을 하다하다, 스스로 그만 고민하자고 수없이 다짐하면서도 앉으나 서나 그 생각뿐이었다.

그러나 저우언라이가 그런 고민을 할 날도 그렇게 많지는 않았다.

5월 18일.

일의 고삐에 불을 붙인 것은 의외로 린뱌오였다.

린뱌오가 군인들이 모인 행사에서 폭탄 같은 연설을 했다.

"우리의 위대하신 마오 주석 동지께서는, 일찍이 제국주의 청나라를 타도하고 항일 전투는 물론 국민당의 장개석 군대를 물리치시고 인민들의 천국인 공화국을 건국하실 때까지, 탁월하신 지력과 영도력으로 군을 이끄셨습니다. 마오 주석 동지의 지략이야말로 가히 고대부터 지금까지 중국이 낳은 인물 중 그 누구도 따를 수 없는 탁월하신 것입니다.

뿐만 아닙니다.

그분께서 우리에게 남겨주시는 교지는 한마디 한마디가 공자나 맹자의 그것들이 가히 견줄 수도 없는 아주 값진 것입니다. 마오 주석 동지의 한마디는 우리들의 뼈에 사무치는 삶의 양식입니다. 주석 동지의 말마디에 들어 있는 의미를 새기면, 사회주의 혁명의 위대함과 우리 중국이 나갈 길이 명백하게 명시되어 있다는 것을 알 수 있습니다.

그분의 말씀은 어렵지 않습니다. 쉽게 새길 수 있습니다.

대부분의 지식인은 자신이 가진 지식을 자랑으로 압니다. 자신의 지식을 어렵게 포장하여 인민들이 그 지식을 나눠 갖기 어렵게 합니다. 썩은 지식인들처럼 어렵게 포장되지 않은 주석 동지의 말씀이야 말로 우리 전 인민들은 물론 해방군 동지들의 가슴 깊이 새겨야 할 양식입니다.

우리 해방군 동지들이 마오 주석 동지께서 인민들을 사랑하고 아끼는 마음을 안다면 내 이야기가 무슨 소리인지 알아들었을 것입니다.

우리는 그분만을 따라야 합니다. 그분이 가리키는 곳이라면 그곳이 어디든 가야하고, 그 임무가 아무리 어려운 것일지라도 해 내야만 합니다. 그 길만이 조상대대로 이어서 내가 태어나고 내 자식이 태어날 중국을 지키고 발전시키는 길입니다. 그것을 모르는 자들이 마오 주석께서 가시는 길이 틀리다고 하면서 제가 길을 선택해서 가려고 합니다.

저는 이 자리에서 분명하게 선언합니다.

마오 주석께서 이끄시는 길을 따르지 않는 것은 종국에는 파멸을 맞을 뿐입니다. 그분이 뜻하지 않는 곳에 발을 디디는 것은 스스로 파멸을 선택하는 아주 바보스런 짓입니다.

우리 해방군 전사들은 하나로 똘똘 뭉쳐서 그분의 뜻을 따라 그분이 밟는 발자국을 그대로 밟고 따라야 합니다."

이것이야 말로 마오쩌뚱을 위대한 신처럼 만드는 시작이다. 그를 신처럼 숭배하자는 주장이다.

이것은 린뱌오 혼자의 말은 아닐 것이다.

저우언라이는 올 것이 왔다고 생각하면서 덩샤오핑에게 무언가 귀띔이라도 해 줘야 할 것 같았다.

며칠 전에 마오쩌뚱과 이야기를 하고 그 범위가 어느 정도 일까를 고민했는데 이건 보통 큰일이 아니다. 린뱌오의 입을 빌어서 한 말에 의하면 마오쩌뚱에게 조금이라도 반기를 들었던 사람이라면 모두가 그 대상이다.

비단 당내의 권력투쟁을 정리하고 서열을 다시 메기는 문제로 끝날 일도 아니다. 전 지식인들을 두고 하는 말도 포함되어 있다. 건국 초기에 했던 대대적인 숙청 이상으로 피바람이 불고도 남을 엄청난 발언이다.

그렇다면 반드시 덩샤오핑에게 귀띔을 해 줘야 한다.

덩샤오핑이야 말로 프랑스 유학시절에 만나서 벌써 40년이 넘게 가까이 지낸 사람이다. 프랑스 유학이라는 어려운 시절에 고학을 하면서 서로 위로하고 아픔을 함께 나눴던 영원한 동지다. 나이는 저우언라이보다 여섯 살이 어리고 키도, 덩치도 작은 덩샤오핑이지만 똑똑하고 판단력이 아주 뛰어나고, 말을 아끼지만 할 말은 반드시 하는 사내 중의 사내다.

중국을 위해서 꼭 필요한 사내이기에, 이번에 어찌 될 수도 있다는 것을 미리 말해주고 대처하게 해야 한다.

8. 문화대혁명과 화궈펑

　저우언라이에게 시간이 이렇게 긴 적이 없었다.

　항상 시간에 쫓겼다. 아무 것도 한 일이 없는 것 같은데 하루가 금방 지나곤 했었다.

　그 긴 대장정을 할 때도 시간이 너무 잘 가서 꿈쩍하고 나면 밤이 되곤 했었다. 그런데 오늘은 시간이 너무 안 간다.

　일과를 마치고 항상 만나던 집에서 덩샤오핑을 만나기로 했는데 자꾸 시계만 보게 되었다.

　작은 주점에 들어서자 덩샤오핑은 이미 나와 있었다.

　"무슨 말씀하시려고 만나자고 했는지 압니다. 린뱌오 동지가 대단한 포문을 열었더군요."

"포문은 열렸는데 그게 조준하는 범위가 너무 넓은 것 같아서 그게 걱정이요."

자신을 걱정해 주는 것에 대한 고마움을 섞어서 먼저 말문을 연 덩샤오핑에게, 저우언라이는 며칠 전에 마오쩌뚱을 만나서 했던 이야기를 들려주고 말을 이었다.

"그날만 해도 긴가민가하면서 며칠 동안 나 나름대로 정보도 추리고 고민도 했는데, 이렇게 엉뚱한 곳에서 터질 줄이야. 이럴 줄 알았으면 그날 듣자마자 이야기라도 해 주고 대책을 마련하게 했어야 하는데 공연히 시간만 끈 거 같아서 미안하오.

그날 나와 이야기할 때는 인민들에게는 절대로 피해가 가지 않게 한다기에 그래도 안심을 했는데…"

"피해의 범위가 다른 것이겠지요.

당장 목숨이 오가는 것을 피해로 볼 수도 있고, 목숨과는 상관없이 지식을 없애는 것을 피해로 볼 수도 있구요.

목숨도 자기가 필요로 하는 목숨만을 피해라고 생각할 수도 있는 것 아니겠습니까?

미안해하지 마십시오.

저우 동지께서도 잘 아시지 않습니까?

마오 주석이 저우 동지께 그 정도로 이야기를 할 때는 이미 어느 정도 뚜렷한 윤곽이 나온 뒤라는 거 아시잖아요. 설령 그날 알았어도 대책을 세울 수는 없었을 것입니다. 린뱌오 동지가 오늘 한 연설은 하루 이틀 준비된 것이 아닐 겁니다. 이미 그런 묵계가 이루어진 뒤에 저우 동지께 말한 것일 테니까요.

중요한 것은 이게 린 동지 혼자서 한 일은 아니고 누군가가 함께 움직이고 있다는 건데 제가 추측하는 것이 맞지 않기를 바랄 뿐입니다."

"덩 동지도 그 생각을 하셨구려. 나 역시 같은 생각이오만 도저히 불안을 떨칠 수가 없어요.

만일 내 추측이 맞는다면 이건 보통 피바람이 아니오. 태풍도 엄청난 태풍이 몰고 오는 회오리바람 같은 피바람일 거요."

"그렇다면 혹시…, 장칭…?"

"역시 같은 생각이구려.

이거 보통 문제가 아니오.

장칭이 그랬다면 처음부터 다시 시작하려 할 거요.

자신이 아직 한 번도 정치를 안 했었기 때문에 기초부터 다시 시작하려 할 거라는 말이요. 마오 주석을 딛고 올라가기 위해서 그 계단을 다시 쌓으려 할 텐데 그렇다면 이제까지의 모든 계단을 허물어야 한다는 말 아니요?

마오 주석과 그 주변에 탄탄하게 깔린 몇을 제외하고는 무사하지 못하다는 말 아니요?"

"두고 봐야겠지요. 모두 허물지 아니면 아주 튀어나온 부분만 정으로 다듬고 나머지는 다시 쓸지.

두고 봐야 알 일이겠지만 저는 다듬어지는 게 확실하네요."

"나도 어찌 될지 모르는 입장에서 이런 말을 하는 것은 섣부른 이야기 같지만 나도 최선을 다할 테니 동지도 최대한 몸을 낮추고 있으시오. 지금으로는 그 방법 밖에 더 있겠소?"

"알겠습니다. 그리고 당분간은 저를 만나지 마십시오.

저우 동지께서 제 걱정해 주시고 아껴 주시는 거 다 압니다. 저 안 만나 주셔도 원망 안 합니다. 공연히 저를 만나다가 저우 동지께도 해가 미칠 수 있습니다.

둘 중 누군가는 남아야 나머지 한 사람을 도울 수 있지 않겠습니까? 제가 섭섭해 할 거라는 생각 절대로 하지 마시고 무슨 일이 있더라도 모르는 체 하십시오.

정 도움이 필요하면 제가 방법을 만들어서 연락을 드리겠습니다.

오늘 린 동지가 그런 말을 해 놓았으니 누군가가 우리 둘이 만날 수 있다는 생각에 신경을 곤두세우고 있을지도 모릅니다. 우리 둘이 가깝다는 것은 중국이 다 아니까요.

제 말씀 꼭 들어주십시오. 저우 동지라도 건강하셔야 제 목숨이 살아남습니다.

그럼 저 먼저 일어나 보겠습니다."

장칭이 주도해서 일을 벌였다는 것에 두 사람이 동의하면서 더 이상 할 말이 없어진 것도 사실이다. 장칭이 새 설계를 하려고 린뱌오를 끌어 들인 것이라면 이미 전투는 끝났다.

덩샤오핑은 이런 상황에서 자신을 살릴 수 있는 사람은 오직 저우언라이 뿐이라는 것을 안다. 그렇다면 자신이 지금부터라도 저우언라이를 멀리 해야 한다. 그래야 저우언라이가 무사히 살아남을 수 있다. 저우언라이가 무사히 살아남아야 자신이 그나마 끄나풀이라도 잡을 건덕지가 남는다.

덩샤오핑도 사람인데, 오늘 같은 날, 믿고 매달릴 수 있는 저우언라이 앞에서 실컷 취하도록 술이라도 마시면서 한탄도 하고 욕도 하고 가슴을 확 뒤집고 싶은 마음이야 왜 없겠는가? 저우언라이가 자신과 함께 있는 모습이 혹시라도 누군가의 눈에 띄면 좋을 것이 없기에 안 떨어지는 발걸음을 옮기는 것이다.

힘든 발걸음을 옮기는 덩샤오핑의 작은 체구 뒷모습이 그날따라 더 작게만 보였다.

같은 시각.

"보세요. 주석 동지께서 걱정하지 않으셔도 다 알아서 일을 시작해 주잖아요."

집에 들어서는 마오를 보며 장칭은 얼굴에 함박웃음을 터트리며 자신 넘치는 목소리로 말했다.

"그러게 말이요.

나는 당신이 이렇게 철저하게 준비를 하리라고는 미처 생각을 못했소.

린뱌오가 우리 편에 섰다기에 그렇다면 무언가 곧 언질이 있겠거니 했는데 이렇게 나오는 대본인 줄은 몰랐소. 린뱌오가 이런 식으로 일을 시작한다면 이야기는 확 다르지."

"이건 시작에 불과한 거예요. 저 나름대로 많은 준비를 했으니까 주석 동지께서 행동으로 옮겨만 주시면 돼요.

이 기회에 새로운 중국을 건설해야죠. 새로운 중국을 건설하기 위해서는 그 임무를 수행할 단체가 필요하구요.

지난번에 말씀드린 대로 그 임무를 수행해야 할 단체는 젊은 사람들로 구성해야 합니다. 그것도 부르주아에 물들지 않고 함께 일하고 함께 잘 살 수 있는 이상 국가 실현에 목말라하는 젊은이들입니다.

그 첫 작업으로, 앞으로 일주일 후면 북경대학에 대자보가 붙을 겁니다. 이미 젊은 여성 동지와 이야기를 끝냈어요. 그걸 첫 작업으로 들불 일듯이 일어날 겁니다.

무엇보다 먼저 할 일은 북경대학 총장을 비롯한 저명한 지식인들은 이 기회에 쓸어버려야합니다. 비단 북경대학

뿐만이 아닙니다. 전국의 모든 학교에서 자신이 선생이라고, 인민을 계도하는 위치에 있다고 생각하는 무리들의 정신 상태부터 진정한 혁명정신으로 무장하게 만들어야 합니다. 그들이 무장을 하지 않으면 혁명 사상은 전파하기 힘든 겁니다. 그러기 위해서는 일단 그들을 모조리 자리에서 끌어내린 후에 사상 검증을 통해서 다시 자리에 앉게 하든가 수를 내야지요.

그들은 지식이라는 무기를 가지고 있어서 말로 해서는 잘 안 듣잖아요. 대신 지식이라는 무기는 의외로 쉽게 꺾여 변절도 잘 하니까 그 방법을 써 보자는 겁니다. 속과 겉이 다른 사람들의 대표가 지식인이잖아요. 노동자들은 순박해서 자신의 속을 그대로 겉으로 드러내는 경우가 많지만 지식인이라는 놈들은 까 봐도 속을 알 수 없어요.

겉으로는 우리 공산당을 지지하고 공산당 정책에 발 맞춰 나가는 것 같지만 사실 속을 들여다보면 그렇지 않아요. 그들에게는 지금까지 자신들이 배우고 익힌 학문이라는 것에 더 얽매여 있지 우리의 이념이나 투쟁은 별로 중요한 것이 못 되죠. 그런 사고가 얼마나 위험한 일인지를 알게 해 줘야 합니다.

다음 작업으로는 전국적으로 앞장서서 투쟁에 뛰어들 결사대가 필요합니다.

이유가 어찌 되었든 자기들이야 말로 선택된 일꾼들이라는 자부심을 갖게 해 줘야죠. 그래서 그들의 이름을 '홍위병'이라고 붙이는 것도 생각해 뒀어요. 주석 동지께서 인민 추수봉기를 일으키실 때의 그 이름이에요. 그들이 느끼기에는 얼마나 의미 있는 이름이겠습니까?

그들이 선봉에 서서 전국이 일시에 사회주의혁명의 장이 되도록 만드는 겁니다.

새로운 정신무장을 하는데 어느 한 곳에서 시작하고 그게 퍼져나가는 시간을 기다리다 보면 혁명의 진가가 희석될 수 있습니다. 일시에 전국이 움직이게 하는 매체가 바로 방송이 되어야 합니다.

일을 펼쳐나가기 위한 논조는 ≪인민일보≫가 시작을 해 줘야겠지요. 그게 당이나 우리 혁명을 지지하는 지식인들에게는 촉매가 될 테니까요. 그들이 신문의 논조를 보고 배우는 겁니다. 젊은 '홍위병'들이 혁명 논지를 익히는데 많은 도움이 될 겁니다.

그러나 무엇보다 전파 속도를 빠르게 하는 데에는 라디오만한 것이 없습니다. 짧은 시간을 듣고도 전하기가 쉬울 것 아닙니까? 지난번에도 말씀드렸다시피 젊은 동지들이 앞장서게 하려면 움직이는 중에도 시시각각 방송들 듣고 그 방송이 내리는 지침에 따라서 움직이게 해야 합니다. 그 지침을 전달하기도 하구요.

이번 일이 시작되면 적절한 수량의 라디오를 무상으로 풀어야 합니다. 주석 동지께서 부르짖던 농촌의 복지와 문화를 위해서 하는 사업 중 일원으로 발표하면 됩니다. 도시에 비해 뒤처진 농촌의 문화를 도시와 발 맞춰 나갈 수 있게 하는 방법 중 하나라는 거지요.

내일이라도 ≪인민일보≫와 〈중앙인민방송국〉에 심어놓은 동지들을 만나서 일이 잘 진행될 수 있도록 조치를 취하세요. 어차피 시작할 일이라면 반드시 성공해야 되잖아요. 만일 이번에 실패하는 날에는 생각하기도 싫은 결과를 낳을 수 있으니까 반드시 성공해야지요.

성공과 실패를 좌우하는 것으로는 일시에 확 불을 붙이

는 것이 무엇보다 중요하다는 것은 주석 동지께서 더 잘 아시잖아요."

그날 장칭이 마오쩌둥에게 말한 그대로 린뱌오가 한 연설은 단지 신호탄이었다.

그가 연설을 하고 일주일이 되던 25일 북경대학에 대자보가 나붙는 것을 시작으로 일이 얼마나 번져나갈 것인지를 가늠할 수 있었다. 젊은 여 교수가 붙인 대자보는 대학당국과 다른 교수들이 우파이거나 공산당에 대해 비판적인 반당(反黨)분자라고 고발하는 내용이었다.

마오쩌둥은 대자보가 붙을 것을 미리 알고 있던 사람처럼 북경대학의 대자보 내용을 파악해 올 것을 아침부터 지시했다. 그리고 즉각 반응을 보였다.

"이 대자보야 말로 작금의 우리 중국이 겪고 있는 힘든 상황을 가장 잘 표현한 대자보다. 소위 지식인이라는 자들이 사회주의 정신을 흐리게 하는 모습을 스스로 반성하게 하는 가장 정확한 표현이다.

대자보를 전국의 각 교육기관에 그대로 적어 공지하게 하

라. 대학은 물론 중학과 소학에도 마찬가지다. 이를 어기는 학교는 학생들이 혁명정신을 계승하고 발전하게 하는 것을 방해하는 반혁명주의자로 간주할 것이다."

그렇지 않아도 무언가 뒤숭숭한 판에 마오가 한 이 말은 절대 거스를 수 없는 말이었다. 마오가 지난 대약진운동의 실패로 인해 상당부분의 실권을 잃은 주석이라지만 엄연한 공산당 주석이며 군부의 실권을 쥔 린뱌오가 그의 손아귀에 있다. 그의 지시를 어기고 반혁명주의자로 몰리는 것을 두려워하지 않을 수 없었다.

이 대자보가 촉매 역할을 했다.

이미 장칭이 말한 대로, 계획된 것이지만 인민들은 누구도 그 속내를 알 수 없었다. 이 운동을 주관하는 당 중앙의 마오 추종자들과 장칭과 연합된 이들과 예고된 숙청을 기다리는 사람들만이 알 뿐이다.

나흘 후인 29일.

칭화대학(淸華大學: 청화대학) 부속중학교에서 '마오 주석 동지의 혁명정신을 계승하기 위해 젊음을 바친다'는 기치를 내걸고 결사대가 조직되었다. 그들은 대자보에 적힌 내용을 인용했다.

'지식인에 의해 혁명정신이 퇴색되어 간다면 기꺼이 지식을 포기한다. 학교를 그만두고 마오 주석의 사상과 혁명정신을 계승하여 사회로 나간다.'고 선언했다.

사회주의의 위대한 혁명을 완수하기 위해 자발적으로 나선 것임을 표방했다.

결사대의 이름은 '홍위병'이라고 했다.

'홍위병'은 마오쩌뚱이 고향인 후난성에서 공산당 후난성 지부를 창설하고 1927년 후난성 추수봉기를 일으키기 위해 조직했던 부대의 이름이므로, 그의 정신을 계승하는 자신들이 바로 '홍위병'이라고 했다.

이름부터 그냥 평범한 단체로 보기는 힘들었다.

그 이름이 주는 이미지는 무엇보다 무력 사용도 불사하겠다는 것을 암시하고 있었다. 마오가 추수봉기에서 사용한 것이 무력이다. 그 정신과 이름을 계승한다는 것이 바로 무력 사용을 암시하는 것이다. 이미 마오의 적과 지식분자들을 프롤레타리아 탈을 쓴 부르주아 운운하며 몰아가고 있었으니, 혁명이라는 이름을 걸고 그들을 응징하려는 목적임을 알 수 있었다.

칭화대학 부속중학의 '홍위병'은 거기서 끝나지 않았다.

"전국의 피 끓는 열여덟 살 동지들은 모두 모이자. 마오 주석 동지의 정신을 계승하자. 혁명의 위대한 새로운 시작을 함께 하자.

중학에 다니거나 학업 중이라서 망설이는 동지가 있다면 생각해보라. 지식에 얽매여 다시 부르주아의 노예가 되는 시대로 회귀할 것인가?

노동 현장과 농토에서 땀 흘리는 동지들이여 동지들을 믿는다. 지식을 내던지고 진정한 프롤레타리아 왕국을 건설하기 위해서 일어서는 우리들과 함께 일어설 것임을 확신한다.

미래 중국의 주인이 누구인가?

바로 우리들이다.

주인인 우리들이 방관자가 된다면 중국의 미래는 책임져줄 사람이 없다.

혁명정신을 자신들이 안주하는 것에 꿰맞추려는 이들에게 무엇을 기댈 것인가? 노동자와 농민들이 잘 살 수 있는 우리의 미래, 중국의 미래는 우리 스스로 개척하고 투쟁해서 찾아야 한다.

비단 우리 젊은이들뿐만이 아니다. 내 자식의 앞날을 걱정하는 부모들이라면 함께 일어서자.

노동자와 농민이 잘 사는 중국을 만들겠다는 마오 주석 동지께서 나가는 길을 방해하려는 자본주의 사상에 물든 이들을 타도하자. 새로운 부르주아로 자리 잡으려는 이들을 몰아내자.

참여하지 않고 방관하는 것 역시 노동자와 농민이 잘 사는 중국을 만들겠다는 마오 주석의 뜻을 거스르는 것과 무엇이 다르겠는가?

위대한 중화, 위대한 중원의 인민들이여!

마오 주석께서 만드시는 위대한 중국 건설에 함께 참여하자!"

'홍위병'들은 마오 주석의 노선을 따르지 않는 이들은 물론 이 운동에 참여하지 않는 이들은 모두가 적이라고 몰아붙이며 동참을 부르짖었다.

이 부르짖음은 ≪인민일보≫의 한 면을 차지하며 대자보

처럼 실렸다.

〈중앙인민방송〉을 통해서 하루에도 수십 번씩 전해졌다.

칭화대학 부속중학의 '홍위병'들이 목소리를 맞춰서 부르짖는 이 구호가 한 시간에도 몇 번씩 방송되었다. 정규방송 앞뒤는 물론 중간에도 방송되곤 했다. 이미 마오쩌둥과 사전에 약속된 그대로였다.

사전에 계획했던 대로 이런 일이 있기 일주일여 전부터 라디오가 급격히 보급되었다.

특히 농촌과 어촌 등 시골 지역을 중심으로 보급된 라디오는, 도시에 비해 소외된 지역의 문화생활 향상을 위해서 마오 주석이 특별히 하사한 것들이다. 그 덕분에 라디오를 통해서 빠르게 전파된 혁명구호는 많은 중학과 농촌의 젊은 청년연맹에서 앞다퉈 '홍위병'을 출범시켰다.

작업은 거기서 끝나지 않았다.

장칭은 이 날을 기다리며 30여 년을 보냈다. 마오와의 결혼 조건으로 당 간부들과 약속을 한 터라 전면에 나서지는 못했지만 눈과 마음은 항상 시대 변혁에 가 있었다.

대약진운동이 실패로 끝나면서 즉각 마오가 어떤 곤경에 빠질 것을 예측했다. 1959년 펑더화이가 마오를 비난할 때 올 것이 왔다고 생각했다. 그리고 오늘을 준비하기 시작했다.

무려 7년이라는 긴 세월을 한 가지만 생각하면서 살아왔다. 그 긴 세월동안 계획한 일이다. 이 계획을 실행하는 과정에서 실패한다면 그 결과가 벼랑 끝이라는 것을 알기에 철저하게 계획한 일이다.

한 번 쏘아 올린 혁명을 주춤하면 어떤 결과가 온다는 것은 이미 알고 있는 일이다.

장칭을 중심으로 한 이들은 물론 마오 역시 고삐를 늦추지 않도록 언론을 다스렸다. 린뱌오는 군부에게 이번 일에는 절대 개입을 하지 않도록 철저하게 지시했다.

6월 1일에는 공식적인 중국공산당 기관지인 ≪인민일보≫가 "자본주의적 지식인들을 반드시 숙청해야 한다"고 주장했다.

저명한 지식인을 겨냥해서 그들을 대대적으로 숙청하

기 위한 운동이 시작된 것이다.

북경대학에 대자보가 나붙고 17~20세의 소년들을 중심으로 중학교와 시골 마을의 청년단체에 '홍위병'이 결성될 때 이미 알아보았어야 할 일이다. 중국을 갈아엎고 새로운 권력구도를 만들겠다는 말이다. 단순히 중앙에 집권하고 있거나 세력을 키우고 있는 이들뿐만이 아니라 혁명에 반대 요소가 될 수 있는 사람들은 모조리 없애 버리겠다는 신호탄이다.

더더욱 〈중앙인민방송국〉의 연이은 선전으로 인한 충동은 젊은이들은 물론 이미 형성된 사회주의 공화국 내에서도 약자로 표현되던 이들의 가슴에 불을 댕기기에 충분했다.

〈중앙인민방송〉은 '홍위병'의 선전방송을 전하는 데 그치지 않았다. 자신들이 자체 방송을 편성해서 사회주의 혁명의 본질과 그 위대한 성과의 공을 모두 마오쩌뚱에게 돌렸다. 마오가 있었기에 새로운 중국이 탄생할 수 있었다고 그를 추켜세웠다. 마오가 실패한 것은 일절 언급하지 않고 그저 연분홍 꽃빛 같은 사회주의만을 날조해서 방송했다. 아울러 이제 겨우 도시에 사회주의의 뿌리가 내리고 농촌을 비롯한 시골로 퍼져나가려는 중인데 새로 형성되는 부르주아 때문에 여기서 멈추게 생겼다고 안타까워했다. 지식의 탈을 쓴 이들과 당의 수정주의자들이 먼저 형성된 자신들의 권위를 가지고 다시 자본주의로의 회귀를 모색한다며 중국의 앞날을 위해서는 반드시 마오의 노선을 따라야 한다고 부추겼다.

그뿐만이 아니다. 〈중앙인민방송〉에 뒤질 새라 북경은 물론 상하이의 각종 언론들도 앞다퉈 같은 내용의 방송들로 인민들을 현혹했다.

글자를 모르는 이들에게 빠르게 보급된 라디오 방송은 듣는 데에서 멈추지 않았다. 자신이 들은 그대로를 이웃에게 전했다. 이제껏 누군가에게 자신이 알고 있는 것을 전해본 적이 없는 그들이다. 자신이 아는 것을 누군가에게 전한다는 것은 커다란 자부심이다. 그것이 지식이든 소식이든 내가 먼저 알고 남들에게 전할 수 있다는 것이 그들에게는 자랑이었다.

'우리들같이 소외된 계층도 함께 잘 살 수 있는 길을 열어주는 것이 마오쩌둥의 사회주의 혁명이다. 그분은 청나라의 썩은 정치를 타도한 분이다. 항일투쟁에서도 목숨을 내놓고 싸웠다. 자본주의에 철저하게 물들어 가진 자들만이 잘 사는 중국을 만들려던 장개석을 몰아내는 전쟁에서 승리하여, 중국이 농민과 노동자가 주인인 나라로 만드신 분이다.

길고 긴 전쟁을 겪으면서, 숱한 죽을 고비를 넘기면서도 인민이 주인인 나라를 만들기 위해 전력투구하신 분이다. 자신은 고급귀족의 후손이면서도 오로지 인민을 위해 목숨을 내놓으신 분이다. 그런데 일부 지도자 중에서 그 혁명의 색을 바꾸려고 하는 자들이 있다. 자신들이 안주할 정도가 되었다고 다시 자본주의로 가려고 한다.

우리 인민들은 그것을 막아야 한다. 아니 막는 것은 비겁한 행위다. 그들을 몰아내야 한다. 그래야 위대한 농민과 노동자의 나라, 중국을 건설할 수 있다.'

이미 빠르게 보급된 라디오는 농촌의 4억 인구 중 7천만이 이런 구호를 외치며 들뜨게 만들었다.

그 기세를 놓칠 마오나 장칭이 아니다.

자신들이 만들어온 기회다.

1966년 7월 27일, 홍위병의 대표단이 마오에게 공식적인 서한을 보냈다.

존경하는 주석 동지.

이제 세상은 다시 주석 동지께서 뜻을 펴실 수 있도록 분위기를 바꿨습니다. 한 번 이룬 사회주의 혁명을 잃을 수는 없습니다. 주석 동지와 중국을 사랑하는 많은 선배 혁명투사들이 이룬 업적을 길이 계승할 수 있도록 해야 합니다. 저희들이 아직 세상 물정을 잘 모르는 젊은 나이라고는 하지만 옳고 그름은 판단할 수 있습니다.

지금 전체 중국이 나서서 주석 동지의 뜻에 따르자고 뭉쳤습니다. 다시 부르주아의 자본주의 국가로 회귀하려는 지식인들과 프롤레타리아의 탈을 쓰고 지식인들과 결탁한 자들을 발본색원해서 모조리 응징해야 합니다. 주석 동지의 숭고한 사회주의 혁명에 동참하지 않고 제 갈 길을 가고자 하는 이들은 과감하게 인민의 이름으로 처단해야 합니다.

다음날 마오쩌뚱은 이 편지를 ≪인민일보≫와 〈중앙인민방송〉등의 언론에 공개했다. 자신에게 온 젊은 영웅들의 편지를 하루라는 시차를 두고 언론에 공개하는 것으로 공개 자체를 망설인 것처럼 보이게 했다.

마오쩌뚱은 나름대로 계산을 한 것이다.

'홍위병'의 편지를 공개하는 것은 자신의 심정을 밝히는 것인데, 받자마자 공개한다면 미리 계획된 것으로 비칠 염려가 있다. 깊게 고심하다가 결론을 내리는 것처럼 보여야 인민들의 신뢰를 받을 수 있다.

십여 일이 지난 8월 8일. 마오쩌뚱은 ≪인민일보≫에 자신의 참담한 심정을 밝혔다.

"그동안 전국의 위대한 혁명동지들이 수십 차례에 걸쳐 중국이 나가야 할 방향을 내게 일깨워줬다. 나 역시 그 말에 전적으로 동감하며 방송과 신문을 통해서 전달했다. 하지만 청나라와 일본, 장개석의 자본주의로부터 우리 중국을 구하고 위대한 사명을 완수하기 위해서 생사고락을 함께 해온 동지들이기에 차마 용단을 내릴 수 없었다. 동지들이 처음 혁명을 시작할 때의 모습으로 돌아와 주기를 바랄 뿐이었다.

그러나 이제는 더 이상 시간을 끌 여유가 없다. 동지들은 수정주의 노선에 물들어 자신이 진정 가야 할 길을 잃고 있다. 농민과 노동자가 함께하는 위대한 중국을 건설하려던 동지들은 어느새 저 멀리 가 있다. 자신이 만족할 만한 위치에 있다는 생각에 수정주의에 매료되어 자본주의와 다름없는 짓을 하고 있다.

이런 상황에 처한 우리 중국에게는 무엇이 문제인가?

자신도 모르는 사이에 혁명의 기본 정신을 잃어가는 것이 문제다. 그러나 그보다 더 큰 문제가 있다. 자신이 자본주의의 부르주아를 닮아간다는 것을 모르는 것이 더 문제다. 자신이 모르면 알려주는 동지들의 말이라도 착실히 들어야 하는데 그 역시 배제한 채 자본주의의 모습을 고스란히 드러내는 수정주의 이론을 펼치고 있다. 동지들의 부르짖음을 스스로 거절하고 있다.

인민들이여.

망설일 것 없다.

반혁명 반 사회주의자들을 몰아내자.

혁명에는 희생이 따르는 법이다. 우리가 대동단결하여 약간의 희생자를 내는 한이 있더라도 위대한 중국 건설을 위해 혁명정신에 위배되는 모든 공, 사 행위를 즉각 중단하게 하자. 만약 이를 어기고 따르지 않는 자가 있다면 기꺼이 몰아내자.

이 시간 이후로 당의 모든 반혁명적인 인사들을 몰아내는 것은 물론 모든 학교를 폐쇄하며, 지식인들이 참다운 노동의 가치를 체득하여 진정한 사회주의 혁명정신으로 재무장하게 하여야 한다."

마오쩌뚱의 이 발표로 인해서 더 이상 반대의견은 존립하지 않게 되었다.

같은 날 중국공산당 중앙위원회는 "중국공산당 중앙위원회의 프롤레타리아 문화대혁명에 관한 결정"을 발표하였다.

문화대혁명이야말로 인민들의 혼까지 와 닿는 혁명이다. 퇴색되어 가는 사회주의 혁명의 새로운 장을 열게 될 것이라고 하면서 이제까지 '홍위병'과 방송이나 신문을 통해서 마오쩌뚱과 장칭이 주장한 내용들을 그대로 모아 놓았다.

"사회주의 혁명의 완수로 부르주아 계급이 타도되었다. 하지만 아직 남아있는 부르주아의 잔재가 낡은 이념이나 문화, 관습 등을 버리지 못하고 있다. 단지 버리지 못할 뿐만 아니라 인민들마저 자신들이 가고자 하는 길로 동반하여 회귀시키려 하고 있다. 프롤레타리아인 척 하면서 실제로는 부르주아의 모든 것을 답습하고 있다. 그 모든 것을 뿌리째 뽑아버리고 새로운 프롤레타리아 혁명정신을 계승하여 재무장하여야 한다.

사회주의 혁명이념에 맞지 않는 모든 부르주아 문화를 주장하는 학문의 권위자들과 사회주의 경제이념과 맞지 않는 교육이나 문화 등 그 어떤 것도 용납하지 않음으로써 사회주의 체제를 공고하게 하고 발전시켜야 한다."

이 결정은 이미 일어난 불길을 활화산처럼 타오르게 만들었다.

절정에 달한 운동의 불길은 8월 16일 최고조로 타올랐다.

전국에서 천만 명이 넘는 '홍위병'들이 그들의 우상인 마오 주석을 만나기 위해 베이징에 모여들었다. 마오는 그들

앞에 나타나 열렬한 환영을 받으면서 답사하는 것을 잊지 않았다.

"여러분이야 말로 중국이 갈 길을 바로 알고 있는 위대한 사상가입니다.

수정하지 않는 원래의 사회주의주의 정신만이 강한 중국을 만들 수 있습니다.

여러분은 그 사명을 완수하고 있는 진정한 혁명투사들입니다."

마오쩌뚱에게서 진정한 혁명투사의 호칭을 받은 '홍위병'들의 눈에 거칠 것이 없었다. 이미 린뱌오에 의해 어떤 행동도 하지 말라고 지시를 받은 군은 손을 놓고 있었다. 공안 역시 개입할 일이 아니었다.

무법천지가 따로 없었다.

무엇보다 먼저 대상이 된 것은 종교다.

전통적으로 조상신을 중요하게 모시던 중국이다.

교회나 사원, 서원, 수도원 등은 그렇지 않아도 별로 중요하지 않았다. 더더욱 사회주의 국가가 들어서고 무신론이

대두되면서, 더 핍박받던 종교단체는 우선적인 파괴와 약탈의 대상이 되었다. 중국 본토에서는 물론 자기들이 강제로 병합해서 자치구라고 이름 지어 놓은, 전통적으로 사원을 중시하고 불교를 숭상하는 티베트에서조차 6,000여 개의 사찰이 파괴되었다. 전쟁을 방불케 하는 파괴와 약탈이 자행되었다.

지식인들에 대한 탄압 역시 예외는 없었다.

제자가 스승을 반혁명분자로 몰아세워 죽이거나 두들겨 팼다. 심지어 부모를 반혁명분자로 몰아 죽이는 자식들도 등장했다.

그뿐만이 아니다.

'지식인들이 농촌으로 가서 생산현장에서 땀 흘리며 일하는 노동의 진정한 의미를 배우자'는 기치아래 "상산하향(上山下鄕)"운동을 전개했다. 대학교수와 초, 중등학교 선생들은 물론 북경이나 상하이에서 중학교 이상을 졸업한 지식인들을 농촌이나 공장으로 보내서 그곳에서 일하도록 했다.

불과 한 달여 만에 북경에서 1,500명 이상이 죽었고 상하이에서는 700여 명이 죽고 500여 명이 자살했다. 우한에서도 100여 명이 죽는 등 전국 각지에서 동시에 죽거나 실종되었다.

관계당국은 '홍위병'들의 폭력을 막거나 제지하지 않았다. 오히려 공안 수장이 '반혁명 분자를 때려죽인 홍위병을 구속한다면 그것이 과오를 범하는 것'이라고 하면서 사태를 부추겼다.

그 바람을 타고 소수민족들이 당하는 고통은 수백 배에 달했다.

내몽골에서는 내몽골의 독립을 추구하는 인물로 무려 80여만 명이 탄압을 받다가 그 중 35,000여 명이 죽거나 실종, 불구자로 전락했다. 신장 위구르 지역에서는 코란이 불타거나 그것을 지키려는 자들이 무참히 학살되었고 조선족이 모여 사는 길림성과 흑룡강성 곳곳의 조선족 학교가 폐쇄되고 조선족들이 목숨처럼 귀하게 여기던 족보들이 불살라져 버렸다.

자국의 삼천 년 역사 유물도 하루아침에 파괴하는 그들에게 자치구라는 명목으로 지배하고 있는 이민족의 문화나 문물은 따질 것도 없는 불필요한 것들일 뿐이었다.

당내에서 역시 대변혁이 일어났다.

그중 가장 중요한 것은 차기 집권자로 꼽히던 류샤오치는 카이펑으로 유배되었다.

덩샤오핑은 혁명을 위한 정신무장의 교육을 거쳐 상산하 양 운동에 참여하겠다는 각서를 쓴 뒤 결국 엔진공장으로 보내졌다. 그곳에서 일하면서 진정한 혁명정신을 함양해야 할 사람으로 분류되었다.

그나마 죽지 않은 것이 그에게는 천만 다행이었다. 당내에 서 수정주의 노선을 걷는 반혁명분자들을 숙청해야 한다 고 했을 때 이 두 사람이 가장 큰 목표였다. 자신들은 당연 히 살해당할 것으로 생각했는데 그나마 다행이었다.

최고의 권력을 누리던 두 사람이 말도 안 되는 대접을 받 으면서 숙청이 되었는데도 그들을 변호해 주는 사람은 아 무도 없었다. 만일 잘못 나섰다가는 자신도 반혁명분자로 몰리는 처지를 면할 수 없다는 것을 누구보다 잘 아는 그들 이다.

권력은 마오의 손으로 다시 회귀되었다. 수많은 젊은이들이 학교에서 공부할 자유를 뿌리치고 장칭의 세 치 혀가 부른 권력투쟁에 동참하는 바람에 마오는 다시 우뚝 설 수 있었다.

"혁명은 잘 돼가는 것 같소만 마무리가 잘 돼야 할 텐데…."

"걱정하지 마세요. 이미 상하이에서도 우리 쪽이 성공을 했잖아요. 왕훙원 동지와 야오원위안 동지께서 상하이는 장악을 했어요. 북경에서는 류사오치와 덩샤오핑도 모두 제거했으니 일 단계는 성공이지요."

"그건 그렇지만 상하이 쪽의 두 사람이 너무 약한 게 흠이요. 언론인 출신으로 아직 공산당에 직접 몸담고 중앙당의 험악한 권력투쟁과 정치 일선에 나서보지 않은 게 경험 부족이라는 거지."

"그거야 주석 동지께서 보완해 주셔야지요."

"보완을 해 줄 수 있으면 왜 안 하겠소? 만일 내가 중도에 몸이라도 이상이 생기는 날에는 당신을 보좌하기에 그들이 약하다는 말이지."

마오쩌뚱은 장칭이 전면에 나서기 위해 이 모든 일들을 치밀하게 준비한 것임을 알기에 그녀의 보좌까지 걱정하고 있었다.

"그야 그렇지만 지금 당장은 린뱌오 동지가 함께 가고 있으니까 걱정 마세요. 어차피 린 동지와 같이 가야지 저 혼자서는 힘든 길이잖아요. 그러니까 주석 동지께서도 건강하게 오래오래 제 곁에서 지켜주셔야 하구요."

"그게 사람 마음대로 되는 것이 아니니까 하는 말 아니오. 린 동지가 끝까지 함께 가주기만 한다면 별 탈은 없겠지만 당신도 봐 왔다시피 이곳이 언제 동지가 되고 언제 적이 될지 모르는 특별난 곳 아니오. 그래서 걱정이오."

"만일이라도 그런 일이 있어서는 안 되겠지만 혹시 린 동지와 결별하는 날에는 지지기반이 적당한 자와 손을 잡고 나가야겠지요? 상대가 너무 강하면 모든 것을 빼앗길 수도 있잖아요. 차라리 조금 약한 게 낫지 않아요?"

"너무 약해도 제3자에게 빼앗길 수 있지. 그러니까 상하이 쪽 동지들이 조금만 더 강해서 적당했으면 좋을 뻔 했다는 말이오. 하기야 강하면 그만큼 위험도 따르는 법이니 지금이 좋은 줄도 모르지만….

당신이 말한 대로 린 동지와 결별하게 되더라도 당신이 위협 받지 않으려면 조금은 부족한 것이 나을 수도 있지. 그런 의미라면 당신과 동맹을 맺을 적당한 동지가 있기는 있어.

당신보다 나이도 예닐곱 살 어리고 아직 중앙에서는 별로 알려지지 않은 인물이지만 곧 부상하게 될 동지지. 지금 후난성 서기를 지내고 있지만 곧 중앙에서도 윤곽을 드러낼 젊은이요. 오래 전부터 내가 눈여겨 보아온 동지로 이름이 화궈펑인데 아주 진취적이고 바람직한 사상을 가지고 있어."

"화궈펑이요?"

"그렇소. 언제 기회가 올 거요.

후난성에서 문화대혁명운동을 적극 지휘하고 있으니 보고하러 한번 오라고 하지. 그때 소개시켜 주리다."

"화궈펑이라?

주석 동지께서 그리 이야기하시는 것을 보니 꽤 마음에

든 동지인가 봅니다."

"진취적인 생각과 행동이 마음에 들었소. 후난성 농수로
공사를 밀어붙이는 기백도 좋았었고."

"화궈펑이라고 하셨지요? 알겠습니다.

저는 주석 동지께서 판단하시는 일은 항상 옳다고 믿으니
까요."

9. 화궈펑의 벼락출세

세상일은 항상 긍정이 있으면 부정이 있다.

집단 내부 의견이 하나가 되는 것은 또 다른 투쟁의 대상이 있을 때뿐이다.

마오쩌뚱이 처음 사회주의 혁명을 시작했을 때, 아직 그의 곁에 있거나 아니면 숙청당한 동지들의 뜻은 모두 하나였다. 시간이 가면서 서로 바라보는 시점과 맞추는 눈높이가 달라진 것이다.

'홍위병' 역시 마찬가지였다.

처음에는 오로지 마오 주석의 뜻에 따라 사회주의 혁명을 완수하는 것이 목표였다. 그러나 세월이 가면서 그들의 눈높이가 계속 같은 곳만 향할 수는 없었다. 넓은 중국의 각

지역 출신이다 보니 서로의 꼭짓점이 다를 수밖에 없었다.

'홍위병' 조직들이 분화하여 서로 다른 혁명적 메시지를 전하는 조직들을 비판하기 시작했다.

처음에는 그들이 들은 메시지를 자체적으로 해석하지 않고 전달하는데 급급했었다. 듣는 그대로 전하기에도 벅찼지만 시간이 갈수록 상황은 달라졌다. 각 조직마다 서로 그 메시지를 해석하려했고 자신들의 입맛에 맞게 해석했다. 서로 다른 해석들은 혼동을 가중시키며 급기야는 누가 정통성이 있느냐는 문제로 다툼까지 일어나게 된 것이다.

장칭은 '홍위병' 내의 모든 불건전한 활동을 중단하라는 명령을 내렸다. 그러나 이런 문제가 명령으로 되는 문제가 아니다. 하나로 불러 모을 때는 명령으로 되는 일이지만 자체 내의 권력다툼이라고 할 수 있는 우위 점령을 위한 싸움은 명령으로 말릴 일이 아니다.

게다가 1967년에는 '홍위병'이 군부대에서 무기를 탈취하는 사건까지 일어났다.

수없는 폭력사태가 일어났지만 모르는 체 방관만 했었다. 그러나 무기고 탈취 사태는 경우가 다르다.

장칭과 그 측근들은 대중운동을 억누르기 시작했다. 그렇다고 쉽게 잠들기에는 이미 너무 깊고 넓게 불이 붙어 있었다. 계속되는 혼란만이 그 대답이었다.

혼란이 계속되는 와중에도 1968년 봄, 마오쩌둥에 대한 개인숭배는 사상을 넘어 그를 신격화하려는 대대적인 운동이 시작되었다. 마오로서는 굳이 마다할 이유가 없었지만 나날이 혼란해져 가는 '홍위병'을 걱정하지 않을 수 없었다. 마오는 자신을 신격화하려는 '홍위병'의 의도는 좋다고 칭찬을 했지만, 그들이 초래하는 혼란이 공산당의 지지기반에 해가 될 것 같았다. 홍위병 때문에 권력회복이라는 목표를 달성했기에 자신의 목적은 달성하고 남았다. 광범위한 파괴와 혼란을 부른 홍위병을 억제할 필요가 있었다.

인민해방군마저 건드리지 못하던 '홍위병'의 찌를듯하던 기세는 여기서 꺾였다. '홍위병'의 역할은 공식적으로 종식되면서 군대가 나서 진압하기 시작했다. 하지만 이미 타오르던 불씨가 한꺼번에 수그러들지 않는 법이다. '홍위병'들은 군대까지 약탈하면서 그 행위를 지속하기도 했다.

2년여에 걸친 짧다면 짧은 기간이지만 '홍위병'이 남긴 상처는 씻을 수 없는 것들이었다.

'홍위병'들은 삼천 년 중국 역사를 일시에 허물어뜨렸다.

홍위병이 사라진 뒤에도 계속된 문화대혁명이라는 허울 아래 벌어진 권력투쟁의 산물로 더해진 일도 있고, 홍위병 들이 득실대던 기간에 반혁명분자로 몰리기 싫어서 스스로 자행한 것도 있지만 대부분은 '홍위병'들이 저지른 행위다.

유서 깊은 역사를 간직한 건축물과 서적을 불태웠다. 문화 유물을 파괴하는 데 주저하지 않았다. 그 모든 것들은 부르주아적인 제국주의의 산물이라고 단정 지었다.

혁명정신은 제국주의 같은 구시대의 잔재를 벗어나고 새로운 시대를 여는 데에서 출발한다고 했다. 지식을 거부하는 그들에게 역사를 전하는 서적은 의미가 없었다. 더더욱 제국주의와 단절을 선언하면서 1949년 10월 1일 건국된 중화인민공화국만이 진정한 중국이라고 선전하는 그들에게 전 시대의 유물이나 문화는 물론 그 지식을 전하는 서적은 아주 무의미한 것으로 치부되었다.

마오쩌둥 어록만이 존재하는 중국이 되었다. 무려 3억 5

천만 부라는 어마어마한 숫자의 마오 어록이 중국을 뒤덮고 있었다.

마오쩌뚱은 청나라는 물론 요나라나 원나라 같은 북방의 역사를 자신들의 역사로 인정하고 싶지 않았기에 은근히 그들의 행동을 반겼다. 이 기회에 새로운 중국의 유일한 영웅으로 자신이 앉기를 바랐기에 그들을 지원했던 것 아닌가?

마오쩌뚱의 그런 속셈하에 '홍위병'들이 날칠수록 중국이라는 거대한 몸뚱이에 본의 아니게 흡수되었던 소수민족들은 이어져 오는 명맥을 잃게 되었다.

그렇지 않아도 한족을 제외한 민족을 좋아하지 않던 마오쩌뚱이다.

티베트나 내몽골, 위구르처럼 자치구 내에 살면서 중국을 위해 자원과 세금을 제공하고 노동력을 제공하는 것은 좋아했다. 그러나 중국 내에 들어와서 사는 이 민족들은 중국이라는 보호막을 덮으려는 해충 같은 존재들이라고 생각했다. 그는 한족을 제외한 중국인들은 모조리 중국에 빌붙어 사는 거라고 판단했다. 그런 소수민족들에게 더 가혹한 탄압이 자행된 것은 당연한 일이다.

지나간 것들을 답습하면 무조건 반혁명분자로 모는 것이 '홍위병'들의 기본이다. 소수민족들의 위안이 되는 전통 복장은 물론 자신들이 지니고 있는 자신들만의 역사나 문화에 관한 서적을 가지고 있다가 들통이 나면 그 자리에서 처형된다. 죽창으로 무참히 찔러 죽인 후 반혁명자의 표본으로 삼는다며 동네 어귀에 그 시신을 매달아 모두가 볼 수 있게 만든다. 소수민족들은 불안과 공포에 휩싸일 수밖에 없었다.

소수민족들은 스스로 알아서 자신들이 가지고 있는 전통 의상을 불태웠다. 조상대대로 전해져 내려온 역사와 문화에 관한 서적은 물론 조선족은 족보까지 태워버렸다.

족보까지 태우면서 알아서 그들의 비위를 맞추려했지만, 소수민족 중에서 가장 눈의 가시로 여기던 조선족을 그냥 지나칠 그들이 아니다.

그들은 마오쩌둥이 직접 지시한 것도 전달받지만, 무언중에 원하는 것을 측근들이 해석하여 내리는 지시도 받는 자들이다.

마오쩌뚱은 유독 청나라를 몹시 싫어했다. 중국을 지배한 제국주의자이면서 일본으로부터 중국을 지키지 못한 것을 못마땅해 했다. 청나라가 중국을 지배하지 않았다면 중국은 이미 서양의 그 어느 나라보다 잘 사는 나라가 되어있을 것이라고 했다. 아울러 청나라를 세운 민족은 여진족으로 그들은 조선족과 같은 뿌리를 가진 민족이라고도 했다. 제국주의의 폐해를 꼽으라면 당연히 청나라를 꼽던 것이 마오쩌뚱이다.

게다가 마오쩌뚱의 아들 마오안잉이 조선의 전쟁에서 죽었다. 김일성이 남조선을 해방한다는 기치아래 밀고 내려갔다가 혼쭐이 나서 압록강까지 도망치듯이 왔을 때 마오쩌뚱이 둔 승부수의 제물이 되었을 뿐이다.

그러나 마오쩌뚱을 신처럼 모셔야 하는 '홍위병'들에게 마오안잉의 죽음에 대한 전후 사정은 중요하지 않았다. 그들에게 있어서의 마오안잉은 혁명과업을 완수하기 위한 마오 주석의 뜻을 받들어 조선 전쟁에 참전했다가 전사한 용맹한 전사일 뿐이다. 위대한 주석의 아들이 조선족들을 구하다가 희생된 것이다. 희생된 전사의 용맹성이 헛되게 하지 않기 위해서라도 조선족의 전통과 문화의 모든 것은 사라져야 한다. 되도록 압록강 너머로 돌아가 줬으면 좋겠지만, 정 이곳에서 살고 싶다면 뼛속까지 중국인이 되어 한족의 문화와 풍습에 젖어 들어야 한다. 주석의 아들이 그들을 구한 이유가 그들을 중국의 발아래 두기 위한 것이니 당연히 그래야 한다.

그들은 조선족 자치구로 몰려와 온갖 트집을 잡았다.

집집마다 들이닥쳐 마구잡이로 뒤졌다. 혹시 가지고 있는 조선의 역사와 문화에 관한 잔재물이 있으면 반혁명이니 알아서 내놓으라고 얼러댔다. 주인이 보기에는 전혀 문화재로서는 가치가 없는 물건이라도 자신들의 눈에 거치적거리면 가차 없이 빼앗아다가 파괴해 버렸다.

누가 보아도 문화재와는 전혀 상관없는 금붙이건만 반혁명적인 조선의 문화유산을 지녔다고 강탈해 갔다. 금붙이뿐만 아니라 은이던 작은 보석이라도 박힌 값나가는 물건은 모조리 문화유산 핑계를 대며 강탈해 갔다. 참다못한 주인이 이의를 제기하면 반혁명분자로 몰아넣은 뒤에 정도에 따라 테러를 가하거나 즉석에서 처형했다.

주인이 제출한 서적 이외에도 전혀 문화와 역사와는 관계가 없는 서적까지 눈에 보이는 대로 수거해 가지고 가며 내용을 검토해 보고 불량하지 않은 것은 돌려준다고 했지만 돌아온 것은 없었다.

조선족이 보는 앞에서 서적을 산더미처럼 쌓아 놓고 불을 질렀다.

책이라는 것은 가지고 있어서 좋은 것이 절대 못 되었다. 엄밀히 말하면 문화나 풍습, 국가적인 차원에서 보는 역사와는 크게 밀접하지 않은 개인의 족보도 마찬가지로 취급했다. 족보를 가지고 있다가 들키면 제국주의 잔재를 잊어버리지 못해 미련을 갖는 반혁명주의자라고 몰아붙였다. 족보에 적혀있는 이름들을 불러 대면서 이들이야 말로 제국주의시대에 인민을 수탈하던 부르주아의 표상이라고 했다. 족보를 가지고 있던 집안에 족보를 던져 넣고는 그 안에 사람이 있고 없고를 따지지 않고 집과 함께 불을 질렀다.

가문을 누구보다 중요시하던 조선족들에게는 보통일이 아니었다. 차마 족보를 불태울 수 없어 야음을 틈타 땅에 묻기도 했다. 그러나 땅에 묻다가 발각이 되면 반혁명분자로 낙인이 찍히고 즉석에서 처형당했다. 숨길 수도 없게 되자 차라리 족보에 적힌 조상을 욕보이는 것보다는 스스로 불에 태우는 것이 낫다고 하면서 불태우는 자들도 부지기수였다.

무려 50여 개가 넘는 소수민족 가운데에서 가장 심한 고통을 당한 민족은 누가 뭐래도 조선족이었다. 결국 초대 조선족 자치주장 주덕해는 그 핍박을 견디지 못해 스스로 죽고 말았다.

문화대혁명이라는 기치아래 벌인 마오의 권력 탈환은 조선족에게 그 전통과 뿌리를 송두리째 빼앗길 뻔한 희대의 사건이었다.

무려 백만여 명의 희생자를 낸 '홍위병' 사건은 삼천 년을 이어온 중국의 역사와 유물이 수도 없이 사라지게 한 그들만의 사건이 아니었다. 많은 소수민족, 특히 조선족에게는 돌이킬 수 없는 역사와 문화의 소멸을 가져다 준 사건이었다.

'홍위병'의 도움으로 사회분위기를 공포의 도가니로 몰아

넣으면서 절대자의 입지를 굳힌 마오는 계획했던 본론을 시작했다. 사회분위기를 공포로 뒤숭숭하게 만든 후 이루려던 권력구조의 마무리 작업을 시작했다.

10월이 들어서면서 마오는 자신에게 충성하지 않는 고위 공직자 사냥을 시작했다.

제8차 중앙위원회의에서 류샤오치를 당에서 영구 제명했다. 이미 유배된 그였지만 그대로 놓아두기에는 불안했다. 당에서의 제명을 통해 그를 권력에서 완전히 밀어낸 후 린뱌오를 당 부주석으로 임명했다. 린뱌오를 당의 권력서열 제2위에 올려놓으면서 자신의 영원한 전우라고 칭송했다.

그러나 마오쩌둥이 린뱌오를 영원한 전우로 칭송하는 시간도 오래가지 못했다.

린뱌오는 공산당 부주석 자리에 앉자 마오쩌둥의 개인 숭배사상에 더 박차를 가했다. 이미 벌였던 일이지만 자신의 자리를 확고하게 하기 위해 마오쩌둥의 의사에는 관계없이 자기 마음대로 일을 벌이고 만다.

마오가 맡았다가 실권을 잃어가면서 류사오치에게 넘어갔던 국가 주석의 자리를 복원하려는 시도다. 류샤오치 실각

이후로 폐지된 국가 주석직을 복원해서 마오를 국가 주석
직에 앉혀 온 인민들이 우러러 보는 마오쩌뚱을 만들자는
게 린뱌오의 생각이었다.

류사오치가 실권을 잡으면서 마오는 공산당 주석 자리만
유지했었다. 국가 주석과 중앙군사위원회 주석 자리는 류
사오치에게 넘어갔었다. 혁명이 성공하고 류사오치가 사라
졌으므로 군사위원회 주석 자리는 당연히 마오에게 되돌
아왔다.

그가 전에 가졌던 자리 중에 국가 주석 자리만 찾으면 된
다. 그가 국가 주석이 되면 당연히 린뱌오 자신을 국가 부
주석에 임명할 것이다. 그렇게만 되면 마오가 영원한 전우
라고 칭송해 준 자신의 위상이 더 높아질 것이라는 생각이
었다.

그러나 세상에 마음먹은 대로 되는 것이 흔치를 않다.

"린뱌오가 국가 주석을 부활하자고 한 것에 대해 어떻게
생각하세요?"

"별로 내키지는 않지만 린뱌오 나름대로는 내게 충성하는

것을 행동으로 보여주고 싶은 모양이던데?"

이미 공산당 중앙위원이자 중앙정치국 위원이 되어 있는 장칭의 물음에 마오쩌둥은 별일 아니라는 듯이 대답했다. 그러자 장칭이 자세를 바로 하면서 목소리에 힘을 주며 또렷이 말했다.

"린뱌오가 얼마나 대단한 전략가인지는 잘 아시지요?

국민당과의 내전 때 펑더화이가 도시를 점령해야 한다고 할 때 도시에서 철수할 것을 주장한 장군이에요. 농촌을 파고들어야 한다고 주장했죠. 그것도 만주 지역에서 농촌을 파고드는 아무도 생각하지 못했던 전략을 내놓았어요. 그 작전이 주효해서 결국은 우리 공산당이 승리했지요.

린뱌오의 전략이 얼마나 적중했는지 단적으로 보여주는 겁니다.

그가 내세운 국가 주석직 복원이라는 것을 잘 생각해 보실 필요가 있어요.

얼핏 듣기에는 주석 동지를 생각하는 것 같지만 그 반대일 수도 있다는 거예요. 주석 동지를 국가 주석에 모시면 자신은 당연히 부주석이 될 거라고 생각할 겁니다. 그런 후에 자신의 위상을 높여가겠다는 말도 되겠지요. 자신의 위상을 높이는 것으로 당연한 후계구도를 만들자는 것 아니겠어요?

국가 주석이라는 상징적인 자리에 주석 동지를 모셔놓고 당 주석 자리는 자신이 차지하려는 욕심도 배제할 수는 없을 겁니다. 지금으로서는 린뱌오에게 거칠 것이 없잖아요. 주석 동지를 제외하면 그의 앞을 막을 자가 없지요.

저우언라이 동지도 린뱌오를 영웅으로 알지 않습니까? 실제로 그가 국민당을 몰아내는 데 가장 큰 공을 세운 것은 혁명동지라면 누구든지 인정하는 사실이니까요.

내전 때 우리 당의 본부가 있던 옌안이 함락될 정도로 위급한 상황에 놓였을 때, 우리를 구한 거나 마찬가지죠. 린뱌오 동지가 만주에서 결정적 승리를 거두는 바람에 우리쪽으로 전세가 기울었죠. 그 여세를 몰아 린뱌오 동지가 1949년 베이징도 함락시키고 종국에는 장제스(蔣介石: 장개석)를 대만으로 쫓아냈으니까요.

지금 같은 상황에서는 그가 실권에 도전해도 반대하고 나서는 사람이 없을 겁니다. 군부를 꽉 움켜잡고 있는데다가,

인민해방군이 전에 당이 수행하던 역할을 떠맡아 효과적으로 중국을 통치해나가고 있으니까요.

그가 원하는 것이 주석 동지께서 상징적인 존재로 남기를 원하는 것인지, 아니면 진심으로 주석 동지를 인민들의 영원한 영웅으로 모시려고 하는 것인지는 주석 동지께서 파악하실 일 아니겠습니까?

아직 주석 동지께서 건재하신데 만일 자신의 집권을 염두에 둔 행동이라면 고려해 봐야지요."

장칭은 기껏 자신이 고생해서 만든 일의 성과를 린뱌오가 독식하려는 것 같았다.

문화대혁명을 기획하고 실행한 덕분에 자신을 비롯한 왕훙원, 장춘차오, 야오원위안 등 모두가 중앙당에 진출하는 커다란 성과를 거두기는 했지만 린뱌오에 비하면 그 보상은 보잘 것 없다는 생각이 들었다.

나아가서 이제는 자신들 네 사람도 모두 중앙위원이나 정치국 위원으로 활동하고 있다. 조금만 더 마오의 그늘에서 세를 다지면 마오 이후의 자리에 장칭 자신이 다가서지 못하라는 법도 없다.

슬그머니 화가 난 장칭은 한마디를 덧붙였다.

"펑더화이 동지도 당신이 그렇게 믿었건만 결국 당신에게 비수를 꽂았습니다. 누가 당신의 뒤를 노리고 있는지는 속내를 들여다봐야 알 일이지만, 사람이야 다 일인자가 되고 싶어 하는 것 아니겠습니까?"

마오쩌둥은 장칭의 마지막 말마디가 생선가시가 목에 걸리듯이 가슴에 맺혔다.

그때부터 린뱌오가 주장하는 것들은 마오쩌둥이 제동을 걸었다.

마오쩌둥은 장칭의 말을 듣고 과연 어느 것이 린뱌오의 진심일지를 고민해 봤다.

이제까지 경험에 의하면 혁명으로 맺은 동지라고 해도 권력 앞에서는 믿을 사람이 없었다. 린뱌오 역시 마찬가지라는 결론을 내릴 수밖에 없었다. 린뱌오가 자신의 자리를 노린다는 생각이 들기 시작하자 그의 활동영역을 줄이기 위해서라도 그가 하는 일에는 일단 한 번 제동을 걸고 다시 생각해 보았다.

린뱌오라고 그런 마오의 행동을 눈치 못 챌 리가 없다. 린 뱌오는 마오가 자신을 경계하고 있다는 것을 알게 되자 초조해졌다. 이제껏 마오 자신의 뜻이던 아니면 타의에 의해 그리되던 간에 2인자 자리에 오르는 자는 얼마 가지 않아서 제거되었다. 자신도 펑더화이나 류사오치처럼 2인자는 제거된다는 전철을 밟을 것 같았다.

1971년 9월.

온갖 소문이 다 돌았다.

린뱌오가 마오를 제거하려 했는데 해를 입히기는 했지만 죽지는 않았다는 둥, 사전에 정보기관이 정보를 입수하는 바람에 린의 쿠데타가 실패했다는 등의 소리가 공공연하게 퍼져나갔다. 린뱌오가 거사를 위해 별도의 정예 요원을 군부대에서 훈련시켜 투입할 정도로 치밀했다는 소문도 돌았다. 소문이 하도 무성해서 어디까지가 진실이고 어디까지가 거짓인지 구분도 안 갈 정도였다.

무성한 소문을 종합해 보면, 자신이 제거당할 것을 짐작하고 초조해진 린뱌오가 당시 공군부장으로 있던 자신의 아들과 군부를 데리고 쿠데타를 모의하고 실행했다는 것이다. 그러나 마오를 제거하는 데 실패해서 린뱌오와 부인, 아들과 핵심 보좌관들이 소련으로 도피하려고 했다. 그러나 비행기가 몽골에서 추락해서 탑승자 전원이 사망하는 바람에 시체도 찾을 수 없는 상황이라는 것이다.

반면에 린뱌오가 쿠데타를 모의한 것이 아니라, 이제껏 마오가 해오던 그대로 2인자 린뱌오를 제거하고 만들어낸 구실이라는 말도 돌았다.

"린뱌오가 마오를 중국에 있는 단 하나의 위대한 지도자로 연설을 하고 난 후 '홍위병'이 일어섰다. 군부가 절대 그들을 탄압하지 않겠다고 선언하는 바람에 이 일이 일어난 것이다.

'홍위병'이 일어난 뒤에도 인민해방군이 그들에게 무력을 사용하지 못하게 해서 마오가 실권을 찾게 해 준 것이 린뱌오다. 마오가 실권을 찾자 린뱌오가 2인자로 부상했지만 그를 시기하고 질투하는 세력이 있었다.

바로 장칭을 비롯한 그의 동지들로 소위 '4인방'이라 부르는 장칭, 왕훙원, 장춘차오, 야오원위안이다.

그들은 린뱌오가 국가 주석 복원을 추진한 것이 마오의 퇴진을 압박한 것이라고 했다. 국가 주석직을 복원해 마오는 상징적인 존재로 앉혀 놓고 실권은 린뱌오가 주무르겠다는 뜻이라고 마오를 꼬드겼다. 군부의 세력을 두려워한 마오가 그 말을 믿고 선수를 친 거다."

거기다가 한 발자국 더 나간 사람들은 드러내 놓고 하지는 못해도 더 심하게 평했다.

"문화대혁명이라는 이것 자체가 권력투쟁이지 무슨 문화대혁명이냐? 이건 오히려 중국 문화를 대대적으로 파괴하고 말살한 것이다. 마오를 우상화하려는 수단에 지나지 않는 것이다.

지금 대학이 학생들을 뽑지 않는다. 과연 이 상태로 중국의 미래가 있다고 장담할 수 있겠는가? 누구를 위한 혁명이었는지 생각해 봐야 한다. 마오가 린뱌오를 등에 업고 실권을 찾은 후 린뱌오를 제거하는 것 자체가 자신이 죽을 때까지 중국을 지배하겠다는 것이다. 나아가서 죽은 후에는 자신의 젊은 부인인 장칭이 권력을 승계하게 하려는 것이다.

이건 제국주의인 청나라 방식이다. 이런 일은 있을 수 없다. 혁명정신을 계승하기 위해 벌였다는 제2의 혁명이 단순한 권력투쟁일 뿐이다. 무려 100만이 넘는 인민을 죽음으로 몰아넣은 이 혁명이 권력투쟁이었다면 중국의 미래는 과연 무엇인가?"

그러나 그런 정황을 정확하게 알 수 있는 사람은 없었다.

한 가지 확실한 것은 같은 달 11일 이후부터 린뱌오와 그를 추종하던 자들은 공식 석상에는 나타나지 않았고 약 20여 명의 육군 장성들이 체포되었다. 그리고 9월 30일에 린뱌오의 사망을 공식적으로 발표하면서 그해 10월 1일 중화인민공화국 건국을 기념하는 국경절 행사도 취소했다.

세상은 항상 양과 음이 공존한다.

음과 양은 어느 것이 좋고 나쁜지의 기준은 없다. 반드시 옳고 그름을 가릴 필요 없이 서로 받쳐주는 존재로서의 음양이 세상을 지탱시켜주는 가장 큰 축이다. 그러나 사람들은 그렇게 생각하지 않는다. 음양의 이치는 반드시 옳고 그름 중 하나를 선택해야 하는 것이 이치라고 생각한다. 밝고 어둠의 근원이 다르기에 그 색깔을 가려야 한다는 것이다.

사람들은 흑백논리에 젖어 서로 자신이 옳다고 주장하지만, 정작 누가 옳은지 모르는 채 지나가기도 하고, 가려지기도 하지만 그게 꼭 옳았는지는 결과를 보고도 알 수 없다. 세월이 한참 흐른 후에 멀리 숲 밖에서 숲을 들여다보는 후손들이 알 수 있는 것이다.

그럼에도 불구하고 사람들이 굳이 음양의 획을 옳고 그름으로 긋겠다는 것은, 인간 깊숙이 자리 잡고 있는 욕심이 그 대답일 것이다.

장칭은 자신의 의도대로 린뱌오가 제거된 것에 대해서 아주 만족스러웠다.

당장 자신이 나섰을 때 문제가 생긴다면 언론인 출신 중의 누군가를 먼저 내세우고 난 후 다음을 노릴 수도 있다. 어떻게든 4인방 세력 중 한 사람이 자리만 차지하면 마오가 뒤를 봐 주면서 자동으로 권력 승계가 될 것 같았다. 무려 30여 년을 준비한 세월이 결코 아깝지 않을 뿐만 아니라 그동안 기다리면서 노력해 온 보람을 느꼈다.

린뱌오 사건이 국경절 행사를 취소할 정도로 커다랗게 부각되면서 진상조사위원회를 구성했다. 진상조사위원회 구성원을 발표하는 날 당 간부들의 눈은 일제히 그곳으로 집중되었다. 위원장은 당연히 총리인 저우언라이가 맡을 것이다. 그렇다면 실무자는 누구라는 말인가? 사람들은 실무를 맡을 인물이 누구로 발표될 것인지에 촉각을 세웠다.

마오쩌둥이 제거한 2인자의 죽음에 대한 진상을 밝히는 임무다. 지금 상황으로는 그 임무를 맡는 자야말로 마오쩌둥이 가장 믿는 사람이다. 여차해서 진상조사위원회의 결과가 쿠데타 음모설을 일축하는 날에는 마오쩌둥도 치명타를 입을 것이다.

아직 끝나지 않은 문화대혁명이, 단지 마오쩌둥이 권력을 탈환하고 자신의 아내인 장칭을 4인방이라는 얼굴도 낯선 젊은 인사들 틈에 섞어 정치 전면에 선보이기 위한 불필요한 운동이라는 혹평이 쏟아질 것이다. 그런 정치적인 위험과 부담을 최소화하기 위해서라도 자신이 가장 믿는 사람을 그 자리에 세울 것이다.

그렇다고 4인방 중의 하나는 못 세운다. 4인방의 존재를 이미 모든 인민들이 알고 있기에 자칫 잘못하다가는 오히려 역효과만 내고 만다. 4인방과 마오의 못된 계략에 인민들과 젊은이들이 놀아난 것이라고 들끓는 날에는 걷잡을 수 없어서 문화대혁명 이상의 혁명이 불어 닥칠 수도 있다.

진상조사단 구성원이 발표되기를 고대하던 사람들에게 들리는 이름은 아주 낯선 이름이었다.

화궈펑.

문화대혁명이 일어나자 후난성 혁명위원회 부주임으로 후난성에서 혁혁한 공을 세운 것을 인정받아 1969년 중국공산당 제9기 중앙위원으로 중앙무대에 처음 발을 디딘 인물이다. 그의 이름조차 생소한 이들도 있었다. 이제 나이도 오십이니 창창하다.

도대체 저 사람에게 무슨 근거로 마오쩌뚱이 린뱌오 사건처럼 커다란 사건의 진상조사위원회 서기를 맡긴 것인지 모두가 궁금할 뿐이었다. 다만 한 가지 마오쩌뚱이 저 사람을 보아온 것이 하루 이틀이 아닐 것이다. 그리고 믿는 사람이니 그를 선택한 것이다. 그렇다면 아직 나이도 젊은 것으로 보아 저 사람이 마오가 내심 작정한 후계자일 수도 있다.

마오의 나이가 78살이다. 저렇게 젊은 사람이라면 마오 자신이 하고 싶을 때까지 권력을 누린 후에 물려줘도 될 만한 나이이다. 그렇기에 저 사람을 선택한 것일 수도 있다고 자기들끼리 모여 수군대기도 했다.

권력의 힘은 대단한 것이다. 더더욱 실세라고 부상하면, 오물을 잠시만 방치해도 어디서 날아왔는지 모르게 파리가 꼬이듯이 사람들이 꼬인다.

그렇게 모여드는 사람들 중 많은 이들이 자신의 모습을 바로 보지 못한다. 자신들은 꽃에서 꿀을 따는 꿀벌이라고 착각한다. 처음에는 꿀벌로 모여들었다가 어느 순간 오물에 모여드는 파리로 변하는 자신을 미처 깨닫지 못하기 때문이다.

화궈펑이라는 이름이 세간에 오가는 횟수만큼, 권력을 지향하는 이들에게는 가까이하고 싶은 인물로 다가가고 있었다.

10. 화궈펑의 무혈 쿠데타

화궈펑이 린뱌오 사건 진상조사위원회 서기로 발표되던 날.

"화궈펑이라는 그 사람은 오래 전에 주석 동지께서 말씀 하신 적이 있지요? 그래서 저도 유심히 살펴보았는데 결단 력이나 큰 힘이 없어 보이던데 그런 사람을 진상위원회 서 기로 임명해도 지장이 없겠어요?"

장칭은 내심 불만이 컸다.

자신과 함께 일해 온 왕훙원을 비롯한 사람도 셋이나 있 다. 그들도 제9기 중앙위원으로 화궈펑과 같이 중앙무대에 발을 디뎠다. 게다가 젊기로 말하자면 왕훙원은 화궈펑보 다 무려 14살이 적은 한참 새파란 36살이다.

"그랬었지. 아주 진취적인 젊은이라고 했잖소?

당신에게 소개를 해 주고 싶었는데 당신과 같이 중앙위원이 되어 자연히 알게 되었잖소?

그 동지가 겉으로는 그래 보여도 속이 얼마나 당찬 동지인 줄 아시오?

나와 두어 번 만난 후였는데 저 총리와 덩샤오핑 등이 함께한 자리에서도 자신의 의사를 정확히 밝힌 동지요. 그것도 만주 땅을 보물이라고 하면서.

나와 당에 대한 충성심도 절대적이지.

이번 일에는 적임자라서 내가 임명한 거요.

왜?

4인방 중 하나가 그 자리에 서지 못해서 섭섭하오?

섭섭해 하지 마시오.

정치라는 것이 당장 무얼 할 수 있을 것 같아도 그렇지 못한 법이오. 기반이라는 것이 있어야 하고 지지자라는 것이 있어야 할 수 있는 게 정치요. 특히 우리 공산당처럼 서열이 확실하고 투쟁이 심한 곳에서는 더더욱 그렇소.

화궈펑이야 누가 보아도 아직 중앙에는 이렇다하게 잘 아는 사람도 없는 인물이오. 자신이 잡을 끈도 없지만, 자신이 풀어놓을 끈은 더 없는 사람이라는 것을 당 중앙위원 이상이라면 다 아는 거나 진배없소. 누구와도 끈이 닿지 않는 그에게 사사로운 정에 얽매이지 말고 이번 일을 잘 처리하라고 맡긴 것이라 생각할 거요. 물론 내가 아주 신뢰하는 사람이라는 것쯤이야 알겠지만 그게 무슨 소용이요. 나랑 그가 짜고서 일을 처리하는 것이라고 누가 감히 말하겠소?

내게도 다 생각이 있어서 그리한 것이오.

지금 당신을 내세워보시오?

대번에 안 봐도 빤한 결과를 내기 위한 행위라고 할 것 아니오. 4인방 중에서 당신을 제외한 나머지 셋 중 하나를 내세워도 결과는 마찬가지요.

더더욱 당신을 지금 내세우지 못한다고 다른 세 사람 중 하나를 내세우는 것은 극히 잘못하는 정치요. 지금은 그 모임에서 당신이 내 아내라는 이유만으로도 두각을 나타내며 지도자로 활약하지 않소? 그런데 그 좋은 위치를 왜 남에게 주려하오.

만일 다른 사람이 이번에 조사위 서기를 맡았다고 가정합시다. 내가 그 사람을 믿고 당신이 그 사람을 후원한다고 모두가 생각할 거요. 당연히 그 사람에게 관심이 갈 것이고 작으나 크나 권력은 그리로 모이게 되는 법이요. 당신은 남들의 기억 속에서 뒷전으로 물러나 그저 지원하는 존재로 남는 거요.

당신이 가지고 있는 그 모임의 지도자 권한도 당연히 권력이 모이는 자리로 가겠지."

마오의 말을 들으니 그럴 것 같기도 했다. 권좌에 앉아 있을 때가 왕이다. 건강이 나빠도 죽을 때까지 그 자리에 앉아 있어야 왕으로서의 존재가치가 있다. 공연히 좋은 마음 먹고 건강을 핑계로 왕위를 물려준다고 해도, 물려받은 이는 불안해서 자신에게 왕위를 물려준 사람을 유배하거나 아니면 죽인다. 그런 역사는 수도 없이 봐왔다.

장칭의 마음을 읽었는지 마오가 말을 이었다.

"적당한 때가 오면 화궈펑을 총리로 임명해서 국정 실무를 담당하는 선으로 마무리를 지으려고 하오. 저우언라이처럼 영원한 총리로 사는 것이 그에게는 맞을 거요.

공연히 그가 당신 동지들 자리라도 빼앗은 것처럼 미운 마음 갖지 말고 잘 지내시오. 당신이 후계자로 부상할 수 있는 조건을 만들어 줄 사람이요.

빈말이 아니라 그 동지는 총리로 임명될 만한 자격이 있소.

젊은 나이에 후난성에서 240Km에 달하는 수리관개용 수로 공사를 지휘해서 완공시키는 저돌적인 힘도 보여줬소.

지난 1969년에 소련과 국경분쟁으로 무력 충돌이 났을 때에는, 그가 훨씬 전인 1964년에 충고한 대로 조선족 병사들을 그 자리에 세웠었소. 그들을 총알받이로 썼더니 효과가 있더라고. 우리 한족은 다치지 않고 반면에 조선족들은 그 바닥이 자기들이 모여 사는 곳과 밀접한 관계가 있으니까 아주 투쟁적이었다는 보고를 받았소.

여러 가지 많은 예를 들 수 있지만 경제와 군사 두 가지만 들어도 대충 감이 오지 않소?

그 정도 능력을 가진 젊은 동지가 나왔으니 저우언라이도 앉아있는 자리에서 해방시켜야 하지 않겠소?"

마오쩌뚱은 저우언라이도 자신의 경쟁자가 될 수도 있다는 생각을 줄곧 해 왔었다. 다만 그 누구에게도 말을 하지 못했을 뿐이다. 아내인 장칭에게, 인간 마오쩌뚱을 사랑하고 싶어서 30년을 참았다는 그녀에게만 털어 놓을 수 있었다.

그러나 장칭에게 그런 말은 중요하지 않았다.

그녀에게는 마오가 자신을 후계자로 부상시키기 위해 화궈펑을 중용하기 시작했다는 그 말만이 들렸을 뿐이다. 이제는 정말 올 것이 자신의 아주 가까운 곳까지 왔다고 확신했다.

세상이라는 것이 참 묘한 이치로 움직인다.

자세히 들여다보면 절대적인 것이 없다. 공평한 듯 불공평하고 불공평한 듯 공평하다. 권력을 가진 사람이 생각하는 대로 모든 것이 될 것 같아도 그렇지가 않다. 만일 그렇게 된다면 그 반대편에 있는 사람은 사는 재미도, 사는 의미도 느끼지 못할 것이다. 그렇기에 하느님은 변수라는 것을 집어넣어 한쪽 편만 들어주시지 않는가보다.

장칭은 자신의 바람대로 순풍에 돛달고 아주 편안하게 항해를 하고 있다고 스스로 자평했다.

장칭과 손잡고 상하이에서 문혁을 적극 지지하는 모임인 '상하이노동자혁명조반총사령부(上海工人革命造反總司令

部)’를 이끌다가 1969년 중국공산당 제9차 당대회에서 중앙위원에 선출된 왕훙원이 두각을 나타내기 시작했다. 그는 문화대혁명이 시작되기 전에 장칭과 뜻을 모으고 문화대혁명이 시작되자마자 1966년 상하이에서 ‘조반파(造反派)’라는 문화대혁명을 지지하는 모임을 조직하여 ‘상하이 노동자혁명조반총사령부’라고 부르며 그 모임을 이끌던 이다. 그가 베이징 정가에 나서자마자 빠르게 승진하여 불과 몇 해만에 공산당의 부주석에 올랐다.

장칭은 이 모든 것이 자신과 미리 앞날을 설계한 마오의 계략이라는 것을 잘 알고 있다. 이제 마오의 의중대로 나머지만 정리하면 된다.

다만 저우언라이를 정리하겠다던 마오의 뜻과는 다르게, 이전에 실각했던 덩샤오핑이 저우언라이의 추천으로 부총리에 복귀하여 정부의 일일 업무를 관장한다는 것이 마음에 걸렸다. 문화대혁명의 후유증으로 인재들이 많이 자리를 비우다 보니 적당한 사람이 없어서 어쩔 수 없는 결과이기는 해도 장칭에게는 불안을 가져다주는 요소였다.

마오쩌둥은 그런 장칭의 불안한 마음을 덜어주는 유일한 존재였다.

이미 4년 전에 세운 계획 그대로 1975년에는 화궈펑을 국무원 제1부총리에 임명했다. 당내 서열도 6위가 되었다. 장칭이 주석직에 오르는 일을 도모하게 할 것이라는 마오의 말이 그대로 이루어지고 있었다.

장칭은 총리인 저우언라이와 함께 덩샤오핑만 제거하면 권력이 손아귀에 들어올 것 같았다. 무언가 일을 꾸며서라도 저우언라이를 제거해야겠다고 생각하면서 묘안을 내던 중이다.

1976년 1월 8일, 저우언라이가 방광암으로 사망했다.

장칭은 드디어 하늘도 자신의 권력 편에 섰다고 확신했다.

저우언라이는 1973년 "비림비공(批林批孔)"이라는 이름 하에 린뱌오와 공자를 비판한다고 하면서 은유적으로 비판하는 운동까지 했지만 제거에 실패한 인물이다. 문화대혁명이라는 탈을 쓰고 권력투쟁을 벌이던 정치권에 실망한 인민들이 등을 돌렸었다.

그렇게도 눈에 가시 같던 저우언라이를 하늘이 제거해 준 것이다. 누가 보아도 장칭의 시대가 올 것이라고 확신할 것이다. 화궈펑을 이용해서 자신이 권력을 손아귀에 넣는 마오의 시나리오가 익어가고 있다고 마음속으로 얼마나 환호했는지 모른다.

그런 장칭에게 더 반가운 일이 일어났다.

저우언라이의 뒤를 잇는 총리 대리에 화궈펑이 임명된 것이다. 당시 당에서는 누구라도 총리 대리는 왕훙원이 될 것이라고 믿었었다. 막상 화궈펑이 임명되자 다들 어리둥절한 표정이었다. 이제까지 이렇게 후계구도가 왔다갔다 흔들린 적이 없었다. 비록 2인자로 낙점을 받았다가 제거를 당하기는 했지만 후계구도 자체가 짐작도 못할 정도로 흔들린 적은 없다.

사람들이 어리둥절할 때 장칭만은 스스로 만족해했다. 이 모든 것이 마오와 자신이 계획한 장칭의 날들을 위한 것이다. 전혀 예측 할 수 없던 후계구도를 만들어서 결국은 마오가 정계를 떠나기 직전 장칭의 손을 들어주면 된다.

남은 것은 덩샤오핑 문제뿐이다. 덩샤오핑만 제거하면 그 누구도 거칠 것이 없다.

왕훙원은 이번 인사에서 스스로 그만 멈춰서야 된다는 것을 깨달았을 것이다.

화궈펑은 마오의 말 그대로 잡을 끈도 뿌릴 끈도 없는 사람이다. 누구라도 예상치 못하는 순간에 장칭 자신이 후계자로 등장만 하면 되는 일이다.

그러나 그건 장칭 혼자만의 생각이었다.

화궈펑이 린뱌오 사건 진상조사위원회 서기를 맡으면서 실세로 부상하던 그 순간, 잡을 끈도 뿌릴 끈도 없던 예전의 화궈펑은 이미 존재하지 않는다는 것을 장칭은 간과하고 있었다.

한편 총리 대리와 당 제1부주석이라는 감투를 한꺼번에 쓴 화궈펑은 자신을 가만히 돌아보지 않을 수 없었다. 자기 나름대로는 아주 오래전부터 오늘을 만들기 위해 계산된 행동을 했었다.

대약진운동에서 마오쩌둥의 실패가 비난을 받는 것 이상

으로 마오 자신이 괴로워하는 것을 알고, 그의 고향인 후난성에서 무리하게 농수로 사업을 벌여 우여곡절을 겪으면서 성공리에 끝마쳤다.

그 덕분에 기라성 같은 당 간부들이 모인 저녁식사 자리에 설 수 있었고 마오에게 직언을 할 수 있었다. 만주라는 보물을 조선에 넘겨주는 대신에 조선족을 활용할 방안을 제시했다. 그 덕분에 마오의 눈에 들어서 여러 가지 특혜를 받았다.

그 보답이라도 하겠다는 듯이 문화대혁명에서는, 자신이 생각해도 미친 짓인 줄 알면서도, 누구보다 더 열심히 뛰었다. 전통과 문화를 누구보다 더 많이 부셔버렸다. 마오의 어록을 줄줄이 외면서 자신만이 아니라 주변의 모든 사람을 입만 열면 마오의 어록을 예로 들어서 말하도록 했다.

그 보답으로 주어진 자리다.

그러나 보답으로 주어진 자리라기에는 너무 갑작스럽다. 모두가 예상한 것들을 뒤엎는 일 뿐이다. 린뱌오 사건을 조사할 때 주어진 직책은 화궈펑을 중앙무대에서 주목받게 하기 위한 것인 동시에 마오 자신을 위한 것이기도 하다. 하지만 이번 일은 경우가 다르다. 이제까지의 선례를 한꺼번에 무너뜨린 것이다. 분명히 무언가 있다.

한 번 올라앉는다고 끝까지 가는 것이 아니라는 것을 벌써 여러 차례 보아왔다. 자신 역시 그런 희생양이 되는 과정일 수 있다는 생각이 지워지지 않았다.

장칭과 화궈펑이 서로 다른 잣대로 주어진 자리를 재고 있을 때 장칭에게는 정말 두 번 다시 올 수 없는 좋은 기회가 다가왔다.

저우언라이의 죽음에 대한 인민들의 응답이었다. 4인방의 위세에 눌려 저우언라이의 죽음도 제대로 애도하지 못하던 인민들이 청명절을 맞아 4월 4일 톈안먼(天安門: 천안문)으로 몰려들었다.

베이징 인민들은 톈안먼 광장의 저우언라이 자필 비문이 새겨져 있는 기념비로 향했다. 그들은 헌화하면서 저우언라이의 중국 발전에 관한 노력에 감사하며 오열했다.

장칭은 이야말로 덩샤오핑을 제거할 더 없이 좋은 기회가 왔다는 것을 직감했다.

베이징시 당국에 지시해서 기념비에 바친 꽃들을 모두 철거시켰다. 다시 알몸을 벗은 기념비로 만들었다.

다음날 베이징 시민들은 격노했다.

중국이 국제사회에서 위상을 갖추게 하고 중국 경제 발전을 위해 일생을 바친 저우언라이에게 청명절을 맞아 헌화하는 것까지 막은데 대한 분노는 폭동으로 이어졌다. 인민들은 건물과 자동차 등에 방화를 하는가 하면 장칭과 야오원위안 등을 비판하는 대자보와 현수막이 내걸리기도 했다. 장칭은 오히려 잘 됐다는 계산하에 공안당국과 군으로하여금 이 사건을 마오 주석에 대한 정면 도전으로 받아들여 철저하게 탄압하도록 지시했다.

시위가 진압되자 그 화살은 덩샤오핑에게 쏟아졌다.

덩샤오핑이 저우언라이가 죽은 후 자신이 총리대리에 임명되지 못한 것에 대한 앙심을 품고 조종한 것이라고 몰아붙였다. 결국 장칭이 그렇게도 눈에 가시처럼 여기던 덩샤오핑은 4월 7일 모든 직무를 박탈당하며 물러나지 않을 수 없었다.

그리고 며칠 후 이제까지 총리대리로 있던 화궈펑은 정식으로 중국 국무원 총리가 되었다.

덩샤오핑의 두 번째 실각과 함께 장칭과 화궈펑은 서로 다른 계산을 시작했다.

장칭은 5년 전 마오가 한 이야기를 떠올렸다.

'적당한 때가 오면 화궈펑을 총리로 임명해서 국정 실무를 담당하는 선으로 마무리를 짓는다. 그가 당신이 후계자로 부상할 수 있는 조건을 만들어 줄 사람이다.'

이제 마오가 장칭 자신을 후계자로 만들기 위한 마지막 수순에 접어든 것이다.

만약에 마오안잉이 조선에서 전사하지 않았다면 자신에게 이런 기회도 오지 않았을 것이다. 마오쩌둥이 마오안잉을 조선에 파병한 것 자체가 영웅으로 만들어 정권의 중앙에 우뚝 세우려던 속셈을 누구보다 잘 아는 장칭으로서는 절대 오지 않을 기회를 잡았다는 것을 인정하고 있다. 이모든 것을 종합해 보면 자신은 하늘과 조상들이 점지해 준마오의 후계자라는 생각이 들면서 어깨마저 으쓱해졌다.

다만 한 가지 마음에 걸리는 것은 그렇지 않아도 지병을 앓던 마오의 병이 아주 심각해 졌다는 것이다. 제발 마오가 자신이 쓴 각본대로 후계 구도를 완성할 때까지 건강하게 살아야 할 텐데 그게 걱정이다.

장칭이 스스로 만족하고 있을 때 화궈펑은 나름대로 자신을 다졌다.

국무원 총리로써 매일 마오쩌뚱을 만나 정례 보고를 한다는 점을 이용해서 무언가 만들어야 한다고 다짐했다. 요즈음 들어서 부쩍 심해진 마오의 병세가 호전될 기미가 보이지 않는다. 언제 일을 당할지 모르는 상황에 최소한 화궈펑 자신을 보호할 수 있는 무언가는 만들어야 한다.

그동안 돌아가는 모습을 보니 자신이 왜 이 자리에 서 있는지 알 수 있었다. 장칭을 후계자로 세우기 위한 마오의 선택이다. 물론 처음부터 그랬던 것은 아니다.

처음에는 마오에 대한 충성의 보답으로 자신을 중요한 자리에 기용하고 싶었을 것이다. 하지만 그동안의 사건을 겪으면서 장칭을 후계자로 내정하고, 자신을 교두보로 삼아 장칭에게 권력을 넘기면 그 후에는 장칭이 알아서 하리라고 믿었을 것이다.

그러나 장칭은 마오가 아니다.

장칭이 권력을 잡고 나면 이 자리를 보장할 수 없다. 자리는 고사하고 목숨을 보존한다는 보장도 없다. 장칭과 손잡고 일을 벌인 자들만 해도 장칭을 제외하고도 세 명이다. 자리는 이미 그들에게 배정된 것이다. 더욱이 최고 권력자와 밀접하게 부대끼는 총리자리야말로 자신의 몫은 아니다. 저들이 수를 쓰기 전에 자신이 먼저 수를 만들어야 한다.

문화대혁명이 자신의 권력을 사수하기 위한 마오의 무의미한 운동이었다는 것을 인민들도 알고 있다. 4인방에 대한 평가 역시 인민들이 별로 반기지 않는다는 것도 그가 각오를 다지는 데 힘을 실어줬다.

자기 스스로를 다지며 머리를 굴리던 화궈펑에게 드디어 기회가 왔다.

마오의 병세가 점점 악화되어 말을 하지 못하고 필담만 겨우 할 정도였다. 이 기회에 필담을 받는다면 후계자가 정해

지지 않은 상황에서 자신의 위치를 확고히 할 수도 있다.

1976년 4월 30일.

마오쩌뚱에게 일일 업무보고를 하고 중요 현안을 논의하러 병실을 찾은 화궈펑의 얼굴에는 비장한 각오가 서려 있었다.

"주석 동지. 미국과의 문제입니다.

이미 고인이 되신 저우언라이 동지께서 시작하신 일이기는 하지만 마무리를 해야 할 것 같습니다. 그렇지 않으면 미국이 대만과 더 확고한 관계를 맺을 것이고 우리는 국제사회의 고립을 자초할 것입니다. 어떤 조치를 내려야 할 일입니다."

마오쩌뚱은 펜을 들어서 짧게 썼다.

"당신이 하면 나는 안심이다."

마오는 분명히 외교문제를 알아서하라고 한 이야기다.

이미 1964년에 만주를 돌려주려고 할 때 거침없이 반대를 하며 나선 사람이 화궈펑이다. 그때 마오가 받아들이지 않았으면 지금 이 자리에 서 있기는커녕 농촌 어느 구석에서 노역을 하거나 아니면 이미 죽은 목숨일 수도 있다. 그런데도 불구하고 중국을 위해 서슴없이 자신의 모든 것을 걸고 자신의 의견을 이야기한 인물이다. 240Km 수로 건설의 기백도 좋았지만, 그때 그 모습을 보고 자신이 마음에 새긴 인물이기도 하다. 당연히 외교적인 것은 그를 믿어도 된다는 생각이었다.

마오가 그런 마음으로 '당신이 하면 안심'이라는 글을 쓰는 순간 화궈펑의 얼굴에는 희색이 돌았다.

이 글 자체가 자신의 일생을 책임져 줄 글이 될 것이다.

나를 신뢰하고 내가 하면 안심이라는 이 말이 외교적인 것에 국한된 것인지 아닌지는 아무도 모른다. 나와 말 못하는 마오쩌둥만이 아는 일이다. 내가 하면 안심이라는 이 글은 내가 후계자 문제를 말하니까 마오가 한 말이라고 하면 그만이다. 그렇다고 마오가 이 글을 가지고 내가 미국 이야기를 해서 그것에 대한 대답을 했을 뿐이라고는 못 한다.

지금 상황에서 그 사실 여부를 확인할 사람도 없다. 건강이 온전치 않아 아내 장칭과 화궈펑을 제외하고는 다른 사람들은 잘 만나지도 않는다. 자신의 건강이 악화되어 말도 못하는 것을 아는 순간 어떤 해를 입을지 모른다는 것이 마오의 생각이다.

안심한다는 그 말의 의미는 화궈펑이 사용하기 나름이다. 자신은 모두의 예상을 뒤엎고 마오가 총리에 임명한 사람이다. 이번에도 그런 경우라고 받아들일 것이다.

화궈펑은 그날부터 자신의 판단하에 장칭의 4인방이 모르게 은밀히 정치국원들과 중앙위원들을 비롯해서 당의 곳곳에 그 종이를 내밀며 파고들었다. 마땅한 후계자도 없는 상황에서 화궈펑이 내미는 마오의 친필을 본 그들은 망설일 이유가 없었다.

아무리 은밀하게 한다고 해도 오래갈 수는 없다. 그 소식이 장칭의 4인방 귀에 들어가지 않을 수 없는 일이다.

소식을 듣는 순간 장칭은 세상이 무너지는 것 같았다. 화궈펑을 총리로 임명해 장칭의 권력을 만들겠다던 마오의 각본이 눈앞에서 무너져 내리는 순간이다. 그렇다고 이대로 주저앉을 수는 없다. 장칭은 전열을 가다듬어 4인방과 함께 화궈펑을 공격하기 시작했다. 그러나 4인방의 그 누구도 중앙정치의 경력이나 역량이 부족하기 그지없었다. 역부족이라는 생각까지 들어가는 중인데 결국 막을 내리는 사건이 발생하고 말았다.

1976년 9월 9일.

마오쩌둥이 83세로 세상을 떠났다.

장칭은 하늘이 무너지는 것이 바로 이런 것임을 알 수 있었다. 남들이 하늘이 무너진다는 소리를 하면 그게 무얼 의미하는지 몰랐었다. 그런데 막상 겪고 보니 바로 이런 경우를 말하는 것임을 쉽게 알 수 있었다.

마오가 사망하자 4인방에 대한 시선은 아주 싸늘했다. 문화대혁명이 의미 없는 혁명이라고 평가되기 시작하면서 받던 시선보다 훨씬 싸늘했다. 이대로 있으면 안 될 것 같았다.

4인방은 살 길을 모색하기 시작했다. 그들은 자신들이 살 길을 모색한답시고 반기를 드는 것이 점점 더 죽음에 가깝게 이끈다는 것을 미처 모르고 있었다.

그들이 미처 자신들의 탈출로를 모색도 하기 전에 화궈펑은 예젠잉(葉劍英: 엽검영), 리셴녠(李先念: 이선념) 등 원로들의 지지 속에 마오쩌둥의 경호를 맡아 오던 왕둥싱(汪東

興: 왕동흥)을 포섭했다. 마오가 마련해 준 자리에서, 그가 손에 쥐어준 권력을 바탕으로, 그가 세웠던 각본을 대폭 교체하기로 했다. 결국 4인방은 왕둥싱 휘하의 중앙경호부대에 의해 저항 한 번 해보지도 못한 채 모두 체포되었다.

화궈펑은 4인방을 제거함으로써 명실상부한 중국 최고 권력을 손에 쥐고 공산당 중앙 위원회 주석 자리에 올랐다. 비록 공산치하라고 하더라도 인민들은 안다. 지금 자신들이 겪고 있는 일들이 누구를 위하여 벌어지는 일들인 지를.
4인방은 인민을 무시한 자신들의 과오에 대해 보답을 받은 것뿐이다.
기나긴 투쟁의 여정은 끝나고 이제 새로운 세상이 열릴 것 같았다.
그러나 시작은 항상 끝을 만들고 끝은 반드시 시작을 알리는 것이 세상 사는 이치다.

11. 환단고기와 동북공정의 시작

1981년 5월.

기나긴 여정을 끝내고 중국을 손아귀에 넣은 지 5년여가 된 화궈펑은 중난하이 자신의 집무실에서 덩샤오핑이 도착할 시간이 되자 자신도 모르게 다가오는 초조함을 감출 수 없었다.

화궈펑은 자리에서 일어나 창가로 다가갔다.

담배 한 개비를 꺼내 물었다.

불붙일 생각도 잊어버린 채 그저 입에 물고 창밖을 내다보며 골똘히 생각에 잠겼다.

마오쩌뚱의 위대한 업적을 폄하하는 것 같지만, 실제로는 맞는 말을 하는 덩샤오핑이 그에게는 가장 두려운 존재였다.

화궈펑 자신은 마오쩌뚱이야말로 사회주의를 가장 잘 알고 가장 원칙에 맞게, 진정한 사회주의의 길로 이끌었던 인물이라고 평가했다. 그러나 덩샤오핑의 생각은 달랐다.

마오쩌뚱처럼 무조건 적인 사회주의 신봉은 의미가 없다. 인민들을 배부르고 편하게 해 주지 않는 사회주의라면 의미가 없다는 것이 그의 지론이었다. 그런 그의 사상은 저우언라이의 탄탄한 지지를 받았다.

저우언라이야 말로 사회주의로 건설된 중국을 지키고 국제적인 위상을 세워준 지도자라고 해도 이의를 달 사람이 없다. 그건 마오쩌뚱이 가장 위대한 지도자라고 믿는 화궈펑 자신도 인정하는 바다. 마오쩌뚱이 사회주의를 정도를 걷는다는 기치아래 자신의 권력을 견고히 하기 위해 노력했다면 저우언라이는 그의 그늘에 가린 채 중국 인민들의 삶을 위해 헌신한 사람이다. 죽을 때까지 총리라는 자리 이상을 올라보지 못한 그였지만 중국 인민들의 사랑을 온몸에 받은 인물이다.

게다가 마오는 살아 있을 때는 물론이고 죽은 후에도 이러쿵저러쿵하는 비리에 관계되었거나 여자 문제로 입방아에 오르내리기도 했지만, 저우는 부인과의 사이에 자식도 없으면서도 여자 문제는 물론 다른 어떤 방면으로도 아주 깨끗하고 청렴한 사람이다. 비리가 있기는커녕 오히려 혁명동지들 중 작고한 동지들의 자식들을 데려다가 대신 책임지고 키워준 사람이다. 그의 그런 삶 때문에 사후에도 많은 사람들이 그를 인정하고 따랐다.

저우언라이가 죽은 해인 1976년 청명절을 맞이하며 인민들이 톈안먼 광장에 20만 명이나 모여 애도했던 그 사건이 증명해 준다. 그 사건으로 인해서 4인방이 덩샤오핑을 제거해 주는 바람에 자신이 이 자리에 올라선 것을 누구보다 잘 안다. 만일 그때 4인방이 덩을 제거해 주지 않았다면, 아니 저우가 마오보다 먼저 죽지 않았다면 인민과 당은 자신이 아닌 덩샤오핑을 선택했을 것이다.

"손님 오셨습니다."

비서가 노크하는 소리에 불 없는 담배를 입에 문 채 돌아서서 문 쪽을 바라보았다. 비서가 열어주는 문 사이로 들어선 사람은 화궈펑에 비하면 왜소하기 그지없는 체격의 덩 샤오핑이다.

"어서 오십시오. 동지."

화궈펑은 불도 붙이지 않은 담배를 마치 불이 붙었던 담 배를 끄듯이 허리를 굽혀 재떨이에 비벼 끄면서도, 얼굴을 들어 눈은 덩샤오핑을 쳐다보며 반갑게 말했다. 그 목소리 가 반가워하는 것은 분명한데 무언가 어려워하면서도 불안 함이 배어 있는 것이 드러나는 것도 어쩔 수가 없었다.

하기야 덩샤오핑이 화궈펑보다 나이도 열여덟이나 많다. 자신이 초등학교시절에 이미 중국공산당 제7군 정치위원 이 된 사람이다. 나이로 보나 공산당 정치 경력으로 보나 당연히 어려울 수밖에 없는 인물이다. 그렇지만 중국공산 당 중앙군사위원회 주석과 중앙위원회 주석을 겸임하고 있 는 최고 권력자인 화궈펑이 단순히 나이나 경력 때문에 덩 샤오핑을 어려워하는 것이 아니라는 것을, 불안함이 배어 있는 그 목소리가 대신 말해주고 있었다.

"주석 동지께서 보자고 하시기에 이렇게 오기는 했지만 담 배까지 끄면서 맞아 주시니 고맙습니다. 굳이 그러지 않으셔도 되는데…."

"아닙니다. 어차피 불도 붙이지 않았었던 겁니다."

"불도 붙이지 않은 담배를 굳이 비벼 끌 것까지 없으셨다는 말씀입니다. 공연히 제가 불편할 것 같습니다."

덩샤오핑은 화궈펑이 불도 붙이지 않은 담배를 비벼 끄는 것을 보면서 그가 무언가 불안해 한다는 것을 곧바로 눈치챘다. 단순히 불안한 것이 아니라 지금 저 머릿속이 아주 복잡해서 자신이 하는 행동의 갈피를 제대로 잡지 못한다는 증거다.

"아닙니다. 편하게 자리하십시오."

화궈펑은 자신이 불도 없는 담배를 자신도 모르게 비벼 끄는 것을 보면서 던진 덩샤오핑의 말에 마음이 들킨 것 같았다. 무안한 표정을 감추느라고 일부러 고개를 수그려 의자를 내려다보고 자리에 앉으면서 손바닥을 위로 향하게 하고 자리를 권했다.

그런데 화궈펑이 앉은 자리가 탁자의 짧은 모서리에 홀로 놓여있는 상석을 의미하는 자리가 아니라 탁자의 긴 모서리 양쪽으로 세 개가 놓여있는 덩샤오핑이 앉은 자리의 맞은편이다. 순간 덩샤오핑의 머리도 빠르게 회전하기 시작했다.

그런 덩샤오핑의 머리와는 다르게 이번에는 화궈펑이 평온한 모습으로 앞에 놓인 찻잔을 들었다. 덩샤오핑에게도 권하는 손짓을 하고 찻잔은 들기만 한 채 입에 대지도 않고 말했다.

"벌써 5년이 다 되어 갑니다."

밑도 끝도 없이 던지는 말에 덩샤오핑은 감을 잡았다.

오늘 무언가 할 이야기가 있기에 일부러 자신을 부른 것이다. 5년이라는 이야기를 들으니 그가 할 이야기가 무언가 가늠할 수 있을 것 같았다.

이야기는 둘 중 하나다.

덩샤오핑 자신에게 모든 것이 돌아오는 것이 아니면 모든 것을 잃는 것이다. 덩샤오핑은 바짝 긴장되는 것을 어쩔 수 없었다.

화궈펑이 4인방을 제거할 때 어떤 방법을 썼는지 잘 안다.

중앙 정치국 상무위원회의를 한다고 장춘차오, 왕훙원, 야오원위안에게 통보를 한 후 그들이 회의장으로 들어설

때 예젠잉과 함께 기다리다가 들어오는 순서대로 한 사람씩 체포했다. 자기가 점유하고 있는 안방으로 사람을 불러들인 후 맥도 못 추게 만든 것이다. 당시 중앙 정치국 상무위원이 아니던 장칭은 그 자리에서 체포된 것은 아니지만 맥없이 당하기는 마찬가지였다.

화궈펑이 주머니에서 담배를 다시 꺼내 물고 불을 붙이는 짧은 시간의 공백이 길게만 느껴졌다. 그러나 짐짓 모르는 체하며 표정을 흩뜨리지 않았다.

"제가 분에 넘치는 이 자리에 앉은 것이 벌써 5년이나 되어간다는 말씀입니다.

마오 주석께서 돌아가시면서 제게 맡기신 이 자리가 이렇게 힘든 자리인 줄은 몰랐습니다. 그때 그 일만 아니었어도 제가 이 자리에 오르지도 않았을 것이고 이렇게 힘든 나날을 보내지도 않았을 테지만 말입니다."

덩샤오핑은 묵묵부답으로 듣고만 있었다.

그가 이미 자신을 제거할 구실을 만들어 놓고 저런 이야기를 하는 것인지, 아니면 정말 힘들고 어렵다는 생각이 들어서 저러는 것인지 그 속내를 알기까지는 섣부르게 화답을 할 수가 없다.

그때 그 일이라는 것의 의미도 불확실하다.

중난하이에서 마오가 동석한 자리에서 불쑥 만주를 돌려주면 안 된다고 이야기하던 그 이야기를 하는 것인지, 마오가 자신에게 남겼다는 '당신이 하면 안심이다.'라는 그 친필을 이야기하는 것인지, 아니면 자신에게는 얼른 떠오르지 않는 사건을 이야기하는 것인지 그 역시도 짐작이 안 간다.

거기까지 이야기한 화궈펑은 막상 이야기하기가 어려운지 담배만 빨고 말을 잇지 않았다.

덩샤오핑은 초조해 왔다.

자신이 두 번이나 실각하고 화궈펑이 주석직에 올랐을 때 당과 동지를 위해 일을 하고 싶으니 복권을 시켜 달라고 직접 편지를 보냈다. 물론 4인방 제거에 혁혁한 공을 세운 예젠잉이 자신을 적극 추천한 것도 안다. 그러나 화궈펑이 덩샤오핑의 당직을 복원시키면서 정무원 부총리로 부른 것은 필요해서였다.

대약진운동의 실패로 어려워진 중국을 겨우 기근에서 구

할 만 해지자 문화대혁명이라는 묘한 운동으로 정적들은 모조리 쓸어 냈지만 인민들은 도탄에 빠져 있었다. 그걸 구하기 위해서는 실용적인 노선을 걷다가 제거된 자신이 필요했다. 더 이상 개혁, 개방을 주장하는 당과 인민들의 목소리를 외면할 수만은 없는 선까지 왔기에 자신을 부른 것이다.

인민들은 저우언라이를 원했지만 이미 세상을 떠난 그 대신에 덩샤오핑을 원했다고 봐도 과언은 아니다. 어쨌든 덩 자신의 복권으로 경제는 서서히 자리를 찾아가고 1979년에 미국과 국교도 정상화되었다. 일이야 누가 했던 간에 그 모든 것은 화궈펑의 치적이다.

이런 결과를 낳는데 가장 큰 역할을 한 것이 덩 자신이라는 것을 알만한 이들은 다 안다. 특히 인민들의 상당수가 잘 알고 있다. 화궈펑에게는 그 점이 부담으로 작용했을 수도 있다. 늘 자기 곁에 불안한 그림자로 존재하는 덩의 모습을 보았을 수도 있다.

자신이 오늘 제거되는 수순을 밟지 말라는 보장도 없다. 그러나 지금 이 분위기는 그렇지도 않다. 체포하거나 벌을 내릴 거라면 미련을 두지 않고 집행했을 것이다. 이렇게 마주 앉아 말을 나누다 보면 옛 정이 마음을 약하게 할 수도 있다. 수십 년을 공산당에 몸담고 산전수전 다 겪은 그였지만 어떤 감을 잡아야 하는지 판단이 서질 않았다.

덩샤오핑은 자신도 모르게 입술이 타들어갔다.

앞에 있는 식은 찻잔을 들어 입술을 적셨다.

무슨 꿍꿍인지는 모르겠지만 화궈펑도 입이 타는지 덩과 똑같이 입술을 적시고 찻잔을 내려놓았다.

"얼마 전입니다. 남조선에 갔던 동지 하나가 책을 한 권 가져왔어요."

"남조선이라니요?"

물리적으로는 짧았지만, 길고 초조한 시간이 흐른 뒤 화궈펑이 꺼낸 말은 상상도 하지 못하던 말이다. 덩샤오핑은 혼자만의 짧은 생각에서 깨어나며 당황스럽게 물었다.

"아시다시피 아직 국교는 수립되지 않았어도 남조선에 우리 화교 동지들이 많아서 자주 드나들지 않습니까? 거기 갔던 동지 하나가 책을 한 권 가지고 와서 내게 선물을 했어요.

〈환단고기〉라는 책인데 내용이 맹랑하네요. 조선이 자신들의 역사를 일만 년이라 주장하면서 지금 우리가 다스리고 있는 영토의 상당부분을 자기들 것으로 치부하고 있어요. 물론 그보다 더 심한 부분도 있지만 그거야 누구든지 자신들의 국가 영역이 초기에는 엄청나게 컸다고 주장하는 것을 감안하고 지나갈 수 있지만 실제 내용을 보면 그냥 묵과할 수는 없는 책이에요."

"갑자기 무슨 말씀이신지…?"

덩샤오핑은 혼란스러웠다.

저런 이야기를 하려고 자신을 일부러 오라고 했다는 이야긴가?

"갑자기가 아니라 만난 김에 드리는 말씀입니다.

제가 항상 주장하는 대로 조선족들이 살고 있는 만주가 우리에게는 엄청나게 중요한 땅 아닙니까?

아시다시피 북부공정과 서북공정, 서남공정을 통해서 우리는 이미 중원 주변을 안전한 방위막으로 둘러쌌습니다. 내몽골과 위구르, 티베트가 우리 중원을 보호해 주는 훌륭한 역할을 하고 있지 않습니까? 다만 아쉬운 것이 있다면 동북쪽이 약하지요.

그곳에 살고 있는 조선족들의 자치구가 작다 보니 그곳을 완전한 방위벽이라고 보기에 약하다는 말입니다. 그렇다고 자치구를 더 크게 만들었다가 조선족들이 들고 일어나는 날에는 난감한 일이 일어날 수도 있으니 무조건 키울 수도 없고….

지난 소련과의 국경분쟁에서 경험했잖습니까? 자신들이 살고 있는 땅에서 일어나는 국경분쟁에 조선족을 최우선으로 투입하니까 얼마나 용맹하게 잘 싸웠습니까? 죽을 둥 살 둥 모르고 지키려고 하잖아요. 제 가족들과 조상들의 뼈가 묻힌 곳을 지키려고 발버둥을 치는 거죠.

내 생각으로는 내몽골이나 위구르, 티베트도 그쪽에서 무슨 일이 일어난다면 마찬가지일 겁니다. 나름대로 독립 어쩌고 하면서 대들기도 하지만 막상 일이 터지면 자기들이 살고 있는 곳이니 우선은 지키고 보자는 심산으로 달려들 것 아닙니까?

그런 차원에서 중원은 일단 한 단계 걸치고 들어오게 되니까 그만큼 안전한 거고요.

동북쪽만 확실하면 더 좋은데 지금으로는 약해요.

그런데 이런 책이 남조선에서 나왔어요. 그렇지 않아도 동북쪽 방위가 불안하다는 생각이었는데 말입니다. 이참에 동북쪽을 확실하게 정립할 필요가 있을 것 같아요.

남조선에서 나온 책이지만 근래에 기록된 것이 아니라고 하네요? 이미 고려 말부터 시작해서 조선 중기까지 쓰인 책들을 모은 거랍니다. 만일 이 책이 역사서 어쩌고 하는 날에는 자기들 딴에는 동족이라는 북조선에 영향을 주지 말라는 법도 없지요. 북조선에 영향이 미치면 자연히 만주에 사는 조선족들에게 영향을 주겠지요. 그 영향을 받아 조선족들이 티베트나 위구르처럼 독립 국가를 세우겠다고 운동을 해대고 하면 골치 아파요.

비록 한때는 우리가 넘겨주겠다던 땅도 안 받는다고 했지만 이제는 경우가 완전히 다르잖아요. 그때는 오로지 남조선을 자기들이 해방시킬 거라는 생각에 매달려 그 땅을 받느니 차라리 일어날 전쟁을 도와 달라는 심산이었겠지만 지금은 남북이 그럭저럭 안정이 되어가고, 소련과의 국경

문제도 불거질 염려가 없잖습니까! 북조선도 지금에 와서는 그때 준다는 땅을 안 받은 것을 후회하고 있을 텐데요."

덩샤오핑은 정말 어이가 없었다.

결국 이 이야기를 하자는 건가?

그러다가 문득 밀려오는 긴장감을 느꼈다. 아니다. 이건 나를 안심시킨 뒤 무언가 일을 벌이려고 하는 건지도 모른다.

그런 덩샤오핑의 불안에는 관심도 없는지 화궈펑은 편안한 얼굴로 다시 입을 열었다.

"제가 처음 동지를 뵙던 날이 생각나십니까?

그때는 왜 그리도 겁이 없었는지.

돌아가신 마오 동지께서 청나라와 이민족을 그리도 싫어하시는 것을 알면서도 그 말을 했어요. 그때 마오 동지께서는 만주가 차라리 혹이라고 생각하신 것 같은데 저도 모르게 그렇지 않다는 생각 하나로 입을 열고 만 겁니다.

지금 생각하면 어디서 그런 용기가 났는지 저도 모르겠어요. 자칫 잘못하면 큰일이 날 거라는 생각은 하지도 않았으니까요."

"제가 봐도 마오 주석 동지에게 갑자기 안 된다고 단번에 말씀하시는 것은 좀 심하기는 했었습니다. 그러나 내용은 맞는 말씀이었잖습니까?

저는 그때 주석 동지께서 말씀하시는 그 자체가 오히려 부러웠습니다. 사실 저라도 하고 싶은 말이었는데 눈치 보느라고 못 한 말씀을 주석 동지께서는 당당하게 하실 때 부럽기도 했습니다.

마오 동지께서도 단순히 만주가 청나라 잔재라서, 싫어서 조선에 내주려고 했던 것은 아닐 것입니다. 그 당시 마오 동지는 조선에게 만주를 내주고 그 지역을 담당하게 해서 소련과의 완충지대로 삼고 싶었을 겁니다. 물론 마오 당신께서 싫어하는 청나라의 잔재와 이별하고 싶은 마음도 있기는 했겠지만 그렇다고 영토를 거저로 내주기야 하겠습니까?

한발 더 나아가서, 그 당시에 마오 동지로서는 북조선이 그리 오래가지 못할 거라는 생각을 했을 수도 있습니다. 지금처럼 평화가 오래갈 거라고는 생각 못 했을 겁니다.

반도에서 다시 전쟁이 날 거라고 생각했겠지요. 미국을 등에 업고 남조선이 먼저 선제공격을 할 수도 있다고 생각했을 수도 있어요. 그것도 겉으로는 누가 먼저 공격했다고 하기보다는, 동시에 전투가 발발한 것처럼 교묘하게 위장해서 말입니다.

그런 경우가 온다면 만주를 양보해 주는 것은 미끼가 될 수 있는 겁니다.

남조선이 전투발발로 위장해서 선제공격을 하면 국제사회는 침묵할 수밖에 없을 것이고, 소련 역시 미국 눈치 보느라고 북조선을 지원하는 것을 망설이겠지요. 만일 소련이 지원을 하려고 해도 교묘하게 방해를 하면서 마오 주석께서는 지원보다 휴전을 서둘렀겠지요. 지난 1950년 전쟁에서야 주도권이 소련에 있으니까 그리 할 수 없었을지도 모르지만 그때와는 경우가 달랐거든요.

미국을 등에 업은 남조선이 통일할 욕심으로 선제공격이라도 하면, 일단은 북조선이 밀릴 것 아닙니까? 그런 상황에서 휴전을 하는 겁니다. 그것도 대동강 이북으로 밀려 청천강에 도달하기 전까지 밀렸을 때, 대동강과 청천강 사이에 경계가 확정될 수 있을 때, 어떻게든 휴전을 시키는 거죠. 그리고 난 후 만주와 청천강 이북의 반도를 합쳐 조선족 자치구를 만들고 싶었을 겁니다.

반도에 있는 영토라고는 청천강 이북이 고작이고, 만주를 갖고 있는 북조선으로서는 미국과 남조선의 위협을 받으며 연속된 전쟁으로 인해 경제적으로 어렵게 고통을 받느니 차라리 중국 자치구가 되는 길을 택할 수도 있다는 계산이 었습니다.

이건 제 생각이 일부 섞인 의견이지만 실제 그랬을 가능성이 충분히 있습니다. 돌아가신 저우언라이 동지께 그런 식으로 말씀하셨다는 것을 들은 적이 있습니다.

지금 주석 동지께서 말씀하시는 것처럼, 동서남북 사방에 안전한 방어벽을 이민족들이 쌓도록 하고 싶었던 것은, 마오 동지 역시 마찬가지였을 겁니다. 그러나 조선에서 전쟁이 나지 않고 평화가 지속되는 시간이 지날수록 주석 동지의 판단이 옳았다는 것을 느낀 겁니다.

그래서 마오 동지께서 생전에 주석 동지를 유독 아끼셨잖습니까?"

화궈펑의 편안한 표정에 덩샤오핑은 의아해 하며 말을 거들었다.

한편으로는 정말 오늘 이런 이야기를 하려고 자신을 부른 것 같기도 했다. 자신이 공연히 앞서 간 것 같기도 했다.

"그래요? 그렇다면 동지께서도 그 말에 동의를 하신다고요?"

"물론입니다. 주석 동지께서 말씀하신 대로 만주라는 보물을 왜 내줍니까? 이것저것 다 제하더라도 세금만 걷어도 그게 어딘데?

완충지대로 두는 것도 그렇지요. 만주에서 국경이 갈렸다가 잘못해서 남조선이 만주까지 뻗어 오면? 그건 미국과 국경을 마주 하는 것과 다름이 없는 거 아닙니까? 차라리 소련과 국경을 마주 대하는 것이 낫지 왜 미국과 국경을 마주 대합니까?

아까 말씀드린 것처럼 그 위치가 청천강 정도가 돼서 압록강을 끼는 방어벽이 한 번 더 있고 반도 안으로 국경이 형성되는 조선족 자치구를 만들면 그거보다 더 좋은 일은 없겠지만, 만주에서는 아니죠."

"덩 동지께서도 정말 그렇게 생각하십니까?"

화궈펑은 덩샤오핑이 자신의 의견에 동의한다는 말을 들

더니 다시 한 번 확인하듯 물었다.

"당연한 말씀입니다.

주석 동지 앞이라고 이런 말씀드리는 것이 아니라 제 평생 신조가 그겁니다.

뇌물이 아니라면 땅과 돈이 다가오는 기회를 물리치지 말자. 특히 국가와 당 입장에서는 정말 그런 것이다. 개인이 땅을 받거나 돈을 받으면 자칫 뇌물이 될 수 있으니까 문제가 될 수도 있지만 국가나 당은 오히려 부국강병을 할 수 있는 절호의 기회를 만들 수 있다."

"그래요?

덩 동지께서 그리 말씀해 주시니 힘이 절로 나는 것 같습니다.

앞서 말씀드린 대로 동북쪽 방위벽도 튼튼히 쌓을 겸 더 열심히 그 일에 혼을 쏟아야겠습니다.

이 책을 선물하며 제가 꼭 읽어 봐야 한다기에, 처음에는 그냥 재미로 읽으려고 생각했더니 안 되겠더라고요.

이 책을 읽으면서 생각한 건데 고대사를 가지고 남조선, 아니 남조선과 북조선이 손잡고 먼저 선수를 치면 좋을 게 하나도 없겠어요. 잘못하면 만주가 국제 분쟁지역으로 휘말릴 수도 있더라는 말입니다."

화궈펑은 덩샤오핑이 다시 한 번 확인해 준 대답에 기쁜 얼굴로 말을 하다가 국제 분쟁지역 이야기를 할 때는 자못 심각한 표정까지 지었다. 그런 화궈펑의 비위라도 맞추듯이 덩샤오핑이 거들었다.

"국제 분쟁지역이라니 말도 안 되는 소리죠.

그런 일은 절대 일어날 수 없습니다.

우리 중화인민공화국 헌법에 다수의 소수민족과 함께하는 하나의 통일다민족국가라고 명기해 놨는데 그런 일은 일어날 수가 없죠."

"아녜요. 그건 우리끼리의 말로 끝날 수 있어요.

간도협약이 1909년에 일본과 우리 중국 사이에 체결된 협약이라는 것이 큰 약점으로 작용할 수 있어요. 그때는 조선이 자신들의 자주적인 외교권을 이미 상실했을 때이므로 그걸 빌미로 국제 문제로 비화시킬 수도 있습니다. 정작 영토의 주인인 조선을 배제하고 일본과 우리 중국이 조선 땅을 가지고 체결한 조약이 제 구실을 하기는 힘든 거죠. 그러니 이 기회에 아주 못 박을 일을 해야 합니다.

만주의 모든 역사를 우리 역사로 만들고 그 문화도 우리 문화로 만드는 겁니다. 나아가서는 조선 반도의 일부, 아까 덩 동지께서 말씀하신 대로 대동강이나 청천강까지를 우리 역사와 문화로 만들면 간단합니다.

내가 살펴본 바에 의하면 고구려 역사와 문화를 우리 것으로 만들면 일은 끝납니다.

게다가 이번 일이 더 중요한 것은 바로 우리가 누구에게 지배를 당했느냐, 아니냐의 문제이기도 합니다.

만주를 우리 역사의 일부분으로 만들면 청나라는, 우리 소수민족 중 하나였던 나라가 강성해져서 중원을 지배한 것이니 크게 문제될 게 없어요. 그러나 만주가 조선의 역사가 되는 날에는 우리가 자칫 조선과 밀접한 역사를 가진 청나라에게 지배를 당한 꼴이 되고 말 수도 있습니다.

그런 맥락으로 연구를 해 나가다 보면 요나라나 원나라도 방법이 생길 겁니다. 우리가 지배를 당한 것이 아니라 역사 중에 있는 소수민족이 자신들의 세력을 키운 것으로 만들어 볼 수도 있을 겁니다."

화궈펑이 열띤 목소리로 이야기하는 것을 듣던 덩샤오핑은 오늘은 이 문제 때문에 자기를 부른 것으로 결론을 내렸다. 저렇게 관심을 갖고 실제적으로 대처할 방법까지 이야기하는 것을 보면 확실하다.

그 순간 그의 귀를 의심하게 하는 소리가 들려왔다.

"그래서 얘긴데, 저는 이제 제 갈 길로 가야 될 것 같습니다."

제 갈 길이라니?

덩샤오핑은 도무지 감이 잡히지 않아서 무슨 말을 할 수가 없어 그냥 묵묵히 화궈펑을 쳐다만 봤다.

"제가 아무리 발버둥을 쳐봐도 한계가 있는 것 같습니다. 진작 알았어야 하는 일인데 이제라도 알게 돼서 정말 다행입니다.

지금 인민들이 바라는 인물은 제가 아니라 덩 동지십니다."

덩샤오핑은 다시 바짝 긴장되었다.

겨우 긴장이 풀리는데 화궈펑이 엉뚱한 소리를 한다. 저게 자신을 낮추는 건지 아니면 덩을 떠보려고 하는 말인지 감이 오지를 않았다.

"중국 인민들은 지금 잘 사는 중국이 필요한 겁니다.

한물간 사상에 얽매여 오로지 사회주의 혁명에 맹신하다가는 인민들이 등을 돌리고 말 겁니다."

"제가 보좌를 잘못한 겁니까?"

도대체 화궈펑의 진심을 알 길이 없어서 기껏 한마디 한다는 게 스스로를 자책하는 말이었다.

"보좌를 잘못하시다니요?

누가 누구를 보좌합니까?

제가 동지한테 항상 배우고 사는데요."

그 순간 덩샤오핑의 머리는 빠르게 회전했다.

아차, 싶은 마음도 들었다.

항상 배우고 산다는 말의 진의가 궁금했다. 자기가 화궈펑보다 나이도 많고 당내 경력도 많다 보니 그를 무시하는 것으로 비췄을 지도 모른다.

그렇다면 큰일이다.

현재 최고 권좌는 화궈펑의 것이다. 공연히 잘못하다가는 자신은 다시 추락할 수 있다. 두 번이나 추락으로 떨어졌던 자신을 구해준 것도 화궈펑이다.

지금 이 순간을 잘못 넘기면 날개가 또 꺾인다. 이번에 꺾이면 다시는 펼 수 없다. 모르면 몰라도 이번에는 단순히 날개가 아니라 목숨이 꺾일 수도 있다.

그 순간 덩샤오핑은 지난 1978년 말에 열렸던 공산당 중앙위원회의 전체회의에서 자신이 주장했던 것이 생각났다.

'중국은 더 이상 사회주의라는 이념만을 쳐다보고 있을 때가 아니다. 사회주의 사상에 얽매이지 말고 좀 더 폭넓게 사회주의를 응용하자. 사회주의의 기본 이념으로 정신을 무장하되 모든 것은 '실사구시(實事求是)'의 원칙에 맞게 운영되어야 한다.'

덩샤오핑의 이 말은 대단한 반항을 불러 일으켰다. 그동안 '마오쩌둥이 결정한 것과 지시한 것은 무엇이든 옳다'고 주장하던 화궈펑은 자신의 잘못된 생각을 시인하는 발언을 할 수 밖에 없었다. 어쩌면 그날 자아비판을 한 것을 두고 두고 마음속에 담고 나를 제거하기 위해서 칼을 갈아온 지도 모르는 일이다.

잔뜩 긴장한 덩샤오핑과는 다르게 화궈펑은 편안한 얼굴이었다.

"이미 모든 것을 다 비우고 결정했습니다.

제가 갈 길이 무언지도 알았고요.

그래서 동지를 오시라고 한 건데 동지께서도 동의를 해 주시니 그대로 진행을 하는 것이 낫다는 생각입니다."

"주석 동지. 갑자기 무슨 말씀을 하시는 겁니까?

갈 길이라니 그건 뭐고, 하실 일은 또 뭔지요?

주석 동지께서 갈 길을 정하시고 하실 일을 정했으면 우리들이야 당연히 그 길에 맞춰 할 일을 해 나가야지요? 제가 동의를 하고 안 하고가 뭐가 그렇게 중요하겠습니까?"

"아닙니다. 이번 일은 아주 중요한 겁니다. 동지께서 동의를 해 주셔야만 할 수 있는 일이고요.

다음번 중앙위원회에서 주석 자리를 내놓을 생각입니다.

이미 많은 당 간부들의 의견이 동지께서 맡으셔야 중국이 제 갈 길을 갈 수 있다고 합니다. 돌아가신 저우언라이 동지께서도 그렇게 생각하고 계셨을 겁니다. 덩 동지께서 맡으셔야 적격인 자리를 제가 무려 5년이나 차지해서 중국의 발전만 늦춘 것 같습니다.

다만 제가 두어 가지 부탁드리고 싶은 것이 있습니다.

첫째는 제가 자리에서 물러나더라도 아까 말씀드린 그 일을 할 수 있도록 도와주십시오.

정치에 관여하고 싶은 마음은 없습니다. 다만 만주의 역사를 우리 것으로 만들어 위대한 우리 중화의 중원을 둘러싸는 동서남북의 방어벽을 완성할 수 있도록 도와주십시오. 한족의 영광을 드러낼 것입니다.

그 다음으로는 제가 말씀 안 드려도 되는 일들입니다만, 제가 동지에게 자리를 양보하듯이 나중에 동지께서도 자리를 양보하실 것이라면 이민족에게는 절대 돌아가지 않도록 해 주시면 고맙겠습니다. 우리 한족이 이민족에게 지배를 당할 수는 없지 않습니까?

요나라와 원나라, 청나라의 지배만 해도 돌이킬 수 없는 일인데 이민족에게 주석 자리를 내주고 다시 또 지배를 당할 수는 없는 일입니다.

특히 조선족은 안 됩니다.

그들에게 물려주었다가는 자칫 청나라 꼴이 날 수도 있다는 사실을 상기해야 합니다. 수나라나 당나라 성현들께서 절대 고구려 국경을 넘보지 말라고 하신 의미를 새겨야 합니다.

조선족이 얼마나 독하고 무서운 민족이면 그런 말씀을 남기셨겠습니까? 당태종께서 애꾸눈이 되면서도 정복하지 못한 민족입니다. 우리가 동북쪽에 자치구만 제대로 설정한다면 선조들의 한도 일시에 풀리는 것입니다.

그러나 주석 자리가 소수민족들, 특히 조선족의 차지가 되는 날에는 그들이 중원으로 파고들 것입니다. 권력이 그들의 손으로 넘어가는 날에는 한족은 다시 지배를 당하는 겁니다.

그들이 최고 권좌에 앉게 해서는 절대 안 된다는 것을 대대로 명심할 일입니다.

나머지 문제야 제가 말씀 안 드려도 다 알아서 잘하시리라고 믿습니다. 많은 분들이 덩 동지를 지지해 주시니까 문제가 없을 겁니다.

이미 실사구시에 입각해서 검은 고양이든 흰 고양이든 쥐만 잘 잡으면 된다는 흑묘백묘(黑猫白猫) 이론도 말씀하셨잖습니까! 어떤 방법을 쓰든지 간에 중국 경제를 살려서 중국이 잘 사는 것이 중요하다는 말씀 깊이 명심하고 있습니다. 그 말씀에 대한 반응도 참 뜨겁습니다. 이미 대약진 운동이 실패한 후에 중국을 기근으로부터 구하실 때 실제로 보여주신 경험이 있으니까요. 부디 잘 사는 중국을 만들어 주시기 바랍니다.

참, 한 가지 잊을 뻔 했습니다.

제가 주창한 일을 하려면 예산이 적지 않게 들어갈 것입니다. 그 점도 염두에 두어 주시지요. 물론 제가 진두지휘해서 끌고 나갈 겁니다. 다만 국제관계에 문제가 생길 수도 있으니까 단순한 학술적 연구에 바탕을 둔 것으로 만들기 위해서 표면에는 학자들을 전면 배치할 겁니다."

덩샤오핑은 화궈펑의 배웅을 받으면서 중난하이를 나오는 내내 불안하기만 했다.

밑도 끝도 없이 자기에게 주석 자리를 양보하겠다는 그의 말이 도대체가 미덥지 않았다. 당장이라도 뒤에서 누군가가 자신을 낚아챌 것만 같았다. 권력이라는 것이 자신이 궁지에 몰리면 최후의 방법이라도 동원하는 것인데 너무 순순히 나온다.

저렇게 내 마음을 떠보고 내가 덥석 무는 날에는 나를 제거하려고 그러는 것일 수도 있다는 생각이 들어서, 그날 집으로 돌아온 후에도 제대로 잠을 이루지 못했다.

그 속내가 정녕 무엇이며 자신은 어떻게 대처해야 할까만 고민하며 밤을 뜬눈으로 지새웠다.

이튿날 집무실로 나간 덩샤오핑은 어제 화궈펑이 한 말이 헛말이 아니라는 것을 알 수 있었다. 찾아오는 사람과 전화를 하는 사람 등등 이미 덩샤오핑이 화궈펑의 뒤를 잇는다는 것이 변할 수 없는 사실로 만들어 놓았다.

덩샤오핑은 화궈펑에 대한 마지막 예의는 꼭 지키고 싶었다.

절대로 그를 권력에서 밀어내지 않고 그가 하고 싶어 하는 일을 할 수 있도록 해 주고 싶었다. 그것은 그에 대한 예의이기도 하지만 중국을 위해서도 절대적으로 이익이 되는 일이다.

이틀 후 덩샤오핑은 화궈펑을 찾아가서 자신의 뜻을 전했다.

화궈펑이 주석 자리에서 물러나더라도 거처와 집무실을 다른 곳으로 옮기지 말고 중난하이에서 계속 머물며 자신을 도와 달라고 부탁했다. 자신도 권력이 피를 부르는 것이 싫어서 때가 오면 후계자에게 조용히 넘겨주고 물러나는 화궈펑을 본받겠다는 이야기로 그의 기분을 맞춰주는 것도 잊지 않았다. 아울러 후계자에게 물려주고 조용히 물러나지만 이민족은 절대로 안 된다는 것은 대대로 전하리라고 덧붙였다.

12. 동북공정의 시발은 1964년

　길고 긴 조병현의 이야기가 끝을 보이면서 창문이 먼동 터 오는 빛으로 물들기 시작했다.

　"화궈펑이 덩샤오핑에게 겉보기에 평화적으로 정권을 넘긴 것은 사실이지요. 그러나 그 속내를 들여다보면 주변에서 밀려드는 퇴진 압력과 흔들리는 자신의 입지에 손을 들고 만 겁니다. 마오의 친필 한 장 손에 쥐고 얻은 권력이지만 4인방이 그랬듯이 기반이 없으니 쉽게 무너질 수밖에 없는 처지였어요.

　그런데도 그가 끝까지 살아남을 수 있었던 것은 덩샤오핑의 실용주의 노선을 교묘하게 이용한 겁니다. 손에 쥐어지는 부를 넘겨주지 않는다는 덩의 신조를 잘 이용한 거지요.

동서남북으로 중원의 한족들을 지켜줄 이민족의 방어벽도 쌓고 세수와 자원으로 활용할 이민족들의 이용방안을 미처 생각하지 못했던 덩으로서는 그를 숙청하기보다는 잘 이용하면 얻을 것이 더 많다고 판단한 겁니다.

그걸 증명이나 하듯이 화궈펑은 실권을 잃고도 2002년 11월, 은퇴할 때까지 중국공산당의 중앙위원을 맡아서 일하지 않습니까?

그리고 그의 은퇴시점을 보세요. 2002년 2월 18일 동북공정이 중국 정부의 승인을 받아 공식적으로 시작되자 그해 11월에 은퇴한 겁니다. 이걸 우연이라고 말하기에는 너무 우연인 것 아니겠습니까?

또 한 가지 화궈펑에 있어서 특기할 만한 것은 그가 주석직을 물러나고도 1992년에는 중국공산당 대표도 지낸다는 겁니다. 이거야 말로 덩샤오핑이 그에게 힘을 실어주기 위한 조치 아니었겠습니까?

덩으로서는 자신 역시 권력이 영원하지 못하다는 것을 알기에 평화적인 정권이양의 선례를 남긴 화궈펑을 처치하면 훗날 자신이 똑같은 꼴을 당할 수 있다는 생각도 했겠지요.

마오가 아들을 6.25전쟁에서 잃고 그 대신 세 번째 아내인 장칭을 세우려다가 실패한 전철을 밟고 싶지 않았을 수도 있어요.

그러나 그 모든 것보다 가장 중요한 한 가지가 두 사람을 묶어 놓았습니다.

바로 55개의 소수민족들을 한족(漢族)이라는 하나의 민족을 위한 소모품으로 생각하고 이용하려는 두 사람의 뜻이 맞아 떨어진 겁니다. 비단 두 사람만이 아니라 마오 때부터 줄곧 그런 풍토로 이어온 것 아닙니까? 이민족을 배척하고 오로지 한족만이 지배해야 한다는 생각. 만리장성을 기준으로 남쪽 출신이 권력을 잡아야 한다는 생각이 그들에게서는 절대 떠나지 않을 겁니다.

그 증거가 바로 역대 중국공산당 주석들의 계보를 보면 쉽게 알 수 있습니다.

마오쩌뚱은 후난성(湖南省: 호남성) 출신입니다. 화궈펑은 산시성(山西省: 산서성), 덩샤오핑은 쓰촨성(四川省: 사천성), 장쩌민(江澤民: 강택민)은 장쑤성(江蘇省: 강소성), 후진타오(胡錦濤: 호금도)역시 장쑤성(江蘇省: 강소성), 시진

핑(習近平: 습근평)은 베이징(北京: 북경)에서 태어나 화궈
펑의 고향인 산시성(山西省: 산서성)에서 자랐습니다.

결국 끼리끼리 해먹는 겁니다. 남방에서만 계속 도는 겁
니다.

그들 스스로 지구의 중심이 된다는 의미로 중원(中原)이
라고 부르는, 한족(漢族)이 일어난 황허강(黃河江: 황하강)
중류의 양 기슭 지역을 중심으로 만리장성 이남지방 출신
들이 돌려가면서 집권을 하겠다는 거지요.

나머지 소수민족은 그저 들러리일 뿐입니다."

"조 박사님께서 우리보다 중국 역사를 더 잘 아시네요?
어떻게 그리 상세히도 아세요?"

조 박사의 이야기를 듣고 성시령은 진심으로 감탄했다. 거
침없이 중국 현대사를 읊는데 한 치도 망설이거나 더듬지
않는다. 얼마나 깊이 연구를 했다는 말인가?

"동북공정에 대처할 방법을 알려면 그 배경을 철저히 알
아야 되겠기에 가까운 친구 작가와 나름대로 자료를 수집
하고 연구한 결과일 뿐입니다.

숲 안에서는 나무는 보여도 숲을 볼 수 없다지 않습니까?

중국은 원래 언론통제가 심한 나라다 보니까 중국 내에서는 미처 알지 못하는 것을 저희들처럼 관심 있는 외국인들이 더 많이 알 수 있죠."

"그렇지만 박사님이 말씀하신 것 중에서 정말 의문이 가는 것이 있습니다. 중국 헌법에도 명시가 되어있고, 실제로 정부가 소수민족들에게 좋은 대우를 해 주기 위해서 노력을 하는데 그건 박사님의 말씀과 잘 안 맞잖아요."

"소수민족들에게 좋은 대우를 해 주기 위해서 노력한다?

그렇죠. 겉으로 보기에는 그럴 수도 있죠. 어차피 경제가 발전하면서 부가 축적되고 먹고 사는 문제는 나아지겠지요. 하지만 과연 그런지 그 속을 들여다보십시오.

당장 우리 조선족들만 해도 조선족 분화 정책에 희생당하고 있지 않습니까? 그렇다고 좋은 자리를 주는 것도 아니잖습니까! 왜 우리 조선족을 분화하는 걸까요?

대답은 간단합니다. 자기들이 아예 티베트나 내몽골처럼 괴뢰 정부를 세우고 조선족 자치구를 만들 때까지는 흩어 놓자는 겁니다. 조선족이 많이 모여 있으면 다루기 힘드니까요.

그런 현실은 차치하고 역사적인 사실을 보면 더 기가 막힙니다.

중일전쟁 당시 소위 위안부라고 부르면서 자신들의 전비를 충당하기 위해서 성매매도구로 전락시켰던 우리의 할머니들 역시 대다수가 조선족이었습니다. 비록 국적은 중국이지만 우리 동포들이 가장 많은 고초를 겪었습니다. 그들이 중일 전쟁을 시작한 곳이 소위 만주라고 부르는 이곳 구려벌이었기 때문입니다.

그 밖에 기차나 도로가 닿지 않는 교통이 험한 산골 마을에 일본이 진주하는 날에는 그곳 여인들이 무참히 당했습니다. 그러나 중국은 그 문제를 크게 다루지 않았었습니다. 요즈음 들어서 이런저런 사례들을 발표하면서 문제화하는 척만 하고 있어요.

왜 그랬겠습니까?

구려벌에서는 조선족이 당했고 산골에서는 대부분 소수민족들이 당했기 때문입니다. 만일 한족이 그렇게 당했다면 절대 그냥 있지 않았겠지요. 소수민족들이 당하니까 문제 삼지 않다가 댜오위다오 문제로 일본과의 사이가 시끄러워지자, 요즈음 들어서는 표면으로 올리는 겁니다.

그러면서도 아직 731부대 문제는 크게 부각시키지 않습니다. 731부대 생체실험 도구로 사용되어 목숨을 잃은 중국인이 1만여 명이 된다는데 왜 문제 삼지 않을까요?

간단합니다.

731부대가 흑룡강성 하얼빈에 있었으니까 죽어도 조선 백성들이 죽은 겁니다. 국적만 중국인이지 실제는 우리 백성들이 가장 많이 죽었습니다. 대다수라고 해도 과언이 아닙니다. 설령 우리 민족이 아니더라도 어차피 그때 죽은 사람들은 북방민족입니다. 소수민족, 특히 조선족에 대해서는 가장 경계를 하던 그들인데 그걸 문제 삼을 리가 있겠습니까?

언젠가 자신들의 이익을 위해서 그걸 들먹이며 일을 벌인다면 또 모를까?

중국에 있어서의 우리 조선족과 소수민족의 의미는 정말 무엇일까요?"

조병현은 씁쓸한 목소리로 말을 맺었다.

손영천은 아무 말도 없었고, 성시령 역시 더 이상 말없이 무언가 생각하는 얼굴이었다.

두 사람의 눈치를 살피던 조병현이 다시 입을 열었다.

"제가 조선족 자치구 이야기를 자꾸 하니까 이상하시죠? 하지만 이상할 것 하나도 없습니다. 중국의 역사를 보십시오. 통일중국 시대가 얼마나 오래 갔는지?

통일중국은 300년이 넘은 적이 없었습니다. 그에 비하면 청나라가 중국을 통일한 이래로 지금까지가 가장 오랜 동안 통일시대로 이어져 내려오는 겁니다. 지금 중국지도부는 그걸 알고 있습니다. 머지않아 다시 갈라질 중국을 내다보고 있는 겁니다.

사람은 먹고 사는 것이 해결되면 일단은 안착하죠. 그 공동체가 자신을 먹여 살리는 것에 대한 보답입니다. 지금의 중국이 그런 경우라고 보면 됩니다. 사회주의 맹주를 자칭하던 소련도 이미 붕괴가 되었는데 중국은 버티고 있습니다.

소련이 붕괴한 이유는 먹을 것이 부족했던 까닭입니다. 인민들이 사회주의 혁명에 동참한 이유가 빈곤으로부터의 해방인데 소련은 기후적으로 식량자급자족이 힘든 나라였습니다. 그럼에도 불구하고 사회주의의 맹주자리를 고수한

답시고 엄청난 군비를 쏟아 부었죠. 인민들의 삶의 질보다는 스스로 사회주의의 맹주가 되는 일에 더 전력투구했습니다. 처음부터 노선을 잘못 선택한 거죠. 붕괴를 예견하고 세워진 사회주의 연맹이라는 겁니다.

하지만 중국은 기후적으로 볼 때 식량의 자급이 가능한 나라인데다가 개방으로 인해 나날이 성장해서 부를 거머쥔 나라가 되어가고 있습니다.

지금까지는 중국 정부나 구성원들이 오로지 살아 나간다는 것에 의미를 부여했습니다. 그러나 배가 부르면 민족이나 문화의 뿌리를 찾게 되는 것이 인간의 인지상정입니다. 통일중국은 멀지 않았다는 것을 중국은 인지하고 있습니다. 그렇다고 기껏 만들어 놓은 제국을 포기할 수는 없지 않겠습니까?

그래서 내놓은 것이 바로 동북공정입니다.

통일중국의 연장을 위해 동북공정을 실시해서 동북쪽까지 안정된 연장선상에 얹자는 겁니다. 동북쪽이 독립을 추구하지 못하게 티베트처럼 자치구로 묶어 버리자는 중국 지도자들의 욕심입니다. 조선족을 비롯한 동북쪽 민족들이 원해서 이뤄지는 것이 아니라 자기들이 인위적으로 만들겠다는 겁니다. 독립되어 있던 티베트처럼 무력으로 침공하는 것이 아니라 이미 품 안에 들어와 있는 조선족과 붕괴될 북한을 합쳐서 새롭게 만들겠다는 것이 그들의 속셈입니다.

근원이 다른 북방민족과 남방민족이 끝까지 함께 갈 수 없는 것을 중국은 누구보다 더 잘 아는 겁니다."

"미국은 다민족국가이면서도 잘 살아 나가는데요?"

성시령이 불쑥 조병현의 말을 막고 나섰다.

"그건 경우가 다릅니다.

미국이 다민족국가인 것은 피부색은 물론 전 세계의 갖가지 민족들은 다 모였습니다. 그들 내부에 박혀있는 일부 인종차별주의자들이 주장하는 것을 제외한다면 미국이라는 이름하에 모든 민족들이 뒤섞인 겁니다.

그러나 중국은 한족이라는 축을 세우고 그 옆에 다른 민족들을 세우고 있습니다. 90%가 넘는 한족이 자신들이 소수민족들을 다스린다고 생각하는 사고방식부터 다릅니다.

물론 두 나라가 정치 체계도 다르고 여러 가지 사회, 문화적인 요소들이 다르다 보니 절대 같을 수는 없는 거겠지만, 무엇보다 사고방식의 출발이 다르다는 겁니다.

미국은 그 역사도 얼마 되지 않지만 미처 그들 스스로 문화와 역사에 대한 자부심을 가지기 전에 경제를 먼저 쥔 나라입니다. 정신보다는 경제가 앞서는 나라다 보니 지금도 인종차별보다는 부를 먼저 내세웁니다.

반면에 중국의 한족은 자기 나라를 세계의 중앙에 위치한 가장 문명한 나라라는 뜻으로 중화(中華)라고 부르면서 2,800여 년을 살아온 민족입니다.

사고방식과 생활과 문화의 차이가 엄청난 겁니다. 이민족을 우습게 알고 한족의 문화가 가장 우수하다는 자부심으로 뭉쳐진 나라가 어떻게 소수민족에게 마음을 열겠습니까?

소수민족이라면 한낱 자신들의 행복과 발전을 위해서 쓰일 도구 정도로 생각할 뿐입니다."

"그렇다면 청나라의 후손들 역시 마찬가지 아닙니까? 지금 우리 조선족들이 터 잡고 사는 곳에는 청나라 후손들도 많이 살고 있는데요."

"실은 그것도 문제이기는 합니다.

아시다시피 청 태조 누르하치는 그가 후금을 세우고 한참 잘 나갈 때 임진왜란이 일어나자 스스로 조선 파병을 원했습니다. 물론 당시 명나라가 조선과 아주 가깝게 지내고 있으니까, 조선에 군대를 파병해서 공을 세움으로써 명나라를 견제하자는 의미도 있었겠지요. 하지만 누르하치가 보낸 서신에 의하면 꼭 그런 것만은 아니었다는 생각도 듭니다. '어버이 나라 조선에 쥐새끼 같은 왜놈들이 들어와 어지럽히고 있으니 파병하여 그놈들을 바다 속으로 밀어 넣겠습니다. 허락하여 주십시오.'라는 편지를 보내온 겁니다. 조선은 명나라 눈치 보느라고 허락을 못했지만요.

청나라가 후금 시절에만 해도, 그들이 신라 경순왕의 후손으로 우리와 같은 민족이라는 것을 자랑으로 알았습니다. 금(金)이라는 국호도 자신들이 김(金)씨 왕조인 신라의 후손임을 각인한 것이니까요.

뿐만 아닙니다.

후금을 세운 누르하치의 성이 무엇입니까? 애신각라(愛新覺羅)입니다. 신라를 사랑하고 신라를 생각한다는 말이지요. 물론 청나라 마지막 황제인 푸이의 성 역시 애신각라인 것은 두말할 필요가 없는 겁니다.

그런데 중요한 것은 건주여진의 추장이었던 누르하치가 후금을 세울 때만 해도 신라를 애타게 사모했지만 세월이 가고 세대가 바뀔수록 그 마음이 변한 겁니다. 결국 조선을 침략하는 병자호란까지 일으키고 조선의 주국 행세를 하기까지 했습니다.

그러니 지금은 오죽하겠습니까?

중국이 갈라지는 날에는 반드시 청나라 후손들도 나름대로 한 자리를 차지하려고 할 겁니다. 그렇다면 그들이 갈 곳은 어디일까요? 당연히 자신들은 만주가 터전인 만족(滿族)이라는 것을 강조하면서, 그들이 만주라고 부르는 이곳을 차지하려 하겠지요. 이곳은 그들의 터전이기도 하니까요. 언젠가는 그들과 부딪혀서 해결해야 될 문제일 겁니다.

중국 중앙정부는 신경도 안 쓰겠지요. 그들에게는 오히려 좋을 수도 있습니다. 조선족과 만족이 힘겨루기를 하다보면 중앙정부에게 독립을 요구하거나 하는 일이 줄어들 테니까요.

그런 상황들이 올 것을 감안해서 빨리 우리들이 할 일을 마무리 져야 합니다. 이 땅에 대해 벌이는 중국의 동북공정에 대응하는 것 이상으로, 중국이 자치구 중심으로 갈라질 때 만족들에게 이 땅에 서린 역사야 말로 우리 것임을 알려주기 위해서라도 지금 정리를 해야 합니다. 고조선과 고구려의 맥을 잇는 역사와 문화가 바로 우리 역사요, 우리 문화라는 것을 정리하고 남겨 놓아야 합니다.

그래야 중국이 갈라지는 그날이 오면 우리는 반드시 남북과 이곳 구려벌이 어우러지는 진짜 삼국통일을 이룰 수 있겠지요."

"조 박사님 이야기는 잘 알아들었습니다.

진심으로 고맙고 실제 공감이 가는 부분도 많이 있습니다.

다만 제가 이야기를 듣다 보니까 궁금한 게 있습니다. 오늘 그런 이야기를 하시는 조 박사님께서 진짜 원하시는 것이 무엇인지 그게 궁금합니다.

단순하게 우리들에게 중국 현대사를 이야기해 주시려고 한 말씀도 아닐 것이고, 동북공정에 대한 과정을 이야기해 주시려는 것도 아닐 것이고, 무엇 때문에 그런 이야기를 이렇게 장황하게 하시는지 궁금합니다."

이번에 질문을 한 것은 성시령이 아니다. 밤을 새면서 이야기하는 동안 말 한마디 하지 않던 손영천이다. 무슨 생각을 했는지 그가 어렵게 입을 열자 조병현은 조금도 망설임 없이 대답했다.

"단도직입적으로 말씀드리면 도와 달라는 것입니다."

"도와 달라니요?

제가 듣기에는 정말 큰 뜻을 품고 조국과 민족의 앞날을 위해 어렵고 힘든 일도 마다않고 하시는 분들인데, 저 같이 한낱 보잘 것 없는 변두리 대학교수가 무얼 도와 드리겠습니까? 저는 그저 이렇게 듣는 것만도 벅찰 뿐입니다."

"듣기조차 벅차시다는 것이 혹시 저희가 손 박사님 일신상이나 아니면 기타 가족의 안녕에 위해가 되는 일을 했다는 의미인가요? 그렇다면 정말 죄송합니다."

"아니요. 그런 의미가 아니라, 조 박사님께서 하시는 말씀에 비춰 가늠할 때 지금 여기 계시는 분들이 하시는 일을 짐작하겠다는 겁니다. 그런 큰일을 하시는 분들과 저를 비교해 보니 부끄럽다는 말씀입니다."

조병현은 손영천의 말을 놓치지 않았다. 그가 동북공정에 깊숙이 개입되어 있던 사실은 이미 아는 바다. 자신들과 그를 비교할 때 부끄럽다는 것은 이제까지 자신이 했던 일이 부끄럽다는 거다. 분명히 심경의 변화를 일으키고 있다는 표현이다.

"그런 말씀이라면 저도 부끄럽지요. 저야 이론으로 알고 입으로 말하는 것이 전부지만 여기 이 두 사람은 실제 목숨을 걸고 현장에 뛰어들었던 사람이니까요.

이미 서두에 말씀을 들어서 아시겠지만 두 사람은 정말 훌륭한 일을 했어요. 그때 저는 그런 일을 하는 사람들이 있는지도 몰랐고요. 하고 싶어도 몰라서 못하는 일이 있는 것처럼 저 역시 이 두 사람이 그런 일을 한다는 것을 안지가 얼마 되지 않으니까요.

다만 그 이야기를 듣는 순간 나도 무언가를 해야겠다는 생각이 들었습니다. 내가 생각하기에는 전혀 도움이 되지 않을 것 같은데 막상 현장에서 뛰는 분들에게는 상당한 도움이 되는 일도 많으니까요."

"그럼 구체적으로 제가 무얼 도와 드려야 되는 겁니까?"

"책을 찾도록 도와주십시오."

조병현이 말을 하기도 전에 태영광이 불쑥 나섰다.

"책을 찾도록 도와 달라니요?"

"말씀드렸다시피 일제가 강탈해간 책들을 찾으려고 저희는 목숨을 걸고 일본왕실을 기웃거렸습니다. 하지만 하나꼬와 핫도리 씨의 희생만 불러왔지 소득이 없었습니다. 그걸 찾는데 도와주십시오."

"그건 일본왕실에 있다고 하질 않았습니까?"

"그렇죠. 일본왕실에 있습니다. 하지만 이곳에도 반드시 있다는 생각입니다.

그 역사가 벌어진 곳이 바로 이곳이고 기록된 곳 역시 이곳 어디입니다. 전해지는 책이 반드시 있을 겁니다."

"〈환단고기〉라는 그 책은 이미 남조선에서 출간되어 화궈펑 주석 동지께서도 읽었지 않습니까?"

태영광과 손영천의 대화를 듣고 있던 조병현은 순간을 놓치지 않았다. 손영천은 화궈펑이 〈환단고기〉를 읽었다고 했다. 자신이 한 말을 듣고 안 것이 아니다. 이미 그는 알고 있었다.

그러나 아무 말도 하지 않고 두 사람의 대화를 묵묵히 듣기만 했다.

　"〈환단고기〉를 이야기하는 것이 아닙니다. 그 안에 실린 책들이나 혹은 거론 된 책들을 말하는 거지요.

　〈태백일사〉나 〈단군세기〉 같은 책들이 나와 준다면 얼마나 좋겠습니까? 그게 아니더라도 〈조대기〉나 〈진역유기〉 같은 책들, 아니 〈태백일사〉든 〈단군세기〉든 그 안에 엮여 있는 책들 중 어느 곳에라도 잠깐 언급된 책 아무 거라도 나와 주기만 한다면 더 바랄 것이 없겠습니다. 그것도 아니라면 계연수 선생께서 1911년에 엮으셨다는 그 책만이라도 나와 주었으면 좋겠습니다. 그것들 중 하나만 나와 준다면 〈환단고기〉가 역사책으로 인정을 받는데 많은 도움이 될 것입니다."

　"〈환단고기〉가 남조선에서 역사서로 인정을 받는다면 무엇이 달라지죠?"

　"그건 아주 중요한 겁니다.

　왜놈들이 왜곡한 식민사관에 물들어 아직도 깨어나지 못하고 있는 사학자들에게는 일침을 가할 수 있을 거고, 그

식민사학자들 때문에 정말 역사를 역사로 표현도 못하는 민족 사학자들에게는 날개를 달아 줄 수 있겠지요. 그걸 근거로 고대사를 다시 써야 할 테니까요.

중국과 외교적인 마찰이 생길 수도 있겠지요. 그렇더라도 밝힐 것은 밝히고 할 일은 해야 되지 않겠습니까?"

"하지만 그 책을 읽어 보니까 조선이 아시아 전체를 지배했던 것처럼 황당무계하게 써 놓았던데요?"

"물론 그런 부분도 있습니다. 그 책에서 그려놓은 우리나라 건국 초기의 상황들에 관해서는 다시 한 번 생각해 봐야 합니다. 저 역시 그런 표현들은 광활한 대국이었다는 것을 표시하기 위한 방법 중 하나였다고 생각하는 사람이니까요.

지금 우리가 접하고 있는 〈환단고기〉에서처럼 수미르국이나 기타 중앙아시아까지 포함해서 우리 역사화하려는 것은 오히려 그 진실성만 저해시킬 뿐 도움이 되지 않는다는 것은 저도 잘 알거든요.

바로 이런 것들이 지금 우리 손에 들려있는 〈환단고기〉가 위서 취급을 받는 이유 중의 하나인데, 신화적인 요소를 굳이 부풀려서 사실화시키려고 하다가는 영영 위서 취급을 받는 선에서 끝나고 말겠죠. 일본이 2차 대전 이전부터 영토 확장을 시작해서 일시적으로 지배했던 영토가 지금도 자기네 영토라는 꿈에서 깨지 못하는 바람에 미친놈 취급 받는 것과 다를 바가 없을 겁니다.

또 일부 종교에서는 그 책이 자기네 종교의 경전인양 사용하고 있습니다. 그거야 말로 정말 해서는 안 될 짓이건만 그들은 잘하는 것으로 착각하고 있습니다. 역사와 종교도 구분을 못하는 거죠. 그 바람에 다른 종교, 특히 기독교 중 개신교 쪽에서는 반발도 만만치 않습니다. 보이지 않는 종교 분쟁이죠.

우리나라는 여러 종교가 공존하면서도 종교 분쟁이 일어나지 않는 몇 안 되는 국가 중 하나라고 합니다. 하지만 저는 그렇게 보지 않습니다.

〈환단고기〉는 물론이고 '단군'에 관한 역사 역시 단군이 하느님의 아들이라는 이유로 많은 배척을 받고 있습니다. 그러나 고대에 세워진 국가 중에 전 세계 어떤 건국사를 들여다봐도 일반 사람의 아들이 세운 나라는 없지 않습니까?

하느님의 아들이거나 아니면 태양신의 아들, 그것도 아니면 신비로운 탄생이 함께 하죠. 그걸 이해하지 못하는 것 역시 가슴이 아플 뿐입니다."

"남조선에서 역사서로 인정 안 하는 책이, 태 박사님 말씀대로 근거가 되는 책을 찾았다고 해서 역사서로 인정이 되겠습니까? 그리고 설령 찾았다 한들 그 내용이 〈환단고기〉에 묶여 있는 책들이 예로 든 것처럼 황당한 이야기를 써 놓았다면요?"

"분명하게 말씀드리지만 건국신화는 건국신화에서 끝나는 겁니다. 설령 다른 장애 요소들이 나온다고 할지라도 적어도 단군의 존재가 설화가 아니라 진실이라는 것은 밝혀지겠죠.

2,000년을 넘게 고조선을 다스렸던 단군이라는 존재가 어느 한 사람을 지칭하는 것이 아니라 최고 통치자의 호칭이라는 것이 밝혀질 것 아닙니까? 마치 단군이라는 것이 사람의 이름으로 여겨져서 한 사람이 2,000년을 넘게 살며 나라를 다스렸다는 황당한 이야기로 단군 설화를 만들지는 않을 거라는 겁니다. 욕심을 내자면 마흔 일곱 분의

단군께서 다스려온 고조선의 생생한 역사가 기록되어 있다면 더 바랄 것이 없겠지요.

그 책들 중 어떤 하나만 나와도 그 정도는 밝힐 수 있는 근거가 있으리라는 것이 제 바람입니다.

무언가 알고 계신 것이 있다면 말씀해 주세요. 그리고 도와주십시오.

손 박사님께서는 무언가 아실뿐만 아니라 도와주실 수 있다는 느낌이 아주 강하게 다가옵니다."

"느낌이 온다고 말씀하시니 한마디만 물어봅시다.

정말 그런 느낌이 옵니까?"

"예. 저는 미신 따위는 믿지도 않는 가톨릭 신자로 직업은 내과의사입니다. 누가 봐도 아주 합리적인 삶을 살려고 노력하고 또 그렇게 살고 있습니다. 제가 미신을 믿거나 어떤 술수를 써서가 아니라, 이런 경우에는 대화를 하면서 느낀 점을 말씀드리는 겁니다.

손 박사님은 이미 무언가를 많이 알고 있으신데 말씀하기가 곤란해서 망설이고 계실 뿐이라는 것을 잘 압니다."

"참 어려운 일도 자청해서 하십니다.

남조선에서는 역사서로 인정도 안 하고 일본왕실 지하서고에 있는 것을 알면서도 정부는 나서지도 않는데, 나서서 일하는 걸 보면 참 안쓰럽습니다.

그리고 이건 조금 다른 이야기라면 다른 이야기고 같은 맥락이라면 같은 맥락인데 남조선에는 〈규원사화〉라는 역사책도 있잖습니까? 그런데 왜 〈환단고기〉에 관한 책만 찾으려고 하십니까? 비슷하다면 비슷하다고 할 수 있는 역사서잖습니까?

제가 듣기로는 남조선에서는 역사책으로 인정을 안 하는 분위기라지만 북조선에서는 역사책으로 인정을 하거든요. 차라리 이렇게 목숨까지 내놓고 허비할 시간이 있다면 〈규원사화〉를 연구해서 역사책으로 인정받는 편이 더 낫지 않겠습니까?"

손영천의 날카로운 질문에 태영광은 할 말을 잊었다.

무엇보다 창피했다.

나라에서는 역사서로 인정도 못 받는 역사책을 찾는 것이 창피한 일이 아니다. 엄연히 역사책으로 인정받고 당당하게 그 가치를 발휘할 수 있는 책을 코앞에 놓아두고 엉뚱하게 시간을 낭비하는 사실을 질책하는 그 말에 부끄러웠다. 이 건 단순히 자신을 질책하는 말이 아니다.

손영천이 보기에는 우리나라에서 올바른 고대사를 밝히 기에는 이미 틀렸다고 생각할 수도 있다. 〈규원사화〉가 역 사서로 인정을 받으면서 무언가 부족한 것 같아서 〈환단고 기〉의 진위를 밝힐 근거를 찾는다면 이해를 하겠지만 이건 애초부터 고대사의 광역을 부정하고 싶은 세력들이 있다는 것을 그는 알고 있었다.

이럴 때 일수록 솔직해져야 한다. 태영광은 부끄럽고 말고 를 가릴 때가 아니라는 것을 알기에 부끄러운 것도 잊은 채 대답했다.

"말씀하신 대로 지금 우리나라에서는 〈규원사화〉 역시 정식 역사서로 인정하지 않습니다. 고서심사위원 중에서 반 정도는 진본임을 인정하고 역사서로 인정하려 했습니다. 그러나 반 정도가 〈규원사화〉에 나오는 단어가 그 시대의 것이 아니라고 주장하면서 1920~1930년대에 천도교라는 민족 종교의 신도들이 만들어낸 위서라고 주장하는 겁니 다.

부끄럽기 그지없는 일임에 틀림없습니다.

그러기에 더 절실하게 〈환단고기〉에 실려 있는 〈태백일사〉 등이 역사서로 인정받는 것이 필요한 겁니다. 만일 우리가 찾고자 하는 책 중에서 하나라도 찾고, 그 책에 단군이나 우리가 찾던 어떤 자료나 근거가 기록되어 있다면 역사서로 인정을 받는 거지요. 졸지에 〈환단고기〉와 〈규원사화〉가 함께 역사서가 되는 거구요."

"아니, 인정도 못 받을 일을 왜 하시려고 그러십니까? 그런 책들을 찾아도 인정해 줄 사람도 없지 않습니까?

지금 말씀을 들으면 그 책들 중 하나를 찾는다고 해도 그 진위 여부로 시비가 붙을 것 같은데요?"

"찾기만 한다면 그런 일이야 있겠습니까? 하기야 지금 하는 태도들로 보면 그럴 수도 있겠지요. 학계의 한 자리를 차지하고 자신들이 쌓은 모래성이 허물어 질까봐 전전긍긍하는 사람들이 엄연히 존재하고 있으니까요."

손영천의 날카로운 지적에 답하는 태영광의 목소리에서 힘이 빠지는가 싶더니 갑자기 다시 생기를 찾고 말을 이어 갔다.

"그러나 찾기만 한다면 그런 현상은 곧 사라질 겁니다.

지난날의 우리 민족이 아닙니다.

잃어버린 역사와 잃어버린 영토 수복에 대한 욕구가 최고점에 도달한 마그마처럼 끓고 있습니다. 누군가 불만 붙여 준다면 활화산처럼 일어날 그런 시점에 와 있습니다. 역사는 소수의 지도자가 창조한다는 그 이론만큼이나 확실한 것은 역사는 민중의 힘에 의해 물줄기를 바꾸지 않습니까? 소수의 지도자론을 내세우는 그들에게 당당하게 맞서서 민중의 힘으로 물줄기를 바꿀 수 있다고 자신하니까요.

인정도 못 받는 일을 왜 하냐고 하셨는데, 저는 이 일을 누구에게 인정받기 위해서 시작한 것은 아닙니다. 누군가는 해야 할 일 같아서 시작했을 뿐입니다.

지금까지 조 박사님께서 좋은 말씀 많이 해 주셨는데 저는 그 말씀을 들으면서 평소에 제가 생각하던 것에 대한 확신을 가졌습니다. 조 박사님과는 조금 견해가 다른 부분도 있지만요.

먼저 동북공정의 시발 시점입니다.

동북공정의 시작은 처음 화궈펑이 중난하이에서 발언을

하던 1964년 바로 그 시점이었다는 것이 옳을 것입니다. 마오쩌뚱이나 덩샤오핑 모두 이민족으로 동서남북 방어벽을 쌓고 싶어 했습니다. 다만 그 방법을 몰랐던 겁니다. 그들이 미처 깨닫지 못한 방법을 화궈펑이 생각해 낸 겁니다.

그 바람에 화궈펑이 중국 최고 권력자가 되었고, 그 권력을 이어받은 덩샤오핑은 화궈펑의 그런 점을 높이 산거지요. 혹으로 여기던 북방민족이 방어벽이 되어 준다면 그보다 더 좋은 일이 어디 있겠습니까?

다음으로는 중국이 세우고 싶어 하는 자치구 문제입니다.

중국은 절대 조선족 자치구를 원하지 않습니다. 그리고 통일중국이 갈라지는 날을 대비해서 설계하는 나라는 바로 동북아 자치구일 겁니다. 이름이야 다른 것으로 붙일지도 모르지만, 우리는 여진족이라고 말하는, 청나라를 세웠던 만족과 조선족 등의 소수민족을 묶어서 만든 자치구겠죠."

"근거가 있나요?"

손영천이 짧은 한마디의 질문을 했을 뿐이다. 그러나 그 질문 속에 함축된 의미를 조병현은 눈치 챘다. 손영천의 목소리가 떨린 것을 조병현은 분명하게 들었다.

"근거라고 하기에는 미약합니다만 나름대로 정리를 해 본 겁니다.

유병권 박사님과 일을 시작하면서부터 저도 나름대로는 많은 공부를 했습니다. 그저 일본을 오간 것으로 시간을 낭비한 건 아닙니다. 논문도 많이 읽고 소위 재야사학자라고 불리는 분들도 만나서 많은 것을 얻었습니다. 사학계에서 큰소리치는 양반들도 만나서 그 모순도 짚어봤고요.

결국 제가 얻어낸 결론은 중국은 조선족 자치구를 원하지 않을 수도 있다는 겁니다.

북한이 붕괴되는 시점이 오면, 중국은 처음에는 대동강과 청천강 중간 어디까지가 자신들과 우리나라의 국경이라고 할 겁니다. 자신들이 고구려와 고조선 역사를 자국의 역사로 한 만큼 그 영토 지배권을 우기며 외교 분쟁화하겠죠.

그러나 그건 단지 전 세계에 보여주기 위한 행위일 뿐입니다.

결국에는 지금의 국경인 압록강을 국경으로 남길 겁니다.

자신들은 역사적으로 대동강까지가 자신들의 영토였음에도 불구하고 현재 지배하고 있는 영토에 대해 인정한다는 것을 보여주는 겁니다. 훗날 우리가 고조선 이래 고구려가 지배한 우리 영토에 대해 이야기할 때를 대비하는 겁니다.

자신들은 현재 지배한 영토에 우선권을 두고 이미 국경을 양보했는데 우리가 엉뚱한 소리한다고 국제사회에 호소겠다는 겁니다.

그리고 구려벌에 동북아 자치구를 두는 겁니다. 1,000만이 넘는 만족과 그 수가 많이 줄어 200만이 채 못 되는 조선족을 비롯해서 북방에 사는 민족들을 묶겠지요. 당연히 소수민족들은 서로 주도권 다툼이 생길 겁니다.

이 다툼에서의 승자는 눈에 보입니다.

비록 북방민족이라고는 하지만 중국을 지배했었기에 중국 곳곳에 뿌리를 내리고 있는 만족과 조선족의 싸움입니다.

지금의 만족은 자신들이 조선을 지배했던 나라라고 우기면서, 그 옛날 우리와 뿌리가 같은 민족이라고 하던 이야기는 사라진지 오랩니다. 게다가 그들은 우리 조선족에 비하면 무려 다섯 배나 되는 식솔들을 자랑하고 있습니다. 빤한 결과 아니겠습니까?

만족이 동북아 자치구의 지배권을 갖고 자신들의 영역을

지키려고 할 겁니다. 우리가 남북통일이 되어도 국경을 마주치는 것은 한족의 중국이 아니라 만족이 지배하는 동북아 자치구입니다. 중국으로서는 더 이상 바랄 것이 없는 그림 같은 결과죠.

그때 우리 조선족들은 어떻게 되나요?"

"그런 일이 일어나면 안 되죠?

어떻게 만족의 지배를 받고 살 수 있겠어요?

그건 말도 안 됩니다. 그렇다면 그들은 또 자신들의 문화를 내세우면서 우리 조선족을 자신들의 문화 속에 집어넣으려 할 텐데!"

성시령이 반색을 하면서 말했다. 그녀가 만족과 무슨 사연이 있는지는 모르지만 눈에는 절대 그런 일이 있어서는 안 된다고 쓰여 있었다.

"하시던 이야기 계속 해 보시죠."

성시령과는 다르게 손영천은 이야기를 계속 듣고 싶어 했다.

"만족이 지배하는 동북아 자치구가 형성되면 우리 조선족은 3등 국민이 되는 겁니다. 일제 강점기 시절에 왜놈들이 자신들은 1등 국민이고 조선인은 2등 국민이고 만족은

3등 국민이라고 하던 모습이 재현될 겁니다. 다만 1등 국민이 한족이고 2등 국민은 만족이고 3등 국민은 조선족으로 자리 이동을 하겠지요.

우리의 후손들은 갈 곳을 잃겠지요.

그렇게 되면 조선족이 가만히 있겠습니까? 만족에 대항하겠지요. 우리의 설 곳을 만들겠다고 할 겁니다.

지금 이스라엘에 대항하는 팔레스타인 게릴라들이 되는 겁니다.

그들은 스스로 말하듯이 아브라함의 한 핏줄로써 단지 적자와 서자의 후손이라는 것 이외에는 다를 것이 없는 같은 민족입니다. 종교만 서로 다를 뿐 같은 조상의 후예들이 철천지원수가 되어 싸우고 있습니다. 같은 언어, 같은 음식, 같은 의상과 풍습을 가진 그들은 얼마든지 같은 길을 갈 수 있었습니다. 같은 땅에서 공존하며 살 수 있던 그들을 갈라놓은 것은 바로 벨푸어선언이라는 영국이 벌인 묘한 발언 때문입니다. 당시 필요한 전비를 끌어드리기 위한 목적으로 아무런 조율도 없이 두 나라를 모두 승인했던 졸작의 결과일 뿐입니다. 두 나라가 함께 살 수 있는 방안을 모색해 준 것이 아니라 두 나라가 싸워야 하는 분쟁의 씨를 붙여 준거지요.

이것은 지금 우리나라의 남북을 갈라놓은 것처럼 국제사회의 농간이었습니다. 국제사회의 이익 분배론에 의해 38선이 그어진 것과 다를 것이 없습니다.

1,900년간 살고 있던 팔레스타인 사람들에게는 빼앗긴다는 마음이 들고, 본디 그들의 영토였던 이스라엘은 당연히 영토를 수복하는 것뿐이었지요. 그러나 이런 모든 것이 사전에 민족과 문화와 영토를 아우르는 조율만 있었다면 그런 비극이 있었겠습니까?"

"그렇다면 우리가 이 땅에서 만족과 끝없는 전쟁을 벌일 거라는 말씀입니까?"

"글쎄요? 그게 전쟁이 될지 아니면 다른 방법의 투쟁이 될지는 모르겠지만 분명한 것 하나는 분쟁이 끊이지 않을 거라는 겁니다.

중국이 원하는 것도 바로 그거고요. 만족과 조선족의 분쟁으로 한족에 대한 독립요구는 없을 거라는 겁니다.

그렇게 되면 불쌍한 건 바로 우리 조선족일 뿐입니다.

한족에게는 3등 국민 취급 받고, 내 땅에 살면서도 만족의 지배를 받고, 한반도 안에 살고 있는 동족에게는 외국인 취급 받고. 이게 무슨 꼴입니까?"

"그런 것과 지금 태 박사께서 하고자 하는 일과는 무슨 상관인지 언뜻 이해가 안 갑니다."

"지금 이 시점에서 정리를 해야 한다는 겁니다.

이스라엘이 팔레스타인과 전쟁을 하고 있지만 그들이 훨씬 우월한 입장에서 전쟁을 이끌어 나갈 수 있는 원인이 무엇이겠습니까?

이스라엘이 돈이 더 많아서 좋은 무기를 많이 보유해서일까요?

저는 그렇게 생각하지 않습니다.

중요한 것은 유대인에게는 구약 성경이라는 민족 지침서가 있다는 겁니다. 구약 성경이 그들을 하나로 만들어 주는 겁니다. 천지창조부터 이어온 그들의 역사와 문화가 고스란히 전해오는 바로 그 책, 구약 성경이 그들을 한 끈으로 묶어놓고 있습니다.

우리에게 필요한 것이 바로 그런 것입니다.

우리 모두를 하나로 묶을 수 있는 끈.

그 끈이 없으면 결국 우리는 팔레스타인 난민의 처지를 면할 수 없을 것입니다.

팔레스타인은 자기들 역시 아브라함의 후손이면서도, 단지 서자였다는 이유 하나로 스스로 그 끈을 던져버렸습니다. 그 결과가 지금의 처참한 그들을 만들고 있는 것입니다.

이스라엘처럼 이곳 구려벌의 주인이면서도, 팔레스타인 난민처럼 살아갈 우리의 후손들을 생각해 보십시오.

더더욱 최악의 경우 중국이 북한의 붕괴와 함께 대동강이나 청천강까지 동북아 자치구를 세웠다고 가정해 봅시다.

국제사회라는 것이 원래 냉정하다 보니, 다른 이익을 위해 힘 있는 중국 앞에서 우리 민족은 헌신짝처럼 던져버리고 그걸 택할 그림을 그려 보면 정말 끔찍합니다.

한반도의 반쪽만 가진 보잘 것 없는 나라와 팔레스타인 난민처럼 살고 있는 우리들의 모습을 생각해 보십시오. 한반도에 사는 민족들마저 남의 눈치 보느라고 이리저리 치이다가 결국은 우리 민족 모두가 난민으로 전락하는 그 모습을 그려보십시오.

이스라엘이 1,900여 년 만에 잃었던 영토를 수복한 것처럼 우리들도 구려벌을 수복할 기회는 반드시 올 겁니다. 그 기회가 오는데도 잡을 수 있는 끈을 만들어 놓지 않아 우리 후손들이 잡지 못하고, 영원한 지구의 이방인이 되는 꼴을 그려보십시오. 우리가 얼마나 큰 죄를 후손들에게 짓는 것입니까?

우리에게 이 땅을 물려주셨건만 지키지 못하고 빼앗긴 그 하나만으로 선조들에게는 당연히 죄를 지었습니다. 하지만 태어나지도 않은 후손들에게 새로운 고통을 물려주는 그 죄는 짓지 말아야 할 것 아닙니까?"

태영광의 목소리는 애끓는 절규였다.

그의 말마디에는 한이 서린 피가 끓어 넘치고 있었다.

"끈이라?

후손에게 죄를 짓는 것이다?

팔레스타인 난민이라?"

태영광의 말을 들으면서 손영천은 눈을 지그시 감고 연신 혼잣말처럼 되뇌었다. 태영광은 그런 모습을 보며 밤을 꼬박 새웠으니 피곤할 만도 하다고 생각했다. 그러나 그는 피곤해서 눈을 지그시 감은 것이 아니라는 듯이 갑자기 눈을 번쩍 뜨고 또렷한 목소리로 물었다.

"끈을 만들었다고 칩시다.

지금처럼 북조선은 제 앞가림도 못하고, 남조선은 관심이 없는 건지 아니면 남조선도 힘이 없는 건지 그저 조용하기만 한데 무슨 소용이 있다는 겁니까?"

"그건 아니라고 이미 말씀드렸지 않습니까?

정부도 정부지만 백성들이 활화산처럼 일어날 날이 머지 않았습니다. 나쁜 것도 아니고 내 영토 수복하자고 백성들이 나서는데 가만히 있을 정부가 있겠습니까?

그리고 당장 올바른 역사를 세우기 위해서 필요한 것도 사실이지만, 그보다 더 중요한 것은 그런 끈을 남겨 놓아야 한다는 겁니다.

유대민족이 마사다 전투에서 로마에게 완전히 패망하고 지도상에 흔적도 남기지 못한 채 흩어졌지만 무려 1,900여 년 만에 다시 그 땅을 수복해서 나라를 세웠습니다.

우리는 그보다는 낫지 않습니까?

엄연하게 존재하는 나라가 있습니다. 언젠가는 하나가 될 남북이 있습니다.

지금은 국력이 약해서 이렇다 할 소리도 못 내고 있지만 그게 끝이 아닙니다. 국력은 반드시 돌고 돕니다. 역사가 그걸 증명해 주고 있지 않습니까?

우리 국력이 세져서 잃어버린 우리 영토를 수복할 수 있는데도 아무런 근거가 없으면 무슨 소용이 있겠습니까? 지금 그 근거를 남기자는 겁니다.

근거도 되고 우리 후손들을 하나로 묶어 줄 수 있는 그 끈을 남기자는 겁니다.

저도 피곤하다 보니 자꾸 같은 말을 되풀이하게 되고 또 이야기도 두서는 없지만 제 뜻은 그렇습니다."

긴 이야기가 끝나자, 성시령이 갑자기 생각이 났다는 듯이 외쳤다.

"어머? 내 정신 좀 봐.

밤새워 나라와 민족을 걱정하시는 분들 이야기를 듣다 보니 거기 빠져서 조반 준비하는 것도 잊었네?"

성시령이 황급히 자리에서 일어났다.

"아, 아닙니다. 저희도 피곤하지만 두 분 역시 피곤하실 텐데…"

태영광은 말끝은 맺으면서도 간다는 소리는 안 했다.

끝을 보겠다는 이야기다.

"아니에요. 먼 길 오신 손님들인데 밤새 이야기하시느라 힘드신데 간단하게 어제 저녁에 먹던 국에 밥만 한술씩 얹어 드시게 준비할게요."

성시령도 보내고 싶은 마음이 없어 보였다. 나랏일을 걱정한다고 하면서 아침까지 먹이려는 것을 보면 조병현의 말에 이어서 애끓는 태영광의 말이 그들의 마음을 확실하게 움직이고 있다.

조병현은 이쯤에서 그들 부부가 생각할 시간을 주는 것이 옳다고 생각했다.

지난번에 일하러 왔을 때 근 백번을 만난 그들 부부다.

길다면 길고 짧다면 짧은 시간 동안 보아온 그들 부부이기에 웬만큼은 그 속내를 짐작할 수 있다. 지난번에 왔을 때 서로 너무 가깝게 지내니까 주변에서 의형제를 맺었냐고 물을 정도였었다.

"우리도 돌아가서 쉴 테니까 조반 준비는 그만두시죠."

조병현이 돌아가겠다고 하자 성시령이 아침 준비하던 손을 멈추고 돌아서며 말을 받았다.

　"무슨 섭섭한 말씀을 그리 하십니까? 가실 때 가시더라도 조반은 드시고 가야지요.

　그냥 가시면 섭섭해서 안 됩니다."

　"맞아요.

　조반 드시고 가서 쉬시다가 이따가 저녁에 다시 만나서 못다한 이야기를 나눕시다."

　손영천까지 나서서 거드는 바람에 세 사람은 아침까지 먹고 숙소로 돌아왔다.

　"푹 자둡시다. 언제 이 휴대폰이 울릴지 모르는데.

　모르면 몰라도 오늘 저녁을 넘기지는 않을 겁니다."

　조병현이 중국에서 사용하기 위해 한 대 준비한 휴대폰을 가리키며 말했다.

　"이래서 폰을 준비하자고 한 거예요. 두고 보십시오. 내말이 틀리지 않을 테니.

　단, 그 결과는 나도 모르죠. 당장 꺼지라고 할지 아니면 무언가 정보라도 줄지는.

그런데 오늘 새벽 표정을 보니 결과가 나쁘지는 않을 것 같은 기분은 들어요.

태 박사가 자신이 여러 번 같은 말을 반복했다고 했죠?

내가 보기에는 손영천 박사가 같은 질문을 여러 번 했어요.

그렇다고 손 박사가 피곤하다거나 졸음에 겨워 같은 질문을 되풀이한 건 아닐 거요. 그 눈은 살아서 아주 또렷했거든. 태 박사의 대답을 들어 보자는 거였지. 같은 대답이라도 여러 번 들어서 자기에게 주입시키자는 겁니다.

우리도 가끔 그럴 적 있잖소?

상대방이 할 대답이 빤한데도 몇 번이고 반복해서 묻고, 듣고 싶을 때.

그때는 이미 대답을 알면서도 내가 나에게 묻는 게 되는 거죠. 내가 나에게 그 대답을 주입시키자는 겁니다.

오히려 생각했던 것 이상의 결과가 나올 것이라는 기대도 돼요.

게다가 손영천 박사보다는 오히려 성시령 경독이 나서는 것 같아서 더 기대가 돼요. 성 경독이 경찰이지만 집에서는

여간해서 나서지 않거든요. 지난번에 내가 느낀 것은 조용
한 여인이라는 것이었는데 오늘은 아니었어요.

　손영천 박사보다 더 관심을 가지고 덤비는 것이 분명히 좋
은 조짐이 다가오고 있는 것 같아요.

　태 박사의 논리도 훌륭했고.”

　세 사람은 전화벨을 기다리면서 깊은 잠에 빠져들었다.

13. 피는 바꿀 수 없어도
신분은 바꿀 수 있다

박종일이 눈을 떠서 시계를 보니 두 시다.

밖이 환한 것으로 보아 오후 두 시가 분명했다.

손영천의 집에서 성시령이 차려준 아침을 먹고 호텔로 돌아와서 잠자리에 든 시각이 아홉 시다. 다섯 시간을 채 못 잤는데도 상쾌하다. 어제 이곳까지 온 여독도 밤을 새운 피로도 간 곳이 없다. 모르면 몰라도 어제 밤새 이야기를 듣는 동안 너무 깊이 빠져들어서 피곤함도 잊은 것 같았다.

박종일은 아직 곤하게 잠들어 있는 두 사람에게 피해를 주지 않으려고 살그머니 침대에서 일어났다. 세 사람이 쓰느라고 넓은 방을 얻기는 했지만 그래도 조심해야 한다.

베란다로 향했다.

호텔 4층 베란다에서 보는 통화시는 정말 우리나라의 그것과 조금도 다름이 없었다. 멀리 보이는 산이며 도심 모두가 그저 손 안에 들어오는 우리나라 중소도시의 풍경 그대로였다.

"이래서 피는 못 속인다고 하나?"

박종일은 쓸쓸하게 웃으며 담배를 꺼내 물었다. 어제 공항을 나오면서 산 담배다.

담뱃갑에는 담배 이름이 중난하이라고 쓰여 있었다. 청와대(靑瓦臺)라는 담배를 만들면 잘 팔릴 것 같다는 쓸데없는 생각을 하면서 담배에 불을 붙였다.

'인간이라는 것이 참 묘한 동물이다.

처음 태영광을 만났을 때 그는 유병권 박사와의 만남을 정말 잘못된 만남으로 인식하는 것 같았다. 그런데 유 박사와 일을 시작한지 불과 2년이 채 되기도 전에 사람이 저렇게도 변했다. 사람이 변한 것이 아니라 원래 그가 가야하는 길을 못 찾고 있다가 이제 찾은 건지는 모르겠지만 좌우간에 달라도 너무 다르다.

이게 민족이라는 건가? 내 민족의 갈 길을 의식하면 사람이 그렇게 되는 건가? 그래서 독립운동을 하던 분들이 생겨나고 나라를 위해 목숨을 바치는 순국선열들이 계셨던 것일까?

하기야, 나도 옷을 벗는 한이 있어도 이 길을 포기 할 수 없다고 생각했으니….'

그때 베란다 문이 열리면서 태영광이 나왔다.

"일찍 일어났네?"

"왜 더 자지?"

"아니, 조 박사님께서 전화를 받으셨거든. 그 소리에 나도 일어났는데 박사님 말씀으로는 손영천 박사의 목소리가 아주 심각하게 들렸다는데?

모 아니면 도래."

"모 아니면 도라니?"

"조 박사님이 아는 그들 부부는 지지부진하게 끌 사람들이 아니라는 거지. 오늘 어떤 결론이 나기는 하는데 심각한 목소리로 봐서는 우리에게 자신들의 입장을 설명하고 젊잖게 빠지거나 아니면 우리가 하는 일에 협조를 하거나 둘 중 하나.

단, 자신들이 이 일에서 빠질 경우에는 우리들에게 이곳을 떠나라고 할 거래. 다시는 오지 말라고 경고도 하고.

성시령 경독이 동족에게 베푸는 최고의 배려라는데?

안 그러면 우리 신변이 위험해 질 수도 있다고 하더라고. 중국이 원래 신경을 쓰는 일이다 보니 그렇겠지.

어쨌든 우리도 준비하자고.

다섯 시에 손 박사 집으로 다시 가겠다고 하는 것 같던데."

태영광이 안으로 다시 들어가고 나자 박종일은 하늘을 올려다보았다. 이곳도 가을 하늘이 푸르기는 마찬가지다.

서울이나 북쪽 저만큼에 와서 보는 하늘이나 다를 것이 없는데, 그 아래 사는 사람들은 왜 그렇게 다른 걸까?

세 사람이 손 박사의 집에 들어서자 생각보다 반갑게 맞아 주었다.

굳은 얼굴로 자신들을 맞이해서 차 한 잔 앞에 놓을 시간도 없이 결론을 내면 안 좋은 거라는 조 박사의 말을 들었던 참이라 더 그렇게 느껴졌는지도 모른다.

"어서 오십시오. 제대로 쉬시지도 못하게 전화 드린 것이 아닌지…."

"아닙니다. 쉬러 온 것도 아니잖습니까?

이틀 연속 들락거려 불편만 끼칩니다."

세 사람을 대표해서 조 박사가 인사를 건넨 후 안으로 들어섰다.

성시령은 벌써 차를 준비해서 세 사람이 앉자마자 들고 나왔다.

"힘드시겠어요. 어제 밤새 토론하시고 또 이렇게 오시게 해서."

"아닙니다. 저희들이 공연히 폐를 끼치는 거죠. 저희들은 그저 오고가고지만 두 분이야 말로 아주 피곤하실 텐데."

이번에는 태영광이 인사를 받았다.

각자 앞에 있는 찻잔을 들어서 두어 모금씩 마신 시간이 흐른 후 손영천이 먼저 입을 열었다.

"오늘 아침, 세분이 가시고 난 후 집사람과 허심탄회한 대화를 나눴습니다. 이제껏 결혼하고 그렇게 깊은 이야기를 나눠 본 적이 없는 것 같습니다.

각자 하는 일도 다를 뿐만 아니라 서로가 하는 일에 차라리 모르는 것이 좋은 세상이다 보니 그랬겠지만, 서로에게 너무 무관심 했었다는 것도 새삼 느끼게 해 주는 대화였습니다.

이런 현상이 조 박사님 말씀마따나 내 것을 내가 갖지 못하고 있어서 일어나는 현상인지도 모르지요. 남의 눈치나 보면서 살아야 하니까요. 그동안 쉰이 넘도록 사는 인생 중 우리 부부가 결혼해서 산지도 그 반은 될 텐데 말입니다.

사람 사는 게 그래서는 안 된다는 것을 알면서도…"

"당신은…?

참, 점심은 드셨어요?"

손영천이 무슨 말을 하려고 했었는지는 모르지만 말을 미처 맺지 못하고 감정이 격했는지 울컥하며 목이 메었다. 그러자 성시령이 무안했는지 아니면 할 말과는 다른 방향으로 흘러간다고 생각했는지 얼른 말꼬리를 돌렸다.

"아, 예. 아침을 먹고 바로 자는 바람에 저희들은 지금 아무것도 먹고 싶은 생각 없습니다. 어제 와서 저녁 잘 먹고, 밤새도록 새참 먹고, 아침 먹고 더 이상 들어갈 곳이 있겠습니까?"

분위기를 바꿔보려는 듯이 박종일이 장황하게 대답했다.

"변변하게 대접도 못 했는데 그리 말씀해 주시니 고맙습니다.

남조선 경찰들은 많이 자유로운가 봐요? 박 경정님처럼 자유롭게 자신이 할 일도 할 수 있잖아요."

"아닙니다. 어제 말씀드린 대로 청장님의 특별 배려가 없었다면 어림도 없는 일이지요."

"아무리 특별 배려라도 그렇지 자신이 있는 위치가 노출될 텐데요? 휴가가 아닌 다음에는.

그렇다고 장기간 휴가를 마냥 쓸 수도 없는 노릇이고."

"글쎄요. 그게 조직사회의 보이지 않는 모순이랄까? 파견 근무도 있고 하니까 융통성이야 좀 있겠지요. 그건 여기도 마찬가지 아닙니까?"

"비슷한 경우인지는 모르겠지만 있기는 있어요.

저는 아직 한 번도 안 겪어 봤지만 당에서 부르는 것이 있기는 해요. 그런 사람들은 자리를 비워도 오랜 동안 비우기는 하는데…"

"그런 경우라고 생각하시면 될 겁니다. 당이 아니라 백성들이 불러서 응답한 거지만."

"백성들의 부름이라? 듣기 좋네요."

신랑의 공백을 메워주기라도 하려는지 성시령은 박종일과 경찰 조직 이야기를 했다.

손영천도 아내의 의중을 짐작했으련만 아직 기분 회복이 안 됐는지 조용하게 찻잔만 들고 있었다.

"조 박사님 말씀이 맞습니다. 물론 태 박사님 말씀도 맞구요."

마시지도 않으면서 찻잔을 들고 있던 손영천이 찻잔을 내려놓으며 입을 열었다.

"두 분 말씀이 모두 맞는 말씀입니다.

한 가지 궁금한 것은 두 분 모두 누군가에게서 그런 정보를 들은 게 아닙니까?"

"그런 건 아닌데요?"

조병현과 태영광은 갑작스런 질문에 동시에 대답하면서 서로를 마주 쳐다봤다.

"아니라면 너무 대단하십니다. 그만큼 많은 연구를 하셨다는 거겠지요.

두 분께서 저희 동북공정사업단 안에 아는 사람이 있어서 미리 듣고 말씀하시는 것같이 정확하게 짚어 주셨습니다.

맞습니다.

화궈펑 전 주석께서 자신이 스스로 자리를 물러나면서 동북공정 사업을 이루겠다고 덩샤오핑 전 주석과 약속했습니다. 〈환단고기〉라는 남조선의 책을 읽고 자극을 받으신 것 역시 사실입니다.

또 태 박사님께서 말씀하신 동북아 자치구에 대한 계획 역시 맞습니다.

결국 두 분의 말씀을 하나로 합치면서 틀린 부분을 제외한다면, 중국이 최대 목표 사업으로 꼽고 있는 동북공정의 목적과 발단이 그 안에 모두 들어가 있습니다.

저는 놀랐습니다.

전문가도 아니라면서 어떻게 그리도 자세히 알고 있을까? 정말 놀랐습니다.

그런데 정작 제가 놀란 것은 새벽녘에 태 박사님께서 말씀하신 청나라의 만족과 우리 조선족의 문제가 더 충격적이었습니다.

제가 깊숙이 관여를 하면서도 짐작도 못했던 일입니다.

중국의 한족들이 우리를 차별 대우하는 거야 제가 몸으로 겪으니까 아는 이야기지만 그렇게까지 치밀한 계획이 있을 줄은 몰랐습니다. 얼핏 듣기에는 그저 가정을 해 보는 거라는 생각도 들었지요. 그래서 몇 번인가 같은 질문을 말만 바꿔가면서 드리기도 했습니다.

그 질문은 저 자신에게 하는 질문이었습니다. 그런데도 태 박사님은 정확하게 대답해 주셨고 저는 무너지는 저를 보았습니다."

손영천은 다시 말을 끊고 찻잔을 들어 한 모금 마시더니 성시령을 바라보았다. 성시령의 눈이 초롱초롱하게 빛나며 손영천에게 무언가를 자꾸 독촉하고 있었다.

"이곳에 책이 있을 것이라는 말씀도 맞는 말씀입니다. 지금은 북경에서 보관하고 있지만 분명히 이곳에서 나온 책입니다. 〈환단고기〉에 묶여 있는 책은 아니지만 그 기본이 되었던 책이 있습니다. 〈조대기〉라는 책이죠."

그 말을 듣는 순간 세 사람은 자신들도 모르게 '헉' 하는 신음소리를 냈다.

일시에 낸 소리다.

세 사람 모두 숨이 턱까지 차오르다가 멈춰서는 것 같아서 신음소리가 나오는 것을 참을 수가 없었다.

놀라기는 성시령도 마찬가지였다. 두 사람은 이미 그들에게 사실을 말해주기로 말을 맞춘 뒤지만 저렇게 단도직입적으로 말 할 줄은 몰랐다.

"놀라셨나 보죠?

그럴 것이라고 추측을 하면서도 아니길 바라는 일이 있죠. 그런데 막상 그 일이 사실로 밝혀지면 놀라지 않을 수 없고요. 또 정말 찾고 싶은 것이 있지만 없을지도 모른다고 생각했는데 막상 있는 것을 발견하게 되면 그 역시 놀라게 되죠.

어차피 마음 결정을 했으니 궁금해 하실 것부터 말씀드리죠.

북경에서 보관하고 있는 〈조대기〉라는 책이 정말 진본인지는 저도 모릅니다. 제가 하는 일은 그 책의 내용을 연구하는 일이지 연대를 측정하거나 진위 여부를 가리는 일은 다른 팀에서 하거든요.

나중에 제가 들은 바로는 원본은 아니고 필사본이라고 했어요. 종이나 기타 측정 결과로는 대략 고려시대 중반에 필사된 것으로 들었습니다. 비록 필사본이지만 진본 중의 하나인 것은 사실이라고 생각합니다. 그 이유는 제 이야기를 듣다 보면 알게 됩니다.

내용은 제가 잘 알지요.

북조선에서는 진국 혹은 대진국이라고 부르는 발해시대에 저술된 역사서입니다. 단군조선 이전부터 기록되어있습니다. 환국이라는 나라부터 기록되어 있는데, 특히 단군이 세운 조선의 역사가 아주 상세하게 기록되어 있습니다. 역대 단군의 이름과 재위기간은 물론 치적까지 고대에 기록된 것치고는 비교적 상세하게 적고 있습니다. 더불어서 부여와 고구려는 물론 발해 건국에 대한 역사도 적혀 있었습니다. 그런 것으로 봐서는 발해 중기쯤에 저술된 것이 아닌가 하는 생각입니다."

태영광과 조병현, 박종일 세 사람은 손영천이 무슨 결심을 했는지 모른다. 다만 〈조대기〉가 있다는 그의 말과 그 내용을 들으니 뭐라 표현을 할 수 없었다. 기뻐해야 하는 일인지 아니면 무슨 조치를 취해야 하는 것인지 아무 생각도 나지를 않았다. 일본왕실 서고에 그 책들이 있다는 것을 알고 접근했을 때와는 또 다른 엄청난 충격이었다.

그러나 그들의 표정이나 기분에는 아랑곳 하지 않고 손영천은 말을 이었다.

1981년 11월.

그해 유난히도 무더웠던 여름과 짧은 가을이 지나고 머지않아 닥칠 한파를 예고하던 때다.

사회과학원(社會科學院)의 말단 역사연구원 손영천은 그날도 주어진 과제에 열중하고 있었다.

이 과제를 다 마치고 나면 다음 학기에 북경대학교에서 강의할 준비를 해야 한다. 내년 봄 학기에 처음으로 강의가 주어졌다. 이번에 주어진 강의를 잘 해야 앞으로 더 많은 강의를 할 수 있고 나아가서 전임으로 임명될 수 있다.

동양사학을 전공하고 박사학위를 받았다지만 사회과학원

에 들어온 것만 해도 행운이라고 생각했다. 북경대학에서 강의를 하게 되었다는 것은 상상도 못할 일이었다. 그저 작은 대학이라도 강의만 주어지면 열심히 해 볼 생각이었다. 이 모든 것이 스승인 장계황(張桂皇) 박사 덕분이다. 그분께서 자신을 이곳으로 이끌어 주시고 자신의 뒤를 잇게 하고자 북경대학에 시간 강의나마 맡을 수 있게 해 주셨다. 이번 여름에 땀 흘린 보람을 가을에 거두게 해주는 가장 보람된 선물이었다.

한참 과제를 진행하는데 전화가 울렸다.

"손 박사? 나 장계황이야."

장 박사와 마주한 후 그의 말을 다 듣고 나서 손영천은 자신이 꿈을 꾸고 있다는 생각 이상은 할 수 없었다.

"그러니까 서둘러서 준비를 끝내게.

북경대학에서 강의를 하는 것도 좋지만 그것 이상으로 보람이 있을 걸세. 더더욱 이건 전임자리 아닌가? 시간 강의하는 것과 전임 교직원으로 가서 가르치는 것과는 가르치는 이도 배우는 이도 기분이 다른 걸세."

"저야 교수님께서 신경을 써 주시니 더 없이 감사할 따름입니다. 다만 아내가 공안 3급경사로 북경에서 근무하고 있는 것이 걸리기는 하지만, 아내의 전보발령도 신청해 놓겠습니다."

"그 문제도 내가 신경을 썼네. 마침 공안 쪽에 아는 사람이 있어서 부탁 좀 했지. 다행인지는 모르겠네만 2급경사로 진급을 시켜서 통화시로 발령을 내겠다고 하더군. 그냥 보내는 것보다는 낫지 않겠냐고 하기에 고맙다고 했지.

나 역시 자네를 그리로 보내면서 무언가 해 주고 싶었는데 잘 된 일 아닌가?

하기야 나도 그리로 가기는 갈 거지만."

"스승님께서도 그곳으로 가십니까?"

손영천은 자신이 전임교수로 간다는 것도 기쁘고 아내가 진급을 해서 함께 간다는 것도 기뻤지만 장 교수와 함께 간다는 것이 무엇보다 기뻤다.

"그럼 자네만 그 촌구석으로 보낼 것 같은가? 같이 가서 그곳이 촌이 아니라 역사학의 요람이라는 것을 보여주도록 하세나. 우리가 손발을 맞춰 연구를 하면 못 할 것이 없을 것 같은데?

자네의 그 젊고 패기 있는 연구욕과 내 경험을 보태면 말일세."

손영천은 날 것만 같았다.

같이 공부를 한 한족들은 자기보다 높은 지위에 올라가기도 하고, 강의를 나가기 시작한지도 여러 해 되었지만 아직 전임교수가 된 사람은 없다. 그런데 자기는 강의 첫 학기를 눈앞에 두고 있는데도 불구하고 전임이 되어 강의를 맡는다.

아쉽다면 북경에 있는 대학이 아니라는 거다.

하지만 그건 중요하지 않다. 통화사범대학도 북방에서는 알아주는 학교다. 동북 3성에서는 내로라하는 학교고, 더욱이 역사학이라면 크게 뒤처지지 않는 학교다. 그런 학교의 전임자리라면 북경대학에서 시간이나 맡으면서 세월을 보내는 것과는 비교도 안 되는 좋은 자리다.

장 박사와 이야기를 끝내고 그날은 일도 하는 둥 마는 둥 시간만 보냈다. 손영천이 집으로 돌아오자 아내는 걱정스런 얼굴로 그를 맞았다.

"저 진급했어요. 그런데 문제는 북경을 떠나 통화로 간다는 거예요."

아내의 얼굴에는 수심이 가득한 채, 손영천이 미처 낮에 일어난 말을 하기도 전에 혼자서 말을 이어갔다.

"당의 명령이니 듣지 않을 수도 없고, 그렇다고 지금 공안을 그만두면 다른 직장에 나가야 하는데…."

"가구려. 통화로 가면 되지."

아내는 눈이 휘둥그레졌다. 놀라는 아내를 보자 손영천은 장난기가 더 발동했다.

"당신이 진급하고 통화로 간다니 나도 그리로 가면 되겠네. 말단 연구원 하느니 그곳에 가서 진급한 당신이랑 같이 지내며 다른 직장을 알아보는 거지."

"무슨 말씀하시는 거예요?

당신이 얼마나 고생하면서 취득한 박사 학위인데?

지금 당신은 사회과학연구원에서 당신이 좋아하는 학문을 하고 있고요. 더욱이 다음 학기부터는 이 나라 최고 대학인 북경대학에서 강의도 하시잖아요?

안돼요.

차라리 내가 내일 나가서 공안을 그만두고 다른 자리를 알아 볼 거예요.

어차피 당의 명령에 따라 직장이 정해지겠지만 내가 그만두는 것이 낫지요. 당신이 그만두고 당에서 다른 직장을 정해 줄 때 박사학위는 아무 소용도 없는 생산일터로 보내지면 어쩌려고요.

당신이나 우리 아이의 앞날을 위해서도 절대 안 될 일이에요.

북경 한가운데서 조선족이라는 설움을 딛고 얼마나 힘들게 얻어낸 자리인데 그걸 그만둔다는 말이에요?"

손영천은 자신은 장난기가 발동해서 한 말이었지만 아내의 진심어린 고백을 들었다.

가슴이 뭉클했다.

아내가 자신에 대한 자부심이 저리 큰 줄은 미처 몰랐다.

그녀는 조선족으로 당한 설움을 손영천에 대한 자부심으로 삭이고 있었다. 박사학위와 다음 학기부터 북경대학에서 강의를 한다는 것을 누구보다 자랑으로 여기고 있었다.

말은 안했지만 손영천이 한족에 비해 진급도 강의도 늦은 것을 모를 리가 없다.

그녀 자신도 같이 출발한 한족 여성 공안에 비해 진급이 늦다. 다행이 이번에 진급을 하는 바람에 일 년 밖에 차이가 나지 않지만 얼마나 마음이 아팠을까? 누구에게 하소연도 못하는 아픔을 고이 간직한 그녀에게 손영천이 희망이라는 것을 알게 해 주었다.

아마도 이런 것을 사람들은 사랑이라고 하는 것 같았다.

"그만 흥분하고 내 얘기를 들어봐요."

"안 듣겠어요. 제가 그만 둬야지 당신이 그만둔다는 그런 이야기는 듣고 싶지 않아요.

저라고 당신이 불평등한 대우를 받는다는 것을 왜 모르겠어요? 하지만 어쩔 수 없는 일이잖아요. 저도 마찬가지 심정이었는데 잘 됐지요. 제가 그만두면 되죠."

손영천은 완강한 아내의 고집이 너무 사랑스러웠다.

"그게 아니라 나도 통화사범대학 전임교수로 발령이 났단 말이오."

아내의 눈이 화등잔만하게 커졌다. 그러더니 그 크게 뜬 눈에서 눈물이 뚝뚝 떨어지기 시작했다. 손영천은 아내를 부드럽게 안아주면서 낮에 있던 일을 이야기해주었다.

통화사범대학으로 출근을 한 손영천은 이게 행복이라는 마음이 절로 들었다.

작지만 개인 연구실이 주어지고 조교가 한 사람 붙어서 연구 활동과 학생 지도를 도와주었다. 자신이 연구원으로 있을 때는 필요한 자료를 일일이 찾느라고 허비한 시간이 더 많았다. 그런데 조교만 시켜 놓으면 학생들과 공동으로 그 자료들을 찾아서 정리해 온다. 연구에 몰입할 시간이 그만큼 많아졌다.

당연히 더 좋은 강의를 하게 되고 학생들에게는 나날이 인기 있는 교수가 되어갔다.

한 학기가 어떻게 갔는지 모르게 지나갔다.

북방의 겨울은 참 춥고 눈도 많이 온다. 처음 이곳으로 이사할 때는 그렇게도 추워서 생전 여름은 오지 않을 것 같더니 어느새 여름이 왔다.

종강을 하고 여름 방학으로 들어서던 날.

은사이자 자신에게 이런 행복을 안겨 준 장 교수가 불렀다.

"할 만한가?"

"예. 교수님 덕분에 정말 살맛나고 학문도 나날이 새로워져 가는 것 같습니다."

"그래? 그렇다면 다행이네.

자네에게 꼭 할 말이 있어서 보자고 한 걸세.

지금부터 내가 하는 말은 자네가 일에 관여를 하던 안 하든 절대 입 밖에 내서는 안 될 말이네."

손영천은 장 교수가 자못 심각한 표정을 짓는 것이 오히려 이상했다. 평소에는 절대 저런 말씀을 안 하시던 분이다. 비밀이라는 것을 가질 사람처럼 보이지를 않는 분이다. 항상 소탈하고 제자들과 격식 없이 지내시는 분이다.

"무슨 말씀인지…?"

"사실은 자네가 이 자리로 오면서 의무적으로 해야 할 일이 있었지. 그런데 내가 자네 의사는 물어도 안 보고 내 마음대로 결정을 한 것이네.

이런 자리가 나는 것도 쉽지 않고 또 이런 기회는 더더욱 오지 않을 것을 내가 알거든. 자네나 나나 이런 기회가 아니면 언제 껍데기를 갈아입겠나?"

손영천은 껍데기를 갈아입는다는 말이 무슨 말인지 감은 잡았다. 그런데 자신은 그렇다고 하지만 장 교수가 자신까지 싸잡아서 이야기하는 것을 보니 사연이 있기는 한 것도 같았다.

"무슨 일인지는 모르지만 이미 마음의 준비는 하고 왔습니다. 제가 어느 세월에 이런 자리에서 이런 대우를 받으면서 일을 해 보겠습니까? 제가 할 수 있는 일이라면 최선을 다해 노력해 보겠습니다."

"그렇다고 나쁜 일은 아니니까 걱정은 말게. 다만 한 가지 걸리는 것이 있을 뿐이지."

껍데기를 말한 그가 걸릴 것이라면 빤한 이야기다.

"걸리는 것이라면…?

혹시 제가 조선족이라서…?"

"어차피 알 일이니 아니라고 해도 소용이 없는 일이고…, 솔직히 그거네.

공교롭게도 해야 할 일이 조선족 역사와 관계가 있는 일이라서."

"조선족 역사와 관련이 있는 일이라고 해도 상관없습니다. 학자가 학문을 연구하고 그 결과를 있는 그대로 발표한다면 무슨 문제가 있겠습니까?"

"연구하는 것은 좋은데 있는 그대로 발표하는 것은 문제가 있으니까 하는 말이지.

지금부터 내 말을 잘 들어보게나.

만일, 손 박사가 원하지 않는 일이라면 즉각 말하게. 이번 계획에서 빠지면 되는 일이니까. 그렇다고 다시 북경으로 보내거나 하는 보복은 없어. 그건 내가 장담하지. 이번 계획에서 빠지더라도 손 박사는 손 박사가 하던 대로 아이들 가르치면서 연구만 하면 되네.

다만 내가 보아 온 손 박사의 재능이나 기타 여러 가지 상황을 고려할 때 이번 기회는 손 박사에게 더 없이 좋은 기회라는 걸세.

중국이라는 테두리에 묻혀 살기에는 가장 좋은 기회라고 할 수도 있지."

장 교수의 말 중에서 여러 가지 상황을 고려한 것이라는 것은 두말할 나위 없이 조선족이라는 신분에서의 상승을 말하는 것이다. 아무리 발버둥 쳐도 조선족은 조선족이지만 공을 세우면 인민영웅이 되어 신분이 바뀐다.

피는 바꿀 수 없어도 신분은 바꿀 수 있다.

손영천의 다짐을 받은 장계황이 입을 열었다.

화귀펑이 장계황을 마주하자 단도직입적으로 물었다.

"동지는 고향이 어디요?"

"예. 북경입니다."

"음, 그렇군. 선친은 무얼 하시고?"

"평범한 농군이었습니다. 하지만 조부 때부터 공산당 운동은 아주 열심히 하셨습니다."

"그래?

알았소. 앉구려."

장계황이 맞은편에 앉자 화귀펑은 자세히 쳐다보다가 뜬금없이 물었다.

"한족 맞지?"

"예. 그렇습니다."

갑자기 묻는 화귀펑의 물음에 장계황은 자신도 모르게 대답하고 말았다.

증조부가 조선에서 살기가 너무 힘들어 간도를 개척하러 왔었다. 그러나 그곳에서 힘들여 일해 봤자 더 이상 기대할 것이 없다고 생각한 증조부는 도시로 가는 길을 택했다.

북경으로 와서 조부를 낳았다.

닥치는 대로 일을 해 가면서 어렵게 살았지만 너무 억척스럽게 일을 한 덕분인지 돈이 모였다. 그 돈을 자본으로 장사를 했다. 장사가 잘 된 덕분에 부를 축적했고 가난한 한족의 딸을 돈을 주고 사다시피 해서 조부를 결혼시켰다.

증조부는 조선족의 신분으로 북경에서 산다는 것이 얼마나 힘든 일인지 알기에 조부가 처가 덕이라도 보게 하고 싶었다. 조혼을 하고 처가가 한족인 덕분에 조부는 교육도 조금 받을 수 있었다. 증조부의 재산과 사업을 물려받은 조부역시 열심히 일을 하는 중에 사회주의혁명을 만나게 된다.

조부는 망설이지 않고 사회주의 운동에 참여했다. 공산당에 가입하고 그들이 시키는 대로 했다.

국민당이 유리할 때는 국민당 지역 간부들에게 아무도 모르게 돈을 바쳤다. 뇌물을 받은 그들은 조부가 공산당에 가입했던 사실을 알면서도 눈감아 줬다.

그렇게 줄타기를 하면서도 용케 살아남았다. 할머니 댁이 한족인데다가 돈 많은 조부 덕분에 아버지는 쉽게 한족 여인과 결혼 할 수 있었다.

조부는 재산이 있었지만 특별하게 땅을 사지 않았던 덕분에 지주로 몰리지도 않고, 가진 돈으로 공산당 지방 간부들을 요리한 덕분에 오히려 재산을 불릴 수 있었다. 공산당 당원이자 국민당 지역 간부들도 건드리지 않는 조부는, 뇌물의 비열한 힘의 원리를 터득한 덕분에 주변 사람들로부터 유능한 사람으로 인정받았다.

장계황이 초등학교 때 완벽한 사회주의 국가인 중화인민공화국이 들어섰다. 이미 한족으로 변신하고 돈으로 공산당 지역 간부들을 매수한 조부의 가르침 덕분에, 아버지 역시 뇌물이 가진 교묘한 원리를 터득한 뒤다. 아무 거칠 것 없이 살아갈 수 있었다.

아버지 같은 사람은 당연히 철퇴를 맞아야 했던 문화대혁명의 격동기에도 무사히 살아남은 분이다.

그런 집안에서 태어난 자신이 이런 물음에 망설이면 안 된다.

자신은 이미 한족으로 평범한 농민의 자식일 뿐이다.

장계황이 빠른 속도로 자신을 정리하고 있는데 화궈펑이 입을 열었다.

"이 바닥에서는 동지가 고구려 역사의 일인자로 꼽힌다고 들었소. 아울러 발해사와 기타 만주에 관한 역사는 총체적으로 동지가 제일이라고 모두들 그러더군.

젊은 나이에 대견하오."

"과찬이십니다. 그저 제가 할 일을 열심히 할 뿐입니다. 나머지는 모두 당과 주석 동지의 은혜일뿐입니다."

"당에 대한 충성심도 대단하군. 어쨌든 고구려사의 일인자라니 이 일의 적임자인 것은 맞소.

한 가지 필요한 게 있는데, 조수로 데리고 쓸 만한 조선족 제자가 있소? 그것도 아주 믿을만해야 하오.

고구려와 기타 발해나 등등 그쪽 역사를 연구하려면 북조선은 물론 남조선 책도 봐야 하오. 우리말로 번역된 것도 있지만 남조선 책은 아직 번역 안 된 것이 더 많으니까 조선 족이 필요하지.

이 바닥에서 일하는 사람으로 조선 역사나 동양사를 전 공한 친구면 더 좋고.

조선족이 일시키기도 쉽고 또 이번 일에 충성심만 보이면 그 사람에게도 좋고.

하기야 남조선은 아직도 왜놈들이 굳혀 놓은 사학의 범주 를 벗어나지 못했다는 이야기를 내가 듣기는 했지만, 그래 도 참고는 해야지.

알다시피 이 일은 내가 진두지휘 할 것이니, 인사문제도 내가 알아야 팀도 제대로 구성할 것 아니오.”

장계황은 화궈펑이 갑작스럽게 묻는데도 불구하고 손영 천이 떠올랐다. 그라면 얼마든지 가능하다. 실력도 갖췄을 뿐만 아니라 절대로 믿어도 된다. 그 역시 신분상승을 위해 노력하고 있다는 것을 자신이 누구보다 더 잘 안다.

“있기는 있습니다만, 제자 부인이 공안으로 북경에서 근 무하고 있습니다. 제자는 내년 봄 학기부터 북경대학 강의 가 예정되어 있구요. 당연히 조선족으로 저한테 고구려사와 발해사를 배우고 전공한 제자입니다."

"딱 좋은 사람이구먼. 좋소.

그런 것쯤은 해결을 해 줘야 사람을 부리는 것 아니겠소? 사소한 문제는 얼마든지 해결해 줄 수 있소. 그런 걱정은 일절 말고 실력이나 충성도가 뛰어난 조선족이라면 되는 거요.

그리고 그 사람 말고도 학자 대여섯 명을 더 선발하시오.

그건 조선족이던 아니든 상관없소. 통화사범 하나가지고 이 운동을 펼치기에는 약해서 흑룡강대학과 요녕대학, 길림대학에도 심어놓으려고 그러는 거요. 전부 조선족이어도 오히려 문제가 생길 수 있으니까 적당히 안배를 하시오.

잔소리 같지만 절대적으로 중요한 것은 실력 이상으로 입조심을 할 수 있어야 하오. 당성과 충성도는 필수고."

"알겠습니다. 말씀하신 것을 참고해서 사람을 엄중하게 선별하겠습니다.

그런데 혹 결례가 아니라면 무슨 일을 할 것인지 알아도 될까요? 그러면 사람들을 선별하는 데 더 도움이 될 수 있을 것 같아서요."

"그렇겠지?

그렇지 않아도 이야기를 하려던 참이기는 한데 아직 섣부르게 이야기를 할 단계가 아니라서 추후에 하려고 했소만, 좋소. 동지까지 못 믿어서야 일을 할 수가 없지.

다만 때가 될 때까지는 선별하는 사람들에게도 일단은 비밀로 하시오. 그래야 과업을 성실히 수행할 수 있으니까."

장계황은 감은 잡고 있었지만 화궈펑의 입에서 직접 듣고 싶었다.

화궈펑은 장황하게 이야기했다.

'고구려가 중국의 역사이어야 하고, 그 뒤를 이은 발해 역시 중국 역사가 되어야 하는 이유는 동북 3성을 지키기 위해서는 반드시 필요한 것이다. 조선에서는 그 땅들과 고구려 역사가 자신들의 것이라고 할지도 모르지만 그걸 증명하게 해서는 안 된다. 유물을 발굴하고 그것들에 대한 연대 고증이 나오기 전에 고구려와 발해 역사가 중국 역사화 되어야 영토를 잃지 않을 수 있다.'

등등 장황하기 그지없었지만 조선족 자치구나 동북아 자

치구 이야기는 하지 않았다.

그러면서 책 한 권을 내밀었다.

"이 책 한번 읽어보시오. 남조선에서 나온 〈환단고기〉라는 책이라는데 다행히 우리 글로 적혀 있소.

내용은 묘한 소리만 골라 썼더군.

남조선은 왜놈들이 만들어 놓은 식민사관과 반도사관에서 헤어나지 못하고 있다기에 안심했는데, 그게 아니더라고.

만약에 이 책을 남조선이 역사로 인정하고 드미는 날에는 동북 3성은 꼼짝 없이 빼앗기게 생겼어. 아직은 아무런 소리도 없지만, 곧 목소리를 내지 않는다는 보장이 없거든. 게다가 거기에는 북방민족들이 대거 진을 치고 있잖소.

바로 이렇게 허무맹랑한 소리를 하는 작자들 때문에 이번 일의 계획을 세우고 시행하려는 거요.

무슨 소리인지 감 잡았소?"

"정확히는 모르겠지만 고구려 역사와 발해 역사가 우리 중국 역사의 일부분이라는 것을 증명해서 동북 3성을 지켜내라는 과업 아닌가요?"

"역시 박사는 말이 통하는 구려. 바로 그거요.

두 나라의 역사가 우리 중국변방 역사 중 하나일 뿐만 아니라 그 나라들이 다스리던 영토가 바로 우리 중국 영토라는 것을 밝혀야 한다는 거요.

우리나라가 지금은 북조선과 국경을 마주하고 있지만 누가 아오? 머지않아 남조선이나 미국하고 국경을 마주 댈지?

바로 그때를 대비하자는 겁니다."

장계황은 내심 놀랐다.

동북 3성을 지켜내기 위해서 역사를 만든다?

역사를 만들었는데 그에 관한 유물이나 유적이 나오지 않는다면 걱정할 것이 없다. 하지만 조그만 꼬투리라도 잡히는 날에는 전 세계 신문에 대서특필 될 것이다.

「역사를 만드는 중국의 허와 실」

뭐 이런 식으로 전 세계 언론에 대서특필 된다면 오히려 일을 안 하는 것보다 못할 것이다.

지금 화궈펑이 지시하고자 하는 것은 역사는 만들되 그런 꼬투리를 만들지 않게 해야 한다는 것이다.

"주석 동지께서 읽어보라는 책에 어떤 내용이 들어 있는지는 모르겠습니다만 지금 조선족들이 사는 곳은 이미 우리 영토로 되어있지 않습니까?"

장계황은 화궈펑의 비위를 맞추느라고, 이미 주석 자리를 내놓았지만, 일부러 주석이라고 부르면서 질문했다.

내용을 몰라서 그런 질문을 한 것이 아니다. 자신이 질문한 것에 대한 화궈펑의 대답이 어떤 것인지도 다 안다. 다만 자신이 설계할 과업에 대해 화궈펑의 생각은 어떤지 듣고, 그의 마음에 맞게 계획을 세우려는 의도다.

"그거야 그렇지요. 하지만 그게 간단하지가 않아.

그게 청나라 시절에, 그러니까 1909년에 청나라가 만주 철도 부설권 등의 이권을 일본에 넘겨주면서 일본으로부터 받은 겁니다. 그때는 일본이 조선의 외교권을 쥐고 있을 때니까 일본 마음대로 넘겨 준 거지. 그게 바로 국제법상 위법 아니요?

남의 나라 땅을 이권을 얻는 조건으로 넘겨줬으니 일본이 위법을 저지른 것처럼 보이겠지만 그게 아니더라구. 쉽게 말하자면 청나라가 일본에게 사기를 당한 거지.

1909년이면 1905년 일본이 조선의 외교권을 손에 쥐고 조선 대신 외교적인 문제를 처리한다는 조약을 맺은 후가 아니요? 결국 일본이 조선을 대신해서 외교적인 문제를 처리해 주는 일꾼을 자처하고 나선 거요.

그런데 일본이 자기 땅도 아닌 것을 가지고 청나라에게 이권과 바꿨으니 청나라는 주인인 조선과 거래를 한 것이 아니지. 조선이라는 땅 주인을 속인 일본이라는 일꾼과 거래를 한 꼴이 되는 거요. 일꾼이 주인 몰래 한탕 해먹은 거지.

일반적으로 우리네 사는 세상에서도 주인 몰래 팔아먹는 땅을 사기당해서 샀다면 돌려주는 것이 원칙 아니겠소? 국제 관계라도 그 원칙이 다를 거야 없겠지. 그러니 돌려주어야 할 판이라는 말입니다.

고구려 역사를 전공했으니까 잘 아실 것 아닙니까? 그런 역사적인 사실을?

고구려 역사만 전공하고 현대에서 일어난 일은 아직 모르셔서 그런가? 아니면 법을 모르시나?"

순간 장계황은 자신이 공연한 질문을 했다 싶으면서도 확실하게 이번 일의 성격을 알았다는 생각으로 답했다.

"알기야 알지만 주석 동지께서 뜻하시는 바를 정확하게 알고 싶었습니다.

알겠습니다. 그걸 우리 중국 정부 재산으로 합법화하는 것이 제가 할 일이 아닙니까?"

"역시 시원시원해서 좋구먼.

그렇소. 바로 그 대답을 원한 거요."

"손 박사와 내가 이곳으로 오게 한 뒤에는 그런 사연이 있었어. 화궈펑 전 주석이 직접 나서서 일을 이끌어 가는 걸세.

지금까지는 나 혼자서 화 주석을 만나면서 비밀리에 시작을 위한 준비를 했지만, 이제 이곳 팀은 완전히 짜졌다고 보면 되네. 더 이상 혼자서 할 수는 없어. 누군가와 함께 본격적으로 일을 시작해야 하는데, 나는 처음에도 그랬듯이 자네를 선택했는데, 자네 의중이 어떤지를 몰라서 말이야.

물론 일을 하는 중에 화 주석을 자주 대면하게 될 걸세. 북경에도 자주 가야하고. 아무래도 2학기에는 강의는 줄이고 이 일에 전념하게 되겠지.

어떤가?

한번 덤벼볼 가치가 있지 않겠나?

일만 잘 되면 인민영웅대접을 받을 수도 있어. 물론 단기간에 걸쳐서 끝날 일은 아니지만."

손영천은 순간적으로 망설이지 않을 수 없었다.

'이런 기회야 말로 다시는 오지 않을 절호의 기회라고 해도 과언이 아니다. 조선족으로 태어나 북경대학에서 학위까지 받았다지만 자신에게 이런 기회가 올 것이라고는 꿈에도 생각해 보지 못했다. 게다가 화귀펑 전 주석을 자주 대면한다. 더 좋은 일을 향해서 약진할 수 있는 기회도 될 수 있다.

인민영웅만 되면 자신의 신분이 상승되는 것은 물론 아들도 아무 거침없이 이곳 중국 속으로 빠져들 수 있다.

그러나 나는 조선족이다.

조선족이 살고 조선족의 문화가 숨 쉬는 이 땅을 영원한 중국으로 만든다는 것이 찜찜하다.'

"왜? 마음이 내키지 않나?"

무언가 깊이 생각하는 손영천의 표정을 읽던 장계황이 묻자 손영천은 엉겁결에 대답했다.

"아, 아닙니다. 너무 갑자기 다가온 행운들이라 혹시 제가 꿈을 꾸는 것은 아닌지 착각이 들어서요."

"그래? 그렇다면 같이 하겠다는 소리군.

좋아. 시작해 보자고.

내가 자네를 처음 보았을 때부터 자네의 총명하고 집요한 성격이 마음에 들었지. 그런 사람만이 사학을 할 수 있거든. 어떻게든 진실을 밝혀내려는 집요함 말일세."

장계황의 진실을 밝히는 집요함이라는 말에 손영천은 뜨끔했다.

'이게 진실을 밝히는 집요함인가?

진실을 밝히는 것이 아니라 진실을 왜곡하자고 하는 소리 아닌가?

잘못하면 역사를 난도질하는 일이 된다. 역사를 전공해 놓고 역사를 바로 세우지는 못할지라도 그걸 난도질한다?

정말 이래도 되는 걸까?

이건 단순히 조선과 중국의 문제가 아니다. 잘못하다가는 인류의 역사가 뒤섞여 역사 앞에 돌이킬 수 없는 범죄를 저지르는 것이 될 수도 있다.'

그러나 손영천의 생각은 채 5분도 안 되어 자기 합리화로 바뀌었다.

　'어차피 중국으로 들어와 있는 땅이다.

　일제가 점령할 때 일제에게 나라를 팔아먹은 놈들과는 경우가 다른 거다.

　조선이라는 나라도 이미 포기한 땅이다. 땅만 포기한 것이 아니라 이 땅에 사는 자기들의 동족도 포기한 나라다.

　이 땅에 사는 나는 중국인이다. 조선이 버린 나를 안아 준 곳은 중국이다. 당연히 중국을 위해 일해야 한다. 게다가 나와 자자손손 좋은 일이다. 이건 민족이나 피를 배신하는 게 아니다.'

　이후로도 손영천은 자신이 하는 일에 회의가 올 때면 이 말을 되뇌곤 했다.

14. 물은 막아도 피는 못 막는다

그날 이후 장계황과 손영천은 눈코 뜰 새 없이 바빴다.

우선 조직의 밑그림을 그려야 했다.

북경에 본부를 두고 흑룡강성과 길림성에 지부를 둬야 한다. 그런 새 조직을 만들려면 심어놓은 교수가 몇 명 있다고는 해도 힘들다.

기존의 조직을 이용하기로 했다. 언뜻 떠오르는 것으로는 사회과학원이 가장 좋다. 사회과학원은 북경에 본부를 두고 있지만 동북 3성에도 모두 있다. 그 안에서 별도의 조직을 구성하면 인원도 일부만 더 준비하면 된다. 사회과학원 역사부문에 다니는 인민이라면 이 정도의 일은 충분히 해낸다. 다만 보안을 위해 그들 중 사상이 확실한 자를 어떻게 골라내느냐가 문제일 뿐이다.

게다가 더 좋은 점은 장계황은 물론 손영천도 지금은 사회과학원 소속이 아니다. 자신들이 외부에서 그 조직을 움직일 수 있으니 자신들과의 연계가 쉽게 드러나지 않을 것이다.

그 조직을 이용하기로 한 뒤 화귀펑에게 보고했다.

그 자리에는 손영천도 함께 했다.

"내 생각에도 그게 좋을 것 같구먼. 그렇다면 내가 사회과학원에 지시를 해서 그쪽 팀을 짜도록 하지. 내가 직접 관여하겠지만 혹시 모르는 일이니 장 박사와 손 박사도 함께 일을 진행해 나가자고. 사람을 고르는 일부터 같이 하자는 말이네."

1983년 사회과학원 소속으로 변강역사지리연구중심을 만들었다. 목적은 '동북변강역사여현상계열연구공정(東北邊疆歷史與現狀系列研究工程)'이라는 기나긴 제목을 붙여 '동북 변경지역의 역사와 현상에 관한 체계적인 연구'를 한다는 것이지만 실제로는 조직적인 날조를 시작했다.

연구중심의 조직원들은 처음에는 고구려 역사연구를 가장 중요하게 생각했다. 고구려야 말로 동북 3성을 완전하게 지배했던 나라라고 단정 지은 상태에서 출발한 것이 바로 동북공정이기 때문이다. 그들이 그런 연구를 하는 것은 사회과학원에 근무하는 사람들조차 그 실체를 잘 알지 못할 정도로 베일에 싸여 있었다.

베일에 싸인 만큼 하는 일도 엄청났다.

단순히 고구려 역사를 연구하는 것이 아니다. 그에 관계된 유적을 발굴하는데도 총력을 기울였다. 유적 발굴 작업 역시 철저한 비밀에 부쳐졌다. 그 집단이 하는 일 자체가 밖으로 새 나가는 것을 철저하게 차단했다.

그렇게 7~8년을 연구하고, 유적을 발굴하면 할수록 드러나는 것은 고구려 역사가 절대 중국과는 무관하다는 결론만 나왔다. 아무리 중국의 역사와 꿰맞추려고 해도 맞출 수가 없었다.

이제까지 중국의 역사는 기원전 841년 주나라가 건국된 것이 공식적인 기록이다. 그런데 요하 유역에서 쏟아지는 유물에는 무려 기원전 3,000년 전의 유물들이 나온다. 그것도 고구려 유물이라고 보기에는 무리가 있는 유물들이다.

　장계황과 손영천은 중국 역사서에서 보았던, 조선을 건국했다는 단군 이야기가 생각났다. 그때는 그저 전설의 시대로 전해오는 이야기려니 했다.

　요순시대의 이야기를 들으면서 왕위를 자식도 아닌 남에게 양위했다는 것 자체가 전설이듯이 단군 역시 전설 속의 인물이라고 생각했었다. 그런데 화궈펑이 내밀었던 〈환단고기〉라는 책을 보면서 단군 이야기가 단순히 조선의 건국을 위대하게 만들기 위해 지어낸 이야기가 아니라는 의심이 부쩍 들었었는데 그게 현실로 나타났다.

　그 즈음이다.

　어떤 경로로 입수했는지는 알 수 없지만 화궈펑이 고서적 한 권을 가지고 통화까지 달려왔다.

　"이걸 보시오!

　우리 역사보다 오랜 유물이 나온다는 박사의 말을 듣고

대충 알아서 넘기라고 했던 내 말이 잘못된 것 같소.

정말 쉽게 넘어갈 일이 아닌 것 같소."

화궈펑이 비서에게 맡기지도 않고 자신이 직접 들고 들어선 가방에서 꺼낸 책은 제목이 〈조대기〉라고 쓰여 있었다.

"이게 단군 이야기요. 단순히 단군 이야기만 있는 게 아니고 그 이전부터 발해까지 적고 있소.

단군 이전의 이야기는 항상 그렇듯이 건국신화 취급을 하는 투로 적어 놓았으니 그렇다고 합시다.

문제는 이 책에 단군이 세웠다는 조선(朝鮮)의 이야기가 그저 설화라고 하기에는 너무나도 자세하다는 거요. 마흔일곱에 해당하는 각 단군의 재위 연수는 물론 그들의 치적까지 적고 있소.

더 문제는, 이 책을 읽다가 보면 고구려는 확실한 단군 조선의 후예이고 고구려와 발해가 끈이 맺어졌다는 거요. 그리고 고구려·백제·신라가 같은 문화, 같은 민족이었다는 것을 확실하게 적어 놨소.

고구려·백제·신라가 태평성대에는 왕끼리 만나 연회를 벌였다는 이야기도 있소. 같은 말을 하면서 같이 즐겼다는 거요. 고구려가 우리 중국과는 거리가 먼 이야기가 되는 거요.

그런데 지금 우리 중국의 역사보다 더 오래된 유물이 나온다니 그건 단군의 유물일 테고 고구려가 단군의 후손이면 어찌 되는 거요?"

"그거야…"

자리에 앉자마자 시작한 화궈펑의 이야기를 듣고 미처 아무 생각도 하지 못했는데 화궈펑이 물었다. 그만큼 마음이 급하다는 거다.

급한 화궈펑의 마음과는 다르게 장계황이나 손영천은 내놓을 대답이 없었다.

"〈조대기〉라는 이 책이 지난번에 내가 건네준 〈환단고기〉라는 책에 자주 등장하던 책 아니오? 그렇다면 남조선에서도 이 책을 알고 있다는 건데 어떻게 이 문제를 해결할 방법이 없겠소?

그렇지 않아도 기원전 3,000여 년 경의 유물들이 나온다고 하기에 처치할 방법을 연구하고 있었는데, 이런 책을 보게 되니 정말 답답하기만 하구려.

이 책을 보면 그 유물들은 영락없이 조선족들의 선조들이 만들어 낸 유물이오.”

화궈펑은 흥분을 가라앉히지 못했다. 흥분한다고 해결되는 일이 아니라는 것을 자신도 알지만 어쩔 수 없었다.

장계황은 일단 책을 읽어보면서 대책을 강구하겠다고 양해를 구했다.

“그래? 무슨 방법이라도 생겼소?”

열흘 후, 장계황과 손영천이 화궈펑의 숙소를 찾자마자 북경에 가지도 않고 기다리고 있던 화궈펑이 성급히 물었다.

“방법이 없는 것은 아닙니다. 일단 지금까지의 결과 중에서 숨길 것은 숨기면서 학술대회를 대대적으로 한 번 열겠습니다. 그 후에 역사를 만드는 겁니다.

이제까지 건국과 흥망이 잘 알려지지 않았던 하나라와 상나라의 건국과 패망을 연도 짓고 주나라의 건국도 앞으로 당기는 겁니다.

그렇게 해서라도 요하에서 나오는 유적들과 우리 중국의 건국 연대를 맞춰나가야지요.”

"하나라나 상나라는 선사시대로 이미 결론이 난 것 아닙니까?"

"그러니까 역사 재정립을 하는 겁니다. 선사시대로 판명이 났던 것은 과학이 발달하기 전의 일입니다. 유물이 발견되고 그 유물로 연대 측정을 한 결과를 발표하는 데 어려울 것이 없다는 생각입니다."

"그래?

정말 가능한 일이요?"

"물론입니다. 언론과 정부에서 지원만 해 준다면 얼마든지 가능한 일입니다. 나머지는 저와 손영천 박사가 다 알아서 처리할 것입니다."

"좋소. 무엇이든 지원을 할 테니 소신껏 해서 공정이나 완료시키시오."

"공정의 이름은 하·상·주 단대공정(夏商周斷代工程)이라고 하는 것이 좋겠습니다만?"

"단대공정이라?"

"예, 하(夏)나라와 상(商)나라, 주(周)나라의 시대를 판단하는 계획이라는 뜻으로 그리했으면 좋겠습니다만…?"

"그거 괜찮은 생각이오. 판단하는 것이 아니라 단정을 짓는 것으로 하시오. 어차피 이름은 똑같으니까."

"그리고 이제 주석 동지께서도 위상을 한 번 더 높여 보이실 때가 된 것 같습니다만…?"

"위상을 높인다고요? 그게 중요합니까?"

"주석 동지께서 이 공정에 깊은 관심을 가지고 계신다는 것을 은연중에 아는 사람들이 많습니다. 주석 동지의 위상이 한 번 더 높아진다면 성과에 더 박차를 가할 수 있을 거라고 생각됩니다. 잡음도 없을 거구요."

"그래요? 알았소.

한번 연구해 보죠."

하궈펑의 말 한마디에 새로운 공정이 시작됐다.

화궈펑은 지원은 걱정 말라는 것을 강조했다. 대신 어떻게든 공정을 완수해야 한다.

자신이 지금껏 살아남아 공산당 중앙위원 자리에 있는 것 자체가 이 공정 때문이다. 이 공정이 완수되지 못하거나 도중에 하차하면 자신도 더 이상 희망이 없다. 자신이 위상을 한 번 더 세워야 된다면 기꺼이 세울 것이다. 이 공정의 성공을 위해서라면 해야 한다.

화궈펑은 덩샤오핑을 찾아가서 상황설명을 한 후 결국 1992년 중국공산당 대표를 맡았다.

공정의 성공을 위한 몸부림이었다.

화궈펑의 대대적인 지원 아래 1993년 지린성(吉林省: 길림성) 지안시(集安市: 집안시)에서 '고구려 문화 국제 토론회'가 열렸다.

그 자리에서 이미 장계황에 의해 동북 3성의 요소마다 박힌 중국 학자들은 7세기 초부터 고구려가 중국의 변방 역사 중 하나로 보아온 것이 정설이라고 주장했다. 유일하게 북한의 박시형이라는 학자가 중국은 현재의 강역을 가지고 역사적 귀속을 시키는 행위라고 비판했지만 크게 호응을 얻지 못했다.

그 자리는 예정된 자리다. 박시형의 목소리는 그저 메아리가 될 뿐이었다.

학술대회가 끝나자마자 장계황과 손영천에 의해 제시되었던 하·상·주 단대공정이 본격적인 준비에 들어갔다. 먼저 언론을 끌어드렸다.

「이제까지 선사시대로 알려졌던 하나라와 상나라의 건국 연대와 흥망을 밝힐 수 있는 근거 자료 출토」라는 식의 제목으로 신문을 떠들썩하게 하면서 등장했다.

내부적으로 일단 틀을 먼저 세웠다. 어느 시점에 맞춰 하나라의 설립을 할 것인가를 결정하고 그에 맞는 유물들을 준비했다. 그리고 여러 인원이 참여하는 본격적인 공정은 마치 처음 하는 것처럼 준비 단계부터 시작했다.

1995년 가을부터 준비하여 1996년 5월 16일에 정식으로 시작했다. 약 200명의 전문가를 참여시켜 대대적으로 사업을 벌였다.

이런 사업은 소문이 나야 한다. 그리고 많은 인원이 참석한 것이 대대적으로 드러나야 한다. 누가 봐도 객관적인 연구 결과라는 인정을 받는 방법 중 하나다.

아울러 공정 과정에 이벤트를 하는 것도 잊지 않았다.

1998년 12월에는 동북 3성 학자들이 동북사범대학에 모여 고구려와 고조선은 물론 간도와 백두산에 관한 문제 등의 입장을 정리한 후 중앙정부가 통일적인 지침을 내려주고 공식적인자금 지원도 해 줄 것을 건의했다.

이제까지의 행위들이 일체 베일에 싸이게 하기 위한 수단이었다. 모든 것이 철저해야 한다는 장계황과 화궈펑의 뜻이 맞아 떨어진 행위중 하나다.

마침내 1999년 9월.

'하·상·주 단대공정 성과 학술보고회'가 열리고 중국 신문들은 대대적으로 잃어버린 역사를 찾았다고 대서특필했다.

2000년 9월 15일 정부에 의해 점검을 받은 단대공정은 2000년 11월 10일에 공식적으로 발표되었다.

기원전 2070년경 하나라, 기원전 1600년경 상나라, 기원전 1046년 주나라가 건국되었다고 발표했다. 아울러 요하 유역에서 유물들이 쏟아져 나온 것을 공개하면서 중국 문명의 발상지는 요하였다고 공식적인 '요하문명론'을 선포했다.

이제 한숨 돌릴 수 있을 것 같았다. 그러나 한숨을 돌릴 수 있겠다는 것은 단순한 바람일 뿐이었다. 그것만 가지고는 부족했다.

요하 유역 홍산과 적봉에서는 끊임없이 유적이 쏟아져 나왔다.

기원전 5,000~7,000년까지 유물들이 쏟아졌다. 유구한 역사를 가진 나라라고 기뻐해야 하는데 도저히 그럴 분위기가 아니다. 유물이 나오면 나올수록 그 대책을 마련할 길이 깜깜했다. 그렇다고 포기할 수도 없는 일이다. 예정된 일들을 진행하면서 새로운 방법을 모색해야 한다.

장계황과 손영천은 자신들에게 화궈펑이 내밀었던 〈환단고기〉라는 책의 악몽에 시달리는 것 같았다.

"방도는 연구해 봤소?"

이미 기원전 5,000~7,000년의 유물들이 쏟아져 나온다는 보고를 들은 화궈펑으로서도 걱정이 되어 물었다.

"예. 지난 1998년에 동북 3성 학자들이 모여 결의한 대로 동북변방에 관한 역사 등의 연구에 지원금을 내주면서 대대적으로 일을 벌이는 겁니다. 그런 다음 새로운 공정을 준비해서 시작하는 겁니다.

지난번에 발표한 '요하문명론'을 굳힐 근거 마련에 들어가는 겁니다.

우리 중국의 역사적인 기원을 요순시대를 포함한 삼황오제시대로 끌어 올리는 겁니다.

방법은 그것밖에 없습니다. 그렇지 않으면 더 이상의 방법이 없습니다."

"요순시대를 포함한 전설의 삼황오제를 역사로 만든다?

좋은 방법이지만 쉽게 되겠소?"

"됩니다. 지난번에 단대공정도 성공하지 않았습니까?

이미 지나간 역사입니다. 그 역사를 해석하는 것은 우리들이구요.

내년부터, 그러니까 2002년 정식으로 동북공정을 위한 과제를 공개적으로 모집하겠습니다.

마침 내년에는 남조선과 일본이 공동 주체하는 한일 월드컵 축구 경기가 열리는 해입니다. 우리가 그런 일을 벌여도 자본주의 학자들은 온통 월드컵 경기에 빠져 들 것입니다.

남조선의 일부 뜻있는 학자들이 아무리 떠들어도 세계적인 주목을 받지 못할 겁니다.

내년부터 동북공정을 공식화하고 그에 따라 삼황오제시대를 역사로 만드는 겁니다.

그 공정의 이름은 '중화문명탐원공정(中華文明探源工程)'으로 하고 싶습니다.

우리 문명의 근원을 밝히자는 겁니다. 우리 중화인민공화국이 일만 년 역사시대를 열어가는 겁니다."

"그래? 자신 있소?"

"물론입니다. 지금 저희 공화국의 모든 사학역량이 동북공정을 성공하기 위해 쓰는 데 모였습니다. 물론 주석님의 공로 덕분이라는 것은 잘 압니다. 그런데 이 공정을 마무리하기 위해 내놓는 또 다른 공정에 협조하지 않을 사학자 동지는 없을 것입니다."

"동지들이 문제가 아니라 이제까지 전설의 삼황오제라고 하지 않았소?"

"그건 과학이 발달하지 않아서 역사를 연구하는 방법이 지금과는 다를 때 이야깁니다. 이제 시대가 바뀌어서 지나

간 시대의 역사에 관한 유물의 연대 측정은 물론 무엇이든
할 수 있는 시대입니다.

신화가 역사가 되는 시대로 만들게 하는데 초석을 놓으신
분이 바로 주석 동지십니다.”

화궈펑은 아직도 자신을 주석이라고 부르면서 모든 것을
자신의 공으로 돌려주는 장계황이 고맙기도 했지만, 자신
역시 열심히 했다는 자부심이 있다.

“좋소. 이번 일까지는 어떻게든 마무리 합시다.

그렇지 않아도 덩샤오핑 주석께 얼핏 보고를 했더니 잘
해오던 일 끝까지 마무리 잘하라고 합디다. 내년부터 과제
공모를 하겠다는 것은 일이 상당 부분 진척된 것 아니요?
거기다가 동지 말대로 이제는 공정이 완전하게 자리를 잡
았고.

나는 내년에 공식 과제 공모를 발표하고 정부 지원을 확정
한 후에는 은퇴해야겠소. 물론 동지들이 일하는 데 지장이
없도록 후년 예산까지 확보하고, 그 이후에도 예산은 전혀
문제가 없도록 조처는 해야지.

새로 시작되는 탐원공정이야 말로 우리 중국 앞날의 명암

을 가늠할 공정 아니요.

각별하게 신경 쓸 것이니 염려 마시오."

화궈펑은 그가 말한 대로 동북공정 과제 공모가 진행되고, 탐원공정이라는 새로운 공정이 시작되던 2002년 11월 중앙위원을 물러나면서 은퇴했다. 그와 때맞춰 같은 해, 같은 달 중국 언론의 대대적인 관심을 등에 업고 탐원공정이 태동되었다.

2003년 6월.

중화 문명의 시원을 찾는 다는 명분하에, 중국 역사를 1만 년 전으로 끌어올려 황하문명보다 더 일찍 시작된 조선의 요하문명을 중국문명으로 둔갑시키는 역사 왜곡작업이 시작되었다. 조선의 문명을 자신들의 것으로 만들어 세계에서 가장 오래된 최고 수준의 문명이 중국의 문명이라는 천지창조 이래 최대의 사기극을 시작한 것이다.

손영천은 말을 마치면서 허무한지 아니면 회한에 젖는 것인지 눈에는 눈물까지 맺혔다.

성시령의 눈에도 눈물이 맺혔다.

손영천의 말 중에는 아내도 몰랐던 사실이 대부분인 것 같았다. 같이 들으면서 놀라는 성시령의 표정이 절대 알던 이야기를 듣는 표정이 아니었다. 당연히 눈물을 흘리고도 남을 일이다.

말은 태평하게 했지만 그동안 마음고생이 얼마나 심했을지 짐작이 갔다.

세 사람 역시 코끝이 찡하면서 손영천에 대한 미안한 마음을 어쩔 수 없었다.

'조선이 버린 조선인'이라고 하던 그의 말이 가슴을 맴돌았다.

누구도 아무 말도 못한 채 시간이 흘렀다.

"나 하나 잘 살자고 내 후손들을 팔레스타인 난민으로 만들 수는 없는 일이잖습니까?

이스라엘 같은 땅을 갖고 있던 선조 중 하나가 자신을 팔아먹는 바람에 후손들을 영원한 지구의 이방인으로 만들 수는 없는 일이지요.

더욱이 지구상에 존재하는 나라들의 역사를 뒤바꾸는 인류의 영원한 적이 되어 편히 산들 저승에서나마 사람 취급을 받겠습니까?

지난해였습니다.

나이와 건강을 핑계로 장 교수님께서 은퇴를 발표하시던 날입니다. 평소 약주를 별로 즐기지 않던 은사님께서 저녁에 술 한잔 하자고 하셨지요."

장계황은 별로 많이 마시지 않던 술을 그날은 많이 마셨다. 취기가 오르는지 머리를 아래로 하고 탁자에 의미 없는 글자를 손으로 쓰면서 말했다.

"그래 요즈음은 어떤가?"

"변함없이 잘 지내고 있습니다. 이 모든 것이 교수님 덕분입니다."

"그래? 자네가 내 덕분이라니 나야 듣기는 좋네만 그런 말을 들으면 이상하게 내 마음 한구석이 저려.

왜일까?

사람이 제 갈 길이 다 따로 있는 법인데 내 갈 길에 자네를 억지로 끌어넣은 것 같다는 생각이 자꾸 들어. 나 혼자가기 어려우면 그만둘 일이지 공연히 자네까지 끼워 넣은 것 같아서 마음이 저릴 거야.

사십 년 넘게 강단에 서서 역사를 이야기했는데 내 역사는 어떨까?

나 자신의 역사가 내 조상들의 역사고 민족의 역사이며 나라의 역사고, 그 역사들이 모여 세계사가 될 텐데 정작 내 역사를 모르겠어. 내가 어디에서 출발해서 어디에서 끝이 나는지 그걸 모르겠다는 말일세.

아마 출발이 잘못되어서 그럴 수도 있겠지? 근본이 흐리니까 바닥도 끝도 보이지 않는 걸 거야.

그런 내가 무슨 역사를 논할 자격이 있겠나?

그동안 역사를 논하고 강의한답시고 강단에 서 있던 내 모습을 생각하면 부끄럽기 그지없다네.

학자라고, 학문을 연구한답시고 사십 년 넘게 걸어 온 길 끝에 얻은 것은 결국 잃어버린 나인 것 같네. 남은 것이라고는 보이지 않는 나를 어떻게 찾아야 하는가라는 숙제뿐이고."

"무슨 말씀인지 잘 모르겠습니다. 혹시 제가 섭섭하게 해 드린 것이 있나요?"

"자네가?

무슨 소리를…?

자네가 섭섭하게 해서가 아니라 내가 자네에게 공연한 짐을 안겨서 하는 말이네. 지금은 무슨 말인지 몰라도 언젠가는 알 걸세.

내가 죽을 때까지 무슨 말인지 모르겠거든 나 죽기 전에 찾아오게. 그때 말해 주지.

참, 인간이 언제 죽을지 모르지. 하지만 걱정 말게. 앞으로 십 년은 거뜬하게 살 테니까.

모르면 몰라도 자네도 내가 지금 한 말의 해답은 십 년 내로 찾을 것이고."

"그 말뜻을 그때는 몰랐는데 이제는 알 것 같습니다.
말씀하시죠.

내가 도와 드릴 일이 무엇인지?"

장계황이 은퇴하던 날 남겼다는 말을 하면서도 손영천의 눈에는 맺혔던 이슬이 사라지지 않았다. 오히려 더 커져서 금방이라도 청초하게 한 방울 뿌릴 것 같았다.

손영천이 무엇을 도와주면 되느냐고 하는 말에 아무도 대답을 못했다.

세 사람 모두 편안한 표정의 얼굴을 하지 못했다. 무언가 안 풀리는 수수께끼를 풀려는 듯이 잔뜩 긴장해서 신경을 쓰고 있는 표정들이었다.

차라리 손영천의 표정이 가장 평안해 보였다.

"혹시 필요한 것이 있으면 말씀하세요.

저도 오늘 처음 듣는 이야기들이 많았지만 듣고 나니까 오히려 마음이 편안하네요. 그동안 제 신랑이지만 이런 이야기는 하지 않았었습니다. 단지 무언가 힘든 것이 있다고 가끔 제 스스로 느낄 뿐이었죠.

우리 세대를 사는 이 나라 인민들이 다 겪는 어려움 중의 하나이려니 하고 넘어갔었는데….

이제 와서 생각하면 미안하기도 하고 마음도 아프지만 늦게라도 알았으니 오히려 마음이 편안해요.

그이 말대로 인류와 후손 앞에서 죄를 짓는 것보다는 낫지 않겠어요?"

성시령이 분위기도 풀 겸 이야기했다.

그렇다고 섣부르게 불쑥 이야기할 사항이 아니다. 중국의 보안 상태나 처벌 방법과 수위는 모르지만 자칫하면 목숨이 위험한 일이다. 먼저 한마디 했다고 불쑥 당신의 목숨을 내놓으라고 할 수는 없는 일이다.

"제가 역사를 강의할 때 첫 시간에 항상 하는 소립니다.

'먼저 자신의 역사를 써라. 그런 후에 그 역사를 쓴 눈으로 세상을 봐라. 네가 보는 그 시점의 역사가 보일 것이다.'

저는 저 자신의 역사를 꽤 잘 썼다고 생각했습니다. 그래서 학생들에게 자신 있게 그 말을 할 수 있었던 겁니다.

그런데 어제 밤에 마음을 터놓고 대화를 하고 나서 느낀 건데, 제가 쓴 스스로의 역사는 잘못 적은 거더라고요.

부끄러운 역사도 역사니까 모든 역사를 왜곡하지 말고 사실 그대로 적어야 그 역사가 후손들의 삶의 바탕이 될 수 있다고 강의는 하면서, 제 역사 중에서 부끄러운 역사를 지우기 위해 너무 많은 나를 투자했어요. 행여 내 역사에 부끄러운 역사가 적힐까봐 전전긍긍했던 겁니다.

학생들에게 마지막 시간 강의를 할 때도 항상 같은 말을 했습니다.

'역사는 분명한 과거다. 그렇다고 역사를 마음대로 해서는 안 된다. 과거라는 거울이 없어지면 미래를 비춰볼 곳이 없어진다. 왜곡하거나 자신들을 위해 입맛에 맞게 뜯어 고치는 것은 자기 스스로에게 죄를 짓는 일이다.

설령 역사를 그대로 기술하는 것이 아니라 그걸 바탕으로 소설을 쓴다고 할지라도 마찬가지다. 허구를 99% 쓰고 단 1%의 역사적 사실이 들어간다면, 그 1%는 사실 그대로 써야 한다. 문학 속의 표현일지라도, 사실이 아닌 것을 알면서도 문학이라는 큰 테두리의 힘을 빌어서 왜곡하거나 조작한다면 그것이 바로 역사를 난도질하는 것이다.

나와 내 민족이나 조국을 위한 것일지라도, 알면서도 역사를 왜곡한다면, 그 역시 역사 앞에 씻을 수 없는 죄를 짓는 것이다.'

저 스스로 지식과 행동과 가르친 것이 어느 하나 일치하는 것이 없었어요."

성시령이 오히려 후련하다고 말하자, 손영천은 자신의 깊은 마음까지 드러내 보였다. 그리고 무엇을 도와주어야 하느냐고 재촉하듯이 세 사람을 빤히 쳐다보았다.

"저희들이 갑자기 찾아와서 너무 마음을 상하게 한 것 같습니다. 원래 그런 목적은 아니었는데…."

조병현이 멋쩍은 표정으로 공연히 머리를 긁으면서 더듬듯이 말했다.

"아니라니까요. 정말 마음이 편해 졌다니까요."

손영천은 손사래까지 쳐가며 절대 미안해하지 말라고 했다. 미안한 마음이 미안해하지 말라고 한다고 없어지는 것이 아니다.

"갑자기 무슨 말이냐고 어처구니없어 하실 것 같아서 이런 이야기를 해도 되는지 고민하다가 드리는 말씀입니다.

성경을 잘 모르시겠지만 성경에 보면 예수님께서 빵 다섯 개와 물고기 두 마리로 5천 명을 먹이는 기적을 일으키십니다. 누가 들어도 허무맹랑한 이야기 같을 겁니다. 저는 가톨릭 신자라서 그 말씀을 믿고 또 그게 우리 가톨릭의 성체성사를 비유한 거라는 것도 믿습니다.

하지만 오늘 이 자리에서 제가 하려는 말은 교회가 전하는 그런 말이 아닙니다. 선교를 하려고 하는 자리도 아니고요.

다만 한 가지 말씀드리고 싶은 것은 그 기적이 어떤 어린 소년이 가지고 있던 빵 다섯 개와 물고기 두 마리를 스스로 내놓는 바람에 이뤄졌다는 겁니다. 그 자리에 어른들이 무려 오천이나 있었다고 기록되어 있는데, 그 사람들 중에는 먹을 것을 가지고 있던 사람이 그리도 없었겠습니까?

내놓는 사람이 없었던 거죠!

그렇다면 그 어린이는 왜 그 빵과 물고기를 내놓았겠습니까?

신학에서는 일반적으로 자신의 것을 이웃과 나누기 위한 나눔의 정신으로 내놓은 것이라고 해석합니다. 하지만 사회학적으로 해석해보면 그 어린이는 구성된 공동체를 깨고 싶지 않았던 것입니다. 형성된 공동체가 먹을 것을 찾아 뿔뿔이 흩어지는 것을 원하지 않았던 거죠.

사회학적인 해석을 다시 신학으로 보내면 예수님이라는 스승이 있는 공동체라 깨기 싫었다고 할 것입니다. 사회학적 그대로는 인간은 사회적인 동물이기 때문에 구성된 공동체를 깨트리기 싫어서 자신이 가진 것을 먼저 내놓는 소년이 생길 수 있던 것으로 해석합니다.

어떤 이유든 간에 형성된 공동체를 깨트리고 싶지 않았던 것은 분명합니다. 신학에서도 성체성사 자체가 우리를 하나로 묶어 준다고 하니까 결국 같은 소리를 하는 겁니다.

'우리'라는 단어가 주는 의미가 그런 것 아니겠습니까?

공동체를 구성하고 있는 이 안에 있는 '나'라는 존재가 '우리' 안에 있으니까 그 단어가 존재하는 겁니다. 내가 없으면 '우리'는 없는 겁니다. 바꿔 말하자면 내가 이쪽에 있으면 이쪽이 '우리'고 저쪽에 있으면 저쪽이 '우리'입니다.

맞는 비유를 들었는지는 모르겠지만, 제가 보기에는 손박사님께서도 그런 경우 중 하나였습니다. 공연히 박사님 자신을 자책하지 마세요.

박사님의 역사는 부끄러운 역사가 아닙니다. 사람으로서 당연히 가질 권한이 있는 공동체를 선택하셨던 겁니다.

아까 박사님께서 말씀하시던 중에 그런 말씀을 하셨지요. 땅도 동족도 포기한 조선이라고.

저는 지금 오히려 박사님보다 저희들이 더 부끄럽습니다.

같은 동족이라면서 그 공동체에서 소외되고 동떨어진 동족의 아픔은 쳐다보지도 않았습니다. 동족의 가슴에는 커다란 구멍이 나 있는데 그건 보지 못하고 드러난 내 상처만 아프다고 한 겁니다. 내 아픔만 아픔이라고 생각한 거지요.

그리고 뻔뻔하게 우리 영토를 찾게 도와달라고 합니다. 동족이니까, 내 문화가 살아 숨 쉬는 내 조상들이 어루만지던 우리 민족의 잃어버린 영토를 같이 찾자고 합니다.

얼마나 지극한 이기주의입니까?

동족 공동체가 그리울 때는 쳐다보지도 않다가 갑자기 나타나서 자기들 이야기만 합니다. 자기들이 동족을 버려 이방인으로 만들어 놓고는, 이방인처럼 군다고 타박합니다.

저희들이 바로 그 사람들입니다.

정말 부끄럽기 그지없습니다."

태영광은 진심으로 미안했다.

자기 자신이 손영천과 성시령에게 커다란 죄를 범한 것 같았다. 고개를 떨어트린 채 가슴으로 울면서 속죄하는 심정으로 말했다.

"아닙니다. 그런 소리 들으려고 드린 말씀이 아닙니다. 제발 그런 식으로 받아들이지 말아 주십시오."

손영천은 깜짝 놀라 자리에서 일어나면서 말렸다. 그러나 떨어진 태영광의 고개는 들리지 않았다. 손영천이 다가가서 그의 어깨를 만지며 말했다.

"그게 피라는 것일 겁니다. 어제 낮까지만 해도 내가 이런 생각인들 했겠습니까? 중국에서 잘 나가는 누구 부럽지 않다고 생각하면서 살아오던 중인데 그런 말씀한다고 코나 까딱였겠습니까?

그런데 밤새워 두 분의 말씀을 듣고 났더니 도저히 뛰는 가슴을 멈출 길이 없었습니다.

부르지 않아도 부르는 것 같고 시키지 않아도 해야만 할 것 같은 그런 일이라는 생각이 나를 덮었습니다.

흐르는 피를 누가 막을 수 있겠습니까?

눈에 보이게 흐르는 물은 막을 수 있어도 보이지 않게 흐르는 피는 막을 수 없는 법인가 봅니다.

그러니까 다른 생각은 마시고 제가 해야 할 일이나 말씀
해 보세요."
　손영천이 하는 말은 조금도 거짓이나 체면치레가 아니었
다. 그가 진심으로 돕고자 한다는 느낌이 그의 몸 전체에서
퍼져 나오고 있었다.

메아리는 언젠가는 돌아온다

할 이야기만 하고 가겠다는 사람을 굳이 붙잡으며 같이 저녁을 먹자고 하는 바람에 세 사람은 다시 식탁에 둘러앉았다.

"사람 사는 게 다 이런 거 아닙니까? 한데 어울려 먹어야 밥도 맛있지 우리 둘이서 매일 먹으니까 별로 맛도 없어요."

성시령이 상을 차리면서 한마디 했다.

태영광이 진심으로 고마운 표정을 지으며 대답했다.

"저희야 이렇게 초대해 주시는 것만도 고맙고 영광이죠. 더더욱 염치 불구하고 청한 일도 도와주신다고 했으니 더 고맙죠. 문제는 미안하다는 겁니다."

"미안할 것 없소이다. 먼 이곳까지 오신 손님들인데 이 정도야 대접을 해 드려야지요."

손영천이 혹시 부담을 가질까봐 그랬는지 태영광의 말을 거들다가 다시 본론으로 들어갔다.

"그건 그렇고, 그러니까 이 작은 카메라에 〈조대기〉의 내용을 담아 오라는 것 아닙니까?"

"그렇습니다. 다만 혹시라도 문제가 생길 것 같으면 아예 그만두세요. 이건 정말 진심으로 드리는 말씀입니다."

"왜요? 혹시라도 내가 태 박사님이 전에 함께 일하던 분들처럼 될까봐 걱정되십니까?"

"예. 바로 그겁니다. 이건 진심입니다.

사람들이 더 이상 희생되면 안 됩니다.

이번이 아니면 다음번에 한다는 생각으로 때를 기다리기로 했습니다. 조바심 낸다고 되는 일도 아니고 잃어버린 책을 찾는다고 당장 무슨 조치가 되는 것도 아니고요.

공연히 사람까지 희생하면서 밀어붙일 일은 절대 아니라는 것을 절실하게 깨달았습니다."

"걱정하지 마십시오. 지금까지 일에 뛰어들었던 사람들은 그들이 책을 보는 사람이 아니라 지키는 사람이었습니다.

저는 제가 그 책을 보고 연구하는 사람입니다.

책도 주인을 알아 볼 겁니다."

"제발 그랬으면 좋겠습니다만 정말 무리는 마세요."

"걱정 마십시오. 일단 내일 학교에 가서 북경에 갈 일을 만들고 그 날짜를 잡아야지요.

〈조대기〉가 있는 곳은 북경 사회과학원 서고 중 1급 비밀 취급 서고입니다. 1급 비밀 서고는 들어 갈 수 있는 사람이 많지 않습니다. 상대적으로 그만큼 내부에서는 자유롭다는 겁니다. 1급 기밀 서적 취급 자격증을 가진 사람이 많지 않아서 얼굴을 다 아는 판이라 증명서 따위는 위조해도 소용도 없습니다.

들어가는 입구는 경비가 삼엄해서 무장 침입은 엄두도 못 냅니다. 그 앞까지라도 가 본 사람이 드물어서 잘 알려지지 않았지만 경비가 엄청나게 삼엄한 곳입니다.

그러니까 걱정 안하셔도 됩니다. 들어가면 자유롭다니까요!"

"그렇게 중요한 곳인데 설마 그냥이야 놓아뒀겠습니까? 내부에도 알게 모르게 감시 체제를 확립해 두었겠지요."

박종일이 끼어들면서 그래도 조심해야 한다고 거들었다.

"글쎄요?

얼마 전에 갔을 때까지도 아무런 변화가 없었는데 그렇게 걱정을 해 주시니 내일이라도 한번 알아보겠습니다. 너무 걱정 마십시오. 내일 제가 알아보고 반드시 연락드리겠습니다. 걱정하시느라 아무 것도 못하시겠습니다."

조병현과 박종일 등 일행이 중국에서만 사용한 후 버리고 돌아가려고 구입한 휴대폰으로 연락을 주겠다고 약속했다.

저녁까지 대접을 받고 세 사람은 호텔로 돌아오자마자 녹아 떨어졌다. 어제 밤샘과 낮에 겪은 정신적인 피로가 한꺼번에 겹치자 주체할 수가 없었다.

휴대폰 벨소리와 함께 세 사람이 동시에 눈을 떴다.
창문으로 보이는 밖은 이미 환한 대낮이었다.
"아, 예. 지금까지 정신없이 자고 있었습니다."
"…"
"아닙니다. 덕분에 좋은 결과 얻고 푹 쉰 거지요. 잠깐만 기다리십시오."

조병현이 태영광에게 전화기를 건네주었다.

손영천이었다.

"알아본 바로는 지난번과 아무런 차이가 없답니다. 우리 학교에 나 말고 1급 취급자가 한 사람 더 있는데 그가 얼마 전에 다녀왔거든요. 보안 강화는 됐느냐고 물었더니 전과 똑같더라고 했습니다. 그러면서 한다는 말이 그 정도면 개미새끼는 물론이고 바람도 몰래 들어갈 수 없다고 하더군요.

내가 말한 것이 맞아요. 외부는 철통이고 내부는 자유롭게 책도 보고 연구도 할 수 있게 만들어 둔 곳이라니까요."

"다행입니다. 정말 고맙습니다."

"그리고 북경에는 다음 주 월요일이나 화요일에 가야 할 것 같습니다. 마침 학교에서 과업이 내려 왔는데 다음 주 월요일이나 늦으면 화요일까지 기다렸다가 가야 할 상황입니다."

"괜찮습니다. 저희는 개념에 두지 말고 박사님 편안한 시간을 택하세요. 얼마를 기다렸는데 그깟 일주일야 시간도 아닙니다. 걱정 마시고 일 보세요.

저희들은 일주일 동안 관광이나 하겠습니다. 우리 민족들이 이곳에서 사는 모습도 겪어보렵니다.”

일주일은 금방 갔다.

굳이 별로 관광을 한 것도 아니다. 호텔 밖에 나가서 지나가는 사람들만 보아도 정겨워서 밖으로만 돌아다녔더니 시간이 더 빨리 흐른 것 같다.

그 사이에 손영천도 세 번 만났다.

만나면 불안한 마음이 가실 것 같아서 만났지만 영 불안한 마음이 가시지를 않았다. 만날 때마다 무리하지 말라고 신신당부만 했다.

손영천이 북경으로 떠나는 화요일 아침.

세 사람은 굳이 마다하는 손영천을 배웅할 수 없었다. 공연히 배웅하는 모습이 남의 눈에 띄어서 좋을 것 하나도 없다는 이론이 맞는다. 아쉽지만 전날 인사를 하고 공항에는 나가지도 않았다.

늦어도 저녁때면 연락이 올 것이다. 학교에서 손영천에게 준 과업은 시간을 요구하는 일이 아니었다. 짧게 끝낼 수 있는 일이라 서고에는 두 시쯤이면 갈 거라고 했다. 그렇다면 아무리 늦어도 다섯 시에서 여섯 시 까지는 연락이 올 것이다.

그러나 그건 단순한 계산에 불과했다. 열두 시가 되지도 않아서부터 머리는 아직 시간이 많이 남았다고 하는데, 가슴은 안달을 했다. 눈은 휴대폰에 가 있고 지금이라도 울리라는 듯이 뚫어져라 쳐다보고 있었다.

아침도 안 먹었는데 누구도 먼저 점심을 먹자고 하는 사람도 없었다.

휴대폰을 쳐다보다가 서로 눈이 마주치면 소리 없이 웃을 뿐이었다.

세 사람이 기다리다가 지쳐서 점심이라고 하기에는 너무 늦은 점심을 먹고 다시 방으로 돌아온 시간은 네 시가 좀 넘어서였다.

이제는 아예 자리에 앉는 사람도 없이 휴대폰이 놓인 원탁을 빙글빙글 돌고 있었다. 서로가 등을 보고 돌면서도 누구 한 사람 말도 없었다.

그렇게 한 시간여가 지났을 때다.

휴대폰이 울렸다.

모르는 전화번호다.

손영천의 번호도 성시령의 번호도 아니다.

머뭇거리다가 태영광이 전화를 들었다.

"저 성시령입니다. 제 전화로 드릴 상황이 아니라 밖에 나와서 아는 사람 전화를 빌려서 드리는 겁니다."

"무, 무슨 일입니까?"

"그이한테서 문자가 왔습니다. 어서 이곳을 떠나세요."

"떠나라니요?"

"무언가 잘못되어도 크게 잘못되었나 봅니다.

깨트릴 파(破)자가 왔어요.

그 글자를 문자로 보낼 때는 엄청나게 일이 잘못되었을 경우에 보내기로 약속했습니다. 저희부부만 아는 약속입니다. 잃을 실(失)자도 아니고 깨트릴 파자가 온 것을 보면 이건 아주 잘못된 겁니다.

어서 피하십시오. 되도록이면 돌아가세요."

성시령의 목소리는 떨리고 있었다.

태영광은 무슨 말을 어떻게 해야 좋을지 생각이 나지를 않았다.

"피하기는 어디로 피하고 돌아가기는 어디로 갑니까?

갑자기 비행기를 타러 갈 수도 없는 일이고, 우리가 드러나서 위험이 닥친다는 보장도 없고, 손 박사님이 위험에 처했을 지도 모르는데 어떻게 돌아갑니까?"

"여기 계신들 무슨 소용이 있겠습니까? 제가 북경 공안을 통해서 알아보기는 하겠지만 분명히 무언가 일이 잔뜩 꼬인 겁니다. 그러니 일단은 이곳 통화만이라도 벗어나십시오."

"말이 되는 말씀을 하세요. 우리가 저지른 일 때문에 위험에 처했다는 소리를 듣고 그냥 떠나라니 그게 말이 됩니까?"

"지금은 길게 통화할 시간도 없고 설명을 드려도 모를 것 같아서 짧게 말씀드리겠습니다.

답답하고 궁금하더라도 일단은 이곳을 벗어나십시오. 만일 일이 잘못되면 언제 공안이 들이닥칠지 모르는 곳이 바로 중국입니다. 공안이 들이닥치면 외국인이라고 봐주는 것도 없습니다. 게다가 만일 체포라도 되시는 날에는 그이에게 이로울 것이 없기에 드리는 말씀입니다.

제발 시간 없으니까 제 말을 들으세요. 북경이든 어디든 여차하면 남조선 대사관이나 영사관으로 피하기 좋은 곳으로 어서 가세요. 또 전화드릴 때까지 제 전화는 물론 그이 전화로 절대 전화하지 마시고요.

그리고 내일까지 제 전화도 없으면 저도 전화할 상황이 안 된다는 것만 아시고 돌아가세요. 지금이라도 비행기 예약하시면 내일이면 갈 수 있을 겁니다.

제발 제 말씀을 들으세요."

성시령은 전화를 끊었다.

전화를 끊고 맥을 놓은 태영광을 보면서 두 사람은 궁금증을 이기지 못했다.

순간 태영광은 하느님을 찾았다.

"제발 도와주십시오. 더 이상 바라지 않을 것이니 손영천의 목숨을 구해주시고 그가 안전하게만 해 주세요."

태영광의 눈에는 자신도 모르게 눈물이 흐르면서 하나꼬와 핫도리의 모습이 어른거렸다.

태영광이 진정한 후 통화 내용을 듣던 박종일이 말했다.

"어서 서두르자.

성시령 경독이 그렇게 이야기했다면 그 말이 맞는 거다. 우리가 여기 있는다고 도움이 되기보다는 오히려 해만 된다.

일이 잘못된 거라면 분명히 책을 촬영하거나 그와 관계된 보안상의 문제일 거다. 보안상의 문제는 먼저 접선자를 수배하겠지.

당연히 최근에 손 박사님 집을 드나든 우리가 영순위로 꼽힐 거다.

성 경독 말대로 언제 공안이 들이닥칠지 모른다.

우리가 당하는 것이 문제가 아니라 우리 때문에 손 박사가 더 크게 뒤집어쓰는 경우가 생길 수 있어. 이럴 때는 말을 들어주는 것이 우선이야."

"그렇다고 우리 때문에 일을 당한 사람을 나 몰라라 팽개치고 도망을 가자는 거야?"

"도망을 가자는 게 아니라니까?

우리를 위해서가 아니라 이럴 때는 우리가 사라져 주는 것이 오히려 손 박사를 도와주는 거라고."

"무슨 일이 어떻게 벌어졌는지 상황도 모르는데?"

"그러니까 더더욱 이 지방에서 사라져 줘야 돼.

만일 우리가 체포돼서 공안 취조를 받는다고 하자. 뭐라고 할 건데. 우리가 촬영을 지시했다고 하면 손 박사는 간첩죄를 뒤집어 쓸 수도 있어. 우리 역시 간첩죄로 몰려서 어떻게 될 수도 있고.

왜 그런 무모한 짓을 해. 차라리 멀찍이 가서 내일까지 기다려 보자.

오늘이든 내일이든 성 경독 전화가 오면 정황을 확실하게 알고 난 후 도울 수 있으면 돕자고."

박종일은 경찰답게 일을 풀어가려고 했다. 그러나 태영광은 영 내키지 않는지 부동이다.

조병현이 끼어들었다.

"태 박사님, 내가 봐도 박 경정님 말이 맞는 거 같네요.

손 박사님이 보안 문제로 일이 벌어지고, 우리가 중국 공안에게 체포가 된다면 여기는 대한민국이나 미국이 아녜요.

중국이에요.

인권이니 뭐니 하는 소리는 존재하지도 않는 곳이에요.

제가 일 관계로 오랜 동안 머물면서 깨우친 것이 있다면, 공안이 완전한 절대 권력을 누리는 곳이라는 겁니다.

더더욱 안보에 관한 업무를 다루는 곳에 근무하는 공안들은 무서울 것이 하나도 없는 사람들이죠. 취조 중에 사람 하나 죽이는 건 죄도 아니에요. 업무상 과실이니 그런 말은 이곳에서는 일절 없어요. 죽었으면 죽은 거예요.

안보를 다루는 공안이 업무상이라는 핑계로 사람을 고문하다가 죽여도 절대로 처벌당하지 않아요.

우리가 간첩죄로 몰려 모진 고문을 당한 후에 쥐도 새도 모르게 없어질 겁니다. 정부나 첨단 산업과 관계된 일을 자백하면 그나마 써 먹을 것이라도 있으니까 살려 두겠지만, 우리처럼 자발적으로 역사를 찾아 나섰다? 중국 공안들은 웃지도 않을 겁니다. 하지만 자신들이 1급 비밀로 여기는 책을 촬영하게 지시했으니 간첩은 분명하지요.

손 박사 쪽에서 봐도 마찬가지입니다.

우리가 체포가 안 되면 손 박사가 자의로 말을 하면 돼요. 북경까지 오기 힘들어서 촬영을 한 것이라든가 아니면 다른 핑계를 댈 수도 있죠. 그것도 벌은 받겠지만.

그러나 우리가 체포되어 손 박사와 다른 엉뚱한 답이라도 하나 하는 날에는 손 박사는 더 크게 의심을 받고 종국에는 간첩죄로 처형당할 겁니다.

지금 이 자리에 태 박사님의 심정 모르는 사람이 누가 있겠어요. 그러지 말고 성 경독이 말한 대로 대사관이나 영사관이나 어디든 가까운 곳으로 빨리 피하자고요."

조병현이 다시 한 번 설득하자 태영광은 고개를 끄덕였다.

세 사람은 서둘러서 짐을 정리했다.

오후에 체크아웃을 하면 하루치를 그대로 더 내야 한다는 주인의 말에도 일절 토를 달지 않고 그대로 했다. 빨리 북경으로 가는 것이 급선무다.

다음 날.

북경에서 아무리 전화를 기다려도 벨은 울리지 않았다.

세 사람은 하루만 더 기다려 보자고 합의를 하고 지루한 하루를 보냈다.

다행이라면 다행인 것은 박종일이 대사관 무관을 통해 대사관 안에 숙소를 마련했다. 그래도 마음은 편하지 않았다. 자신들의 안위보다는 손영천이 더 걱정이다.

세 사람은 그날 밤도 뜬 눈으로 밤을 지새우다시피 했다.

오늘도 정말 연락이 안 오면 내일은 돌아가자고 하면서도 누구도 비행기 예약할 생각을 안했다.

어둠이 들어서기 시작할 무렵이다.

휴대전화가 울렸다.

엊그제 그 번호다.

세 사람은 몸이 굳는 것 같았다. 그러나 그 와중에도 박종일이 재빠르게 스피커폰으로 돌렸다. 직업이 사람을 만드나 보다.

"저, 성시령이에요. 아직 안 돌아 가셨네요?

이제 그만 돌아가세요."

성시령의 목소리는 이상하리만치 차분했다.

"어떻게 된 겁니까?"

조병현이 떨리는 목소리로 겨우 한마디 했다.

"다행인지는 모르겠지만 겨우 최악의 경우는 면한 것 같아요.

제가 알아본 바에 의하면 그이가 너무 학문에 욕심이 나서 국가 기밀을 몰래 숨겨 반출하려 한 것으로 결론이 나는 것 같아요. 그동안 그이가 이룬 공적에 대한 보답이기도 하지만 은사이신 장계황 박사님께서 나서 주셨어요.

  제가 마땅하게 부탁할 곳이 없어서 부탁을 드렸더니, 북경까지 쫓아가셔서 일을 처리하고 조금 전에 연락을 주셨어요.

  그러니 이제 마음 놓고 돌아가세요."

  "그럼 아무 문제가 없는 겁니까?"

  이번에는 태영광이 더듬거리는 목소리로 물었다.

  "글쎄요? 아무 일도 없기야 하겠습니까?

  그이도 그렇고 저도 옷을 벗겠지요. 아마도 시골 농장이나 그런 곳으로 보내 질 겁니다. 오히려 잘 된 일인지도 몰라요.

  엊그제 그이가 토하듯이 했던 이야기를 생각하면 그게 낫다는 생각도 드네요.

  태영광 박사님.

  언젠가 때가 되면 될 거라고 하셨지요? 아직은 때가 아닌 것 같네요.

이제 그만 돌아들 가실 거라고 믿고 더 이상 전화 안 할 겁니다.

다시 한 번 부탁드리는데 제 전화나 그이 전화로 전화하지 마시고 꼭 돌아가세요.

누가 뭐라고 해도 세 분의 마음은 잘 알고 있어요. 다만 지금은 돌아가시는 게 저희를 도와주시는 겁니다.

참, 조금 전에 장계황 박사님께서 연락을 주시면서, 그이가 이 말씀을 제게 꼭 전해 달라고 부탁했다고 하셨어요. 그런데 아무리 생각해도 제게 한 것이 아니라 세 분에게 드리는 말씀 같더라고요.

'아무리 깊은 산골이라도 메아리는 반드시 돌아온다. 당장 내 귀에 들리지 않는다고 사라진 것이 아니다. 그 메아리는 지금 어느 골짜기인가를 흐르고 있다.'

그만 끊겠습니다.”

조병현과 박종일 그리고 태영광의 가슴에는 '조대기'라고 말하던 손영천의 목소리가 메아리쳐 흐르고 있었다.